傲慢王子は
月夜に愛を囁く

冬野まゆ

Mayu Touno

EB

エタニティ文庫

目次

傲慢王子は月夜に愛を囁く（ささやく） 5

書き下ろし番外編
ハッピーエンドのその先は 335

傲慢王子は月夜に愛を囁く

プロローグ　美酒の代償

天使の分け前。

柳原涼子がその言葉を知ったのは、まだ小さな子供の頃だった。

ブランデーやウイスキーといった蒸留酒を樽で何年も熟成させていると、その間に、酒に含まれる水分やアルコール分が水蒸気となって樽から抜けていき量が減る。その現象を、昔の人は「天使の分け前」や「天使の取り分」と呼んだらしい。そして天使がこっそり飲んだお礼に、お酒を美味しくしてくれると考えた。

その話を聞いた幼い涼子は、天使がこっそり欲しがるほど甘美な存在に憧れを抱いたのだった。


「涼子、なにやってるの？」

琥珀色の液体が入ったグラスを恍惚の表情で眺めていた涼子は、声のした方に視線を向けた。見ると、友人の國原比奈が、奇妙なものを見る目で自分を見ている。

「なにって……」

見ればわかるでしょと、涼子はブランデーの入ったグラスを揺らす。

「お酒眺めてニヤニヤし過ぎ。遠目に見ても、ちょっと怪しい人だよ」

上目遣いに伝えてくる比奈の手には、細身のシャンパングラスが握られている。

グラスの端に見栄えよくカットされたオレンジが添えられたそれは、おそらくアルコール度数の低いカクテルか、ノンアルコールのジュースだろう。

せっかくめったにお目にかかれない高級な美酒が並んでいるのに勿体ない。そんなことを思いつつグラスを口に運ぶ涼子は、そのついでといった感じで周囲を見渡す。

会場には華やかに着飾った女性や、会話を楽しむ男性の姿が多く見られる。

今日の涼子は、もう一人の親友である芦田谷寿々花（あしだやすずか）の家が取り仕切るパーティーに参加していた。

比率として、年配の男性が少し多いのは、このパーティーを取り仕切る寿々花の父親、あけぼのエネルギー会長の芦田谷廣茂（ひろしげ）氏が政財界の重鎮だからだろう。

寿々花の話によれば、芦田谷会長は無類のパーティー好きで、適当な理由を作っては華やかなパーティーを開催し、自分の権力や財力を誇示したがるのだそうだ。その結果、政財界のお歴々が多く出席している光景は、さすが芦田谷家といったところだろう。

ではそんなパーティーに、何故一介のＯＬでしかない涼子が出席しているのかと言えば、「おまけ」の参加である。

新入社員の頃からの親友である比奈が、この春、涼子も勤める世界的な自動車メーカー、クニハラの御曹司で専務の國原昂也と結婚した。

そのため彼女も、芦田谷会長の開くパーティーに専務夫人として招待されることが増えている。

涼子と比奈と寿々花、三人の仲がいいことを知る会長は、比奈と一緒に涼子も招待してくれるのだ。

「おまけ」の身として多少の遠慮はあるものの、普段口にできないような高価なお酒を飲めるまたとない機会なので、酒好きの涼子としてはありがたい限りだ。

「子供の頃に聞いた『天使の分け前』って言葉を思い出していたの」

琥珀色の液体を照明にかざした涼子は、チラリと比奈に視線を向けると、グラスを口元へ運ぶ。

すぐにブランデーの持つ芳醇な木の香りが、鼻孔をくすぐる。

その香りに誘われるようにブランデーを一口飲めば、深い味わいの冷えたアルコールが喉を撫でていく。

涼子はグラスを揺らして氷を遊ばせつつ、比奈に「天使の分け前」の意味を説明した。

そして、自分なりの見解を添える。

「樽の中いっぱいのお酒が少しも蒸発しないよう苦慮するんじゃなく、天使が飲んだんなら仕方ないと諦めて、お礼にお酒を美味しくしてもらえるだろうって納得する感じが好きなの。幸せって、独り占めした途端、味気なくなりそうだから」

そんなおおらかさが、美味しいお酒を造る秘訣なのだろう。

「涼子のそういう発想っていいよね」

比奈が涼子を見て嬉しそうに笑う。

「それはどうも」

褒められたのが気恥ずかしくて、涼子は素っ気なく返してお酒を飲む。

立場的には自社重役の奥様になった親友だが、涼子としては、好きな人と大恋愛をしてめでたく結婚したにすぎないので、今さら態度を変える気はない。

涼子の反応に小さく笑った比奈がグラスに口を付けた時、会場で拍手が沸き上がった。

何事かと視線を向けると、人だかりの中心にもう一人の親友である寿々花と、彼女の腰に手を回す恋人の鷹尾尚樹の姿がある。

通りかかったウェイターにグラスを返し比奈と人だかりの方へ近付くと、周囲の会話から娘を溺愛していると有名な芦田谷会長が、二人の付き合いを認めたのだと知る。

今日のパーティーの目的は、二人の関係をお披露目するためだったのか。とすると、これは結婚を視野に入れた婚約発表だ。拍手の合間に聞こえてくるそんな囁き声に、涼子と比奈は驚きを隠せなかった。

寿々花から、家族の過剰なまでの愛情の重さを常々聞かされているだけに、そんなスムーズにことが運ぶものだろうかと首をかしげてしまう。

周囲に倣(なら)って拍手をしながら芦田谷会長と寿々花の兄たちへ視線を向けると、案の定、憤懣(ふんまん)やるかたないといった様子で二人を見つめていた。

三人の表情を見れば、この婚約発表が初めから予定されたものではないとわかる。

――鷹尾さんに出し抜かれたかな?

寿々花から聞く尚樹の人となりから、涼子はそんな推測をする。

きっと彼なら、この先も寿々花の家族からの妨害をなんなく乗り越え、今日の婚約発表を現実のものにしてしまうだろう。

そんな未来を想像し惜しみない拍手を送っていると、脇腹を比奈に突(つ)かれた。

視線を向けると、比奈がニンマリと目を細めて言う。

「涼子の予言どおりになったから、次は涼子の番だね」

「……?」

「ほら、私の結婚式の日に、運命の人を見つけるって宣言してたじゃない」

「ああ……」

一瞬なにを言われたかわからなかったが、その言葉で思い出した。

寿々花と尚樹は、比奈の結婚式の日に出会った。たまたま二人の出会いの場に居合わせた涼子は、「次は私たちも、運命の人を見つけるから」と、冗談半分に比奈に宣言したのだった。

寿々花はその後、本当に尚樹と愛を育み今に至るが、涼子の方はこれといった出会いもないまま淡々と日々を過ごしている。

――私がその宣言を果たせる日はいつになることやら……

遠い目をして、まだ見ぬ運命の人はどこにいるのだろうかと考えていると、ふと芦田谷家の次男、剛志と目が合った。

寿々花も美人だが、剛志も男性としては際立って整った顔立ちをしている。

それでいて女性的な印象を受けないのは、背が高く男らしい骨格をしていることと、凛々しい眉や眼差しに隠し切れない我の強さが表れているからだろう。

さらに言えば、虹彩に含まれるメラニンの量が少ないのか、彼の瞳は光の加減でグレーっぽく見える薄い鳶色をしている。

その神秘的な瞳は、彼の美しさを際立たせると共に、獰猛な狼と対峙しているようなうっすらとした恐怖心を相手に与えるのだ。

芦田谷家の人間は強いカリスマ性に溢れていると、自社の専務である昂也が話していたが、まったくもってそのとおりだと思う。

「……」

――背が高くてお金持ちでハンサム……揃いすぎだろう。

だからあんな強気な物言いをしてくるのだろうかと、少し前の出来事を思い出し、涼子は不満げに目を細める。

剛志は涼子のその表情の意味がわからないと言いたげに、微かに首をかしげた。

その所作さえも、ハンサムな彼がやると非常に絵になる。

それがなんとなく気に入らなくて、大人げないとは思いつつ、ネイルで彩（いろど）った指を目の下にあて、あっかんべーをした。そして近くにいたウェイターから新しいグラスを受け取る。

チラリと視線を向ければ、剛志は虚を突かれたのか目を真ん丸くしてこちらを見ていた。その表情にクックッと喉を鳴らし、彼に向かってグラスを軽く掲（かか）げてから飲み干す。

自分を呆然と眺める剛志に、涼子はニカリと挑発的に笑った。

それが後に、どんな惨劇を招くかも知らずに。

◇　◇　◇

「頭痛い……」

掠れた声で唸った涼子が薄目を開けると、視界は白く淡い光に包まれていた。

一瞬、飲み過ぎて死んだのかと思ったが、追いかけるようにしてこめかみに脈打つような痛みが走ったので、生きているのだと理解する。

――確実に飲み過ぎた。

今動くと吐いてしまいそうなので、涼子は布団の中で両の指でこめかみを強く押さえて背中を丸めた。そうしながら、自分がこの状況に陥った経緯を思い出す。

昨日は、寿々花の父親が開いたパーティーに出席した。

親友の寿々花は、日本を代表するエネルギー会社である、あけぼのエネルギーの会長の娘だ。

涼子としては、誰の娘であっても関係ないし、気が合えばそれでいいと思っている。ただ、寿々花と友人になったことで、彼女に付き合って豪華なパーティーなどに出席する機会が増えたのは思わぬ恵みだった。

桁外れの令嬢である寿々花が出席するパーティーは、当然のごとく会場も料理も主催者のこだわりが半端ない。もちろん出される酒類も素晴らしかった。

中でも昨日のパーティーは、華やかなことが大好きな寿々花の父が主催しただけあって、酒も料理も一級品が揃えられていた。庶民の涼子ではとうてい手の出ないお酒が並んでいたこともあって、つい欲求に抗えず飲み過ぎてしまった。

結果、二日酔いで身動きとれずにいると。

嗜み程度にしかお酒を飲まない比奈には、よく「そんなになるまで飲まなくても」と言われるが、涼子には涼子の言い分があるのだ。

――酒は繊細な生き物である。

高価な酒なら誰がどう飲んでも美味しいというのは、浅はかな考えだ。

保管方法で大きく味が変わるし、飲む際も提供される温度や一緒に出される料理で酒の印象が違ってくる。

その点、芦田谷家のパーティーは隅々までぬかりがないため、最高の状態で最高品質のお酒を提供してもらえるのだ。

こめかみを揉みながら昨日飲んだお酒の味を思い出し、涼子はホウッと恍惚の息を漏らす。

――珠玉の美酒の代償が、二日酔いなら安いものだ。

それに、ちょうど会社も夏期休暇中なのだから、こうやって一日布団で丸まって過ごしたところで、なにも問題はない。これもまた贅沢な過ごし方だと、しばし布団で丸まっていた涼子は、不意に「んっ?」と、首をかしげた。

いつから自分の寝具は、こんなに肌触りがよくなったのだろう。

――これ、羽毛だよね……

こめかみから手を離し、涼子は自分が包まる寝具に指を滑らせる。もしかしてシルクだろうか。滑らかな手触りのシーツが、火照る体の熱を吸収してくれて心地よい。

「……？」

なにかがおかしい。

自分は今、タオル生地の薄い掛け布団を使っているはず。それに色も、繭を連想させるこんな柔らかな白ではない。

ズキズキと脈打つ頭では、上手く考えがまとまらない。

このままではらちが明かないと、涼子は頭痛を堪えて右腕を大きく動かし、包まっていた寝具から顔を出す。そして、周囲を確認してギョッと目を見開く。

次の瞬間、涼子はバネ仕掛けの玩具のごとく上半身を跳ね起こした。

「ここどこ？」

目をぱちくりさせながら、涼子は改めて周囲を確認する。

寝室にしては広すぎる部屋には、落ち着いたデザインのチェストやソファーといった家具が配置されている。そのどれもが、涼子の記憶にないものだ。

ソファーの前のミニテーブルには、涼子のバッグと一緒にカジュアルブランドの紙袋をはじめとした幾つかの紙袋が置かれている。

今まで心地よく包まっていた寝具は、やはりシルクのカバーが掛けられた薄い羽毛だ。

一瞬、急性アルコール中毒にでもなって病院に運ばれたのかと思ったが、ベッドは簡素な医療用のそれではなく、重厚感のある木目の美しい品だ。大きさから考えて、キングサイズだろう。

それに、足下の緻密な模様が織り込まれたフットスローは、見るからに安物でないとわかる。

レースのカーテンしかひかれていない窓から見える景色から考えて、ここは高層階らしい。ということは、芦田谷家の客室でもないということだ。

さらに、よく見れば自分はほぼ裸のような格好をしているではないか。

――酔った勢いで誰かにお持ち帰りされた？

考えたくはないが、その可能性が一番高いだろう。

違う意味でも頭が痛くなってきた。このままベッドに倒れ込みたくなる体に活を入れ、涼子は眉間を押さえて現状把握に努める。

昨日のパーティーで着ていたドレスは、腰の辺りでクシャクシャに丸まっている。ストッキングは脱いだようだが、ショーツは穿いているので最後まではしていないのかもしれない。

――それとも、した後で穿いた？

二日酔いで鈍る頭で思考を巡らせるが、まったく記憶がないので判断がつかない。

そこでふと、涼子は少し離れた場所から水音がすることに気付いた。

どうやら嫌な予感が的中したらしい。

相手の男性がいるのなら、このヨレヨレになったドレスを脱いで、なにか着なくては……と、慌てふためいている間に水音が止まり、人の気配がこちらへと近付いてくる。

身なりを整えるのを諦めた涼子は、さっきまで包まっていた羽毛布団を引き寄せ、首より下をすっぽりと隠した。

「ああ、起きたか」

そう言って、開け放した部屋の戸口に現れた人物の姿を見た瞬間、涼子は目を剥き唇をわなわなと震わせた。

それは、髪から水滴を滴らせた男性が、バスタオルを腰に巻いただけの格好で引き締まった上半身を晒していたからではない。

その男性が、涼子が苦手としている芦田谷剛志だったからだ。

「あ……芦田……っ」

口をパクパクさせるけれど、言葉が上手く出てこない。

そんな涼子を見た剛志は、口の端で微かに笑う。

顔立ち自体は上品で美しいのだが、不遜な表情や惜しげもなく晒された筋肉質な肉体から、荒々しい野性味を感じる。

「おはよう。昨日のドレスでは帰れないだろうから、懇意にしている外商に手頃な着替えを用意させた。サイズは、妹と同じくらいでよかったよな？」

髪を拭く剛志は、視線をテーブルへと向ける。

さっき視界に入ったカジュアルブランドの紙袋がそれなのだろう。

「あの……えっと……ここは……」

お酒の余韻も二日酔いも、全ての感覚が一気に遠のいていく。

動揺する涼子を見て、剛志が魅惑的な笑みを浮かべて問いかけてくる。

「なんだ、昨夜のことを覚えていないのか？　自分からあんなに激しく求めてきたくせに」

「——っ！」

死刑宣告を受けた気分だ。

「シャワーを浴びて、着替えるといい。昨夜のことは、朝食を取りながらゆっくり聞かせてやるよ」

蒼白になってベッドに倒れ込む涼子にクスリと笑い、剛志は他の部屋へと移動していった。

濡れた髪のままバスローブを羽織り、リビングで経済新聞に目を通していた剛志は、慌ただしく寝室を飛び出していく人の気配に顔を上げた。

途中で躓いたのか、パタパタと離れていく足音が一瞬止まり「痛っ」という声が聞こえる。

「逃げたか？」

それを裏付けるように、すぐに部屋の扉の開閉音が聞こえてきた。

それを聞き、新聞に視線を戻した剛志は、悪戯な笑みを浮かべる。

慌てふためいて逃げ去ったことを考えれば、彼女がどんな誤解をしているか確認するまでもない。

剛志としては、さっきの台詞は挨拶代わりのジョークのつもりだった。

――まあ、多少の悪意が含まれていたことは否定しないが。

狼狽える涼子の顔を思い出し、ザマアミロと舌を出す。

昨夜のパーティーで自分にあっかんべーをし、グラスの酒を勢いよく飲み干した涼子は、その後もご機嫌な様子で酒を飲んでいた。

妹の友人である柳原涼子は、今時珍しくカラーリングもパーマもしていない艶やかな長い黒髪が特徴的な女性だ。細身で背が高く凛とした美しさがあり、華美な化粧をせずとも人目を引く。

その性格は実にシンプルで、良く言えば肩書きで人を判断しない。悪く言えば年上で社会的地位のある剛志にも遠慮がない。

以前、妹が無断外泊した際、大騒ぎする父を落ち着かせるため「友人と飲んでいるのだろう」と意見した。すると父は、妹の友人たちに電話して確かめると言う。

虫の居所の悪い時の芦田谷廣茂の物言いの酷さを承知している剛志は、真夜中に突然電話をかけられたうえ、横柄な物言いであれこれ聞かれては相手が気の毒と思い、電話をかける役を買って出た。ところが、電話に出た涼子に「ストーカー気質」と言われ、そのまま冷ややかに説教を食らう羽目になったのだ。

確かに芦田谷家のネットワークを使って連絡先を調べ、面識がある程度の女性にいきなり電話をしたのは失礼だったかもしれない。

だがエネルギー業界の重責を担う芦田谷家に生まれ、人に傅かれることが当たり前として育った剛志にとって、それは衝撃的な出来事だった。正直プライドも傷付けられた。

それでも昨夜、酔い潰れた彼女がたちの悪いお坊ちゃまに連れ帰られそうになっていたのを助けてやったのは、紳士的対応と言えよう。

酔い潰れた彼女を自宅まで送ろうと思えば送れたが、それでまたストーカー呼ばわりされるのも面白くない。それで、自分のために事前に予約していたホテルに連れてきたのだ。

何故、家に帰らずホテルの部屋を取っていたかと言えば、パーティー後に妹が外泊すると知り、自分とは桁違いの熱量で妹を溺愛する父や兄に八つ当たりされるのを避けるためである。

妹に連絡を取ることも考えたが、恋人同士の邪魔をしても悪いと思い、控えておいた。結果、彼女の着替えを用意したうえで、ホテルのスイートルームの主寝室を譲ってやったのだから、是非とも以前のストーカー発言を撤回していただきたいものだ。

「いい奴じゃないか俺……」

さっきの悪意あるジョークを忘れ、剛志はしれっと自画自賛する。

シャワーを浴びた自分を見て、目を白黒させる涼子の表情はなかなか面白かった。

細身で整った顔立ちの彼女は、男性に媚びた話し方をしないこともあり、落ち着いた美人という雰囲気だ。そんな彼女のあんな表情は、もう二度と見られないだろう。

それを思うと、彼女が悪夢として想像したであろう一夜の過ちなどなかったと教えてやるのは、なんだか少し惜しい気もする。

だからといって、誤解のまま放置しておいてよいものかと思案しつつ、剛志は涼子を追いかけるでもなく新聞を読み進めた。

1　後悔と交渉

酒は飲んでも飲まれるな。

休み明け、品質保証部のデスクでパソコン画面をスクロールさせる涼子は、夏期休暇中の悪夢以来、幾度となく心に刻んだ言葉を反芻（はんすう）する。

あの日、逃げるようにして帰って以降、一度も剛志と顔を合わせていなかった。

休暇中、寿々花の家に行く機会はなかったし、彼からもなんの音沙汰もない。もちろん、涼子から連絡を取ることもなかった。

彼が用意してくれた服にちゃっかり着替えて帰ったので、さすがに一言お礼を言うべきだったのかもしれないが、あの状況で彼と話したら愧死（きし）していただろう。

揃えてくれた品にはトワレや下着も含まれていた。それらの品を用意してくれた外商が、どんな勘違いをしていたか考えるだけで恐ろしい。

——たぶん、なにもなかった……

なんであそこにいたかは思い出せないままだが、自分の体にはなんの余韻もなかったのだから、それは間違いないはずだ。というか、そう願いたい。

あれは、美酒を目の前にすると自制心を失い飲み過ぎる自分への天罰だ。きっと、そうに違いない。

――かの李白（りはく）先生は、酔った勢いで月を取ろうとして溺（おぼ）れ死んだんだっけ……

伝説によれば、中国の唐の時代、酒の詩を多く残した詩人の李白は、酒に酔って船の上から水面に映る月を捉（とら）えようとして、船から落ちて溺死したという。

二度と飲まない……とは約束できないけど、これからは節度をもって飲むことにする。だから、あれはなかったことにして欲しい。

そう心で祈りつつ、自戒の意味も込めて仕事にいそしんでいた涼子は、「ん？」と、目を細めて画面を凝視した。

ひょいと顔を上げて、斜め後ろのデスクに声をかける。

「佐倉（さくら）さん、休暇に入る前に入力しておくように頼んでおいた名簿のファイル、どこに入ってる？」

涼子の言葉に、緩くウエーブのかかったロングヘアーの女性がこちらを見た。

甘いメープルシロップを連想させる艶（つや）やかな明るい栗色に髪を染め、メイクも服装もその雰囲気によく似合うパステルカラーで統一されている。

彼女は涼子と目が合うと、可愛く目を見開きパチンと手を合わせた。

その芝居がかった動きに、涼子はまたかと微かに肩を落とす。

「柳原先輩、休暇中に私がどこに行ったか知っていますか？」

甘ったるい声で、彼女——佐倉ティアラが言う。

自分に都合の悪い質問を受けると、脈絡のない質問で返してくるのは彼女の悪い癖だ。

涼子は、目を細め興味がないと表情で返す。

その反応が不満だと言いたげに、佐倉は右手の人差し指を頬に添えて頬を膨らます。

男性が見れば可愛いと思う仕草なのだろうけど、業務確認をしたかっただけの涼子としてはただただウザい。

「ファイルどこ？　夏期休暇の間に、同車種の純正バックモニターの不具合が九件続いているの。たぶん猛暑のため回路に負荷がかかったせいだと思うけど、念のため下請けの在庫管理をしておきたいんだけど？」

涼子が籍を置く品質保証部は、製品の在庫状況を把握し、部品製造を依頼している下請け企業との連携を取り、滞りなく製品を供給させるための部署だ。

普段はそれほど忙しくない部署だが、万が一リコールとなれば、代替部品の確保と販売店への供給などで慌ただしくなる。

そうでなくても、夏期休暇の後は例年、上半期の決算に向けて忙しくなる時期だから、不測の事態が起きる前に備えだけはしておきたい。

頭の中で段取りを考える涼子は、佐倉の言葉を無視して「ファイルどこ？」と、催促する。

「今年、新しい水着を買ったんですけど、私、皮膚が敏感じゃないですか。だから日焼けしないように、ナイトプールしか行けないんですよ。それでも、なんか焼けちゃった気がするんです。キャミで出かけたせいかな？」

　自分の問いかけを無視された佐倉は、一瞬、ムッと眉を寄せた。でもすぐに表情を切り替え、ブラウスの袖（そで）を捲（めく）って腕を見せながら、自分の話を続ける。

「……」

　――知らん。知らん。だったら無理して泳がなきゃいいでしょ。大体、日焼けを気にするなら、普段からキャミソールなんて着なきゃいいのよ。

　声を発することなく、心の中で佐倉の発言一つ一つに返しておく。

「なんだかヒリヒリしてるし、集中力落ちちゃいますよね」

「……」

　――貴女に集中力がないのはいつもです。それに仕事を頼んだのは休暇前なんだから、休暇をどう過ごしたかは関係ないでしょ。

　冷めた表情で相槌（あいづち）一つ返さない涼子に、佐倉は不満げに再度頬を膨らます。

　ふてくされた様子でだんまりを決め込む佐倉に、彼女が求めている言葉がなんなのか察しがつく。

　可愛くて可哀想な自分を助けてくれる誰かを、彼女はいつも求めている。でも涼子が、彼女のご要望にお応えする義理はない。

「入力、今からしときますね」

無言で向き合うこと数秒。佐倉は涼子をしばし睨んだ後で、唇を尖らせ渋々言う。

「急ぎでお願いね」

同性相手にも自分を可愛く見せる所作を忘れないところは感心するが、自分が悪い時には一言謝る良識を持って欲しい。

注意したところで、いつも会話が噛み合わない佐倉の心に響くとは思えないので口にはしないが。

そのままパソコンに向き直ろうとする涼子に、佐倉が「あ、それと先輩」と、声をかけてくる。

「……？」

珍しく謝ってくるのかと視線を戻すと、佐倉はウフッと、可愛く首をかしげて言った。

「柳原先輩も少しくらい遊んでおかないと、あっという間にオバサンになっちゃいますよ。もう半分、オバサンなんだから」

「……っ」

「うちのママは、先輩の年にはもう結婚してましたよ？」

はあっ？　と、眉を寄せる。そんな涼子の顔を見て、佐倉は嬉しそうに肩をすくめ、椅子をくるりと回して自分のデスクへと向き直った。

「急いでるなら、自分でやった方が早いのに」

聞こえよがしなその呟きで、彼女の意図することは理解できる。

入力を代わると言ってくれなかった涼子に対する抗議として、嫌味の一つでも言いたかったのだろう。

確かに二十三歳の佐倉に比べれば、今年二十八歳の自分は若くない。だけどおばさん呼ばわりされる年齢ではないはずだし、結婚も年齢に追い立てられるようにしてするものではないはずだ。

第一、佐倉に哀れまれるほど、寂しい休日を過ごしてはいない。

特にこの夏は、いろいろと衝撃的な休暇を過ごさせていただいた。

「……」

苛立ちと共に、忘れることにしたはずの悪夢が蘇ってきてしまう。

神様に贔屓されているとしか思えないハイスペックな男は、その体躯もまた神様に贔屓されたものだった。年齢は三十代後半と寿々花から聞いた気がするが、背が高く引き締まった体は若々しく、少しも年齢を感じさせなかった。

そこまで考えて、涼子は、自分がえらくしっかり剛志の体を観察していたことに気付く。

「……仕事しよ」

疲れたように呟くと、涼子はデスクに向き直るのだった。

剛志との記憶や佐倉の発言にイラつきながらも、その日の業務を終えて帰ろうとした涼子は、エレベーターを待つ人の中に佐倉の姿を見つけた。

挨拶しようと近付くと、佐倉がスマホを頬に添えて電話している。

「初日から先輩に仕事の無茶ぶりされて、遅くなっちゃった。最悪っ」

佐倉の言う先輩とは、涼子のことだろう。あれは無茶ぶりではなく、休み前に済ませておくよう頼んでおいた仕事を、彼女が放置していた結果にすぎない。

一瞬、次のエレベーターを待とうかと思ったが、こちらが気を遣うことでもないのでそのまま並ぶことにした。

ただ、これ以上不愉快な会話を聞かされたくはないので、素知らぬ顔で声をかける。

「お疲れさま」

ビクッと肩を跳ねさせた佐倉が、気まずい表情で振り返った。

「ああ、柳原先輩……お疲れさまです」

慌てて電話を切りぎこちなく笑みを向けてくる佐倉は、自分の話を聞かれていたかどうか視線で窺ってくる。涼子はそれを無視して、ちょうど到着したエレベーターに乗り込んだ。

すると佐倉も、なにもなかったような表情で乗り込んで来た。

通話は終えたようだが、今度はメールでもしているのか佐倉はスマホを操作し続けている。

――その勢いで仕事も片付けてくれればいいのに。

内心で独りごちる涼子は、見るとはなしに佐倉に目をやる。

佐倉ティアラ。その名前は、メルヘンが大好きな彼女の母親が付けたものだと、聞いてもいないのに本人から何度も聞かされている。

ティアラのように光り輝くお姫様に育つようにと名付けられたそうだ。そして彼女は、母の期待に応（こた）えるべく、王子様みたいな素敵な男性と物語のような恋をして、幸せな結婚生活を送るのが夢なのだとか……

これまた一方的に語られる彼女のライフプランに、「ティアラはお姫様を引き立てる装飾品に過ぎないぞ」と、ツッコむのはさすがに大人げないのでやめておいた。

夢を見るのはいいけど、人の話を聞いてくれないのはなんとかしていただきたい。

困ったものだと軽く首を回した涼子は、エレベーターを降りてオフィスのビルを出る。

「……？」

そのまま駅へ向かおうとしたが、何故か会社の前に人だかりができていて気になった。

比率としては、女性の方が多いだろうか。多くの社員が集まり、遠巻きになにかを見ている。

好き好きに言葉を交わす社員たちの明るい表情から、重大な事故や喧嘩ではないようだ。そうなると、涼子の野次馬根性も働いてしまう。

ヒョイッと首を傾け人垣の隙間から様子を窺った涼子は、視線の先に見覚えのある顔を見付けて頬を引き攣らせた。

すぐ側で誰かが「カッコイイ」と、夢見心地な声を漏らしている。

その声に視線を向ければ、所属部署は違うが顔見知りの女性社員が、手を組み合わせてうっとりとした顔をしていた。

「――っ！」

軽い目眩を覚えつつ、涼子はもう一度、視線を彼へと戻す。

会社の正面玄関前に停められた一台の高級外車。その車に背の高い男性がもたれかかっているのが見えた。

遠目にも粋なデザインのスーツを着ているのがわかり、それが彼のモデルばりのスタイルの良さを際立たせている。

――芦田谷剛志……何故アイツがここに!?

人に見られることに慣れているのか、無駄に心臓が頑丈なのか。剛志は周囲の視線を一身に受けながらも、涼しい顔で髪を掻き上げる。

その何気ない仕草だけで、周囲が色めきたつのだから腹立たしい。

あけぼのエネルギーの重役様が、こんなところでポーズを決めている理由はわからないが、彼が偶然ここにいるということはないだろう。

だとすれば、先日のことでなにか話があるのかもしれないが、関わらないのが得策だと本能が警告している。

涼子は腰を屈めると、人混みに紛れてここから立ち去ることに決めた。

しかし、そんな涼子の思いに気付くことなく、佐倉が隣ではしゃいだ声を上げる。

「柳原先輩、あの人、すごく格好良くないですか？　格好いい彼氏のお迎えとかって、憧れますよね。……柳原先輩、聞いてます？」

――ちょっ、バカッ！

涼子は腰を屈めたまま、人差し指を唇に添えて静かにするよう合図する。普通ならそれで黙ってくれそうなものなのだけど、ここで察してくれないのが佐倉ティアラだ。

「柳原先輩、なんで腰を屈めているんですか？　お腹痛いんですか？」

きゃぴきゃぴした声がうるさい。こんなに苗字を連呼されて、アイツに気付かれたらどうしてくれる。

必死に唇に人差し指を添えて「黙って」と合図するのだけど、それを見た佐倉は、涼子を真似て人差し指を唇に添える。そしてその指を、ゆっくり頬に移動させて軽く首をかしげた。

甘い色のネイルに彩られた指が、柔らかな頬に沈む。

「……」

異性ウケはいいだろうけど、この状況でされてもただイラつくだけだ。

もう無視して帰った方が早いかも……そう思った次の瞬間、佐倉が大袈裟に目を見開いた。それと同時に、中腰になっていた涼子の腰に手が回され、体がふわりと浮かんだ。

「キャァッ」

不意の浮遊感に驚く涼子が小さく悲鳴を上げる。その背中は、すぐに誰かの体に受け止められた。

こちらを見つめる佐倉は、口をあんぐりと開けポカンとした表情をしている。

背中に感じる逞しい胸板や上品なトワレの香りに、嫌な予感しかしない。そしてそれを証明するように、耳元で低く艶のある男性の声がした。

「俺をここまで待たせる女は、滅多にいないぞ」

「……ま……待ち合わせた覚えはないです」

声を絞り出した涼子に、剛志は彼女の腰に手を回したまま言い返す。

「電話をすると、君は怒るじゃないか」

目を細め甘い声で告げた剛志が、ニヤリと微笑む。

その表情を見れば、彼が周囲の反応を楽しんでいるのだとわかる。

頬をヒクヒクと痙攣させる涼子に、剛志が悪戯を楽しむ少年のような表情で言った。

「話の続きは、場所を変えてしようじゃないか」

「なんでっ！」

語気を強めて腕を払うと、剛志と向き合う姿勢になった。

するとどうしても、彼の特徴的な鳶色の瞳を見つめる形となってしまう。

その瞳に気を取られているうちに、剛志が涼子の耳元に顔を寄せて囁く。

「この間のこと、ここで話してもいいのか？」

「……ッ」

その言葉に涼子が頬を引き攣らせると、弱みを見つけたと言わんばかりに嬉しそうに口角を上げた。意地悪さを含んだ艶やかな笑みを浮かべた剛志が、顔を寄せたまま低い声で囁く。

「俺の誘いに乗った方が、メリットは多いぞ」

悪魔のような囁きに、肌がぞわりと粟立つ。

感情に任せて爪先を踏み付けてやりたい衝動に駆られるけれど、チラリと視線を向けると佐倉が蕩けるような表情で剛志を見ているのに気付く。

下手に抵抗して、彼女の前で不用意な発言をされたらことだ。

「……わかりました」

がっくりと項垂れた涼子は、剛志に誘導されるまま見るからに高そうな彼の車に乗り込む結果となった。


「恥ずかしくて、明日から会社に行けない」

さっきは呆気に取られ、ポカンとした表情で自分たちを見送った佐倉も、明日には正気を取り戻し、涼子を質問攻めにしてくることだろう。

「それは悪かった。よければ、別の職場を紹介するが？」

助手席に座り両手で顔を覆っていた涼子は、運転席の男を睨んだ。

ハンドルを握る剛志は、こちらを見ることなく軽い口調で問いかけてくる。

「どの企業がいい？」

この男の場合、その台詞を冗談で終わらせない力があるだけにたちが悪い。

もし涼子がどこかの企業の名前を出せば、本当に転職の段取りを付けてくるのだろう。

「……用があるのなら、まず電話をしてください」

「前に電話をしたら、ストーカー呼ばわりしてきたじゃないか。幸い勤務先は承知していたから、ああして会社の前で待たせてもらうことにしたんだ。これで自宅の前で待てば、またストーカーだなんだと騒いだだろう？」

確かに彼の妹の寿々花と自分は、同じクニハラの社員だ。

ただし都内だけでもクニハラの関連施設は複数あり、寿々花は郊外にある技術開発室に勤務していて、本社の品質保証部に勤務する涼子とは別だが。それを知っていて本社の前で待っていたのなら、ストーカー気質は健在らしい。

――大体今の言い方だと、私の家の場所も知っているということでは……

「会社や家の前で待ち伏せするくらいなら、今度から用がある時は電話にしてください。それと、あの日のことは、絶対に秘密にしてください」

その約束だけは取り付けておきたい。

「それが、人にものを頼む時の態度か？　まずは、俺の話に耳を傾けるべきでは？」

怖い顔をして睨む涼子に、剛志が挑発的な発言をする。

その表情を見る限り、涼子の反応を楽しんでいるようだ。

苛立ちで唇が波打つように震えてしまう。

この男のことはもとより苦手だし、寿々花の兄でなければ、言葉を交わすこともないような相手だ。

大企業の重役様と、言葉遊びのようなやり取りをしていてもらちが明かない。それなら、さっさと話を済ませた方がいい。

「では、ご用件は？」

涼子が仏頂面で促すと、剛志が涼しい顔で返してくる。

「せっかくだ。ゆっくり食事を取りながら話そう」

「なんで?」

「君とゆっくり話したいから」

「胡散臭いです」

剛志と二人で食事をするなんて冗談じゃない。その不満を露骨に顔に出す涼子に、剛志が愉快そうに喉を鳴らす。

そして意地悪な笑みを浮かべて確認してくる。

「今日のお迎えがご不満とあれば、明日、改めて最初からやり直してやるが?」

「最初……」

「今日のあれで物足りないのなら、明日は花束でもつけようか」

それは、また会社の前で待ち伏せされるという意味だろうか。

「どうする?」

剛志は、涼子を横目で窺ってくる。その口元は、どこかニヤついている。

——これはもう脅しだ。

もしかしたら、剛志が会社の前で涼子を待ち伏せしていたのは、涼子に心理的プレッシャーをかけて、自分の望むとおりの返答を引き出すためだったのかもしれない。

相手の手のひらの上で転がされるまま、剛志と食事をするなんて冗談じゃない。そうは思うのだけど、それを覆す方法が見つからなかった。

「ご馳走になります」

苦々しい顔で涼子が返すと、剛志がそれでいいと言いたげに頷いた。

顔の構造としては友人の寿々花とよく似て美しいけど、傲慢さを隠さない強気な表情のせいで、寿々花とは似て非なる印象を醸し出している。

――傲慢でオレ様気質の王子様。

涼子は、心の中でそう相手を断じて、運転席の剛志から視線を逸らした。

しかし、徐々に暗くなっていく助手席の窓に剛志の顔が映っているので、あまり意味はない。

そのことにため息を漏らし、涼子は彼と電話で言葉を交わした日のことを思い出す。

あけぼのエネルギーの令嬢である友人の寿々花に、過保護で面倒くさい父親と二人の兄がいることは、本人から聞かされていた。

寿々花のおまけで参加するパーティーなどで、それなりに面識はあったが、これといった会話を交わした記憶はない。

そんな相手から突然電話がかかってきたのは、今年の夏の初め頃。

見知らぬ番号からの深夜の電話を不審に思いつつ出ると、それが剛志だった。

最初、寿々花の行方を心配する剛志の口調や芦田谷という家柄から、誘拐の心配をした。だけど話を聞くうちにわかったのは、人と会うから夕食はいらないと言って出かけた寿々花が門限を過ぎても戻らない、ということだった。

しかも最近は、しばしばその友人と食事を取ることが続いていたという。

カレンダーを見れば、その日は金曜日。

寿々花は涼子より年上だし、聞けば門限は二十三時だという……

あほか――それが、状況を理解した涼子の感想だった。

最初は本気で心配していただけに、いい年をした娘が門限を一時間程度過ぎただけで大騒ぎしている芦田谷家の面々に心底呆れてしまった。

誰かに会うことをほのめかしていた年頃の娘が、門限を破る。それが意味することなど、少し考えればわかるはず。

デートでもしていて、相手と別れがたくて帰るのが遅くなっているだけだ。

それを涼子がやんわり伝えると、剛志から「君の価値観で語られては困る」と、不機嫌に返された。夜中に突然電話してきてその言い様。よく考えたら、教えてもいない自分の番号を知っていることにも納得がいかない。

以前寿々花が、面倒くさい家族が迷惑をかけそうだからと、恋愛を諦めるようなことを言っていたのを思い出した。それでつい、勢いで「そうやってストーカー気質に捜し回る家族が嫌で、家出したんじゃないですか？」という嫌味から始まり、いろいろ説教してしまったのだ。

それから一ヶ月ほど経った先日のパーティーで、顔を合わせた剛志に「私の言ったことが正しかった」という意味を込めて、あっかんべーをしたのは気分がよかった。

よかったのだけど、ご機嫌な気分で美味しいお酒を飲んだ後の記憶が曖昧で、気が付けばあの状況に陥っていたのだ。

そんな剛志と、何故か食事をする羽目になっている。

――酒は飲んでも飲まれるな。

あの日以来、何度も繰り返している言葉を胸に、涼子はついでに「芦田谷剛志のペースに呑まれるな」と心に刻んでおいた。


仲居の案内を受け、剛志は堂々とした態度で檜の廊下を歩いていく。

その後に続く涼子は、足下を照らす間接照明の柔らかな明かりに視線を落とした。

廊下全体の照明は控え目で、視線は自然と仄かに明るい足下へと向く。そうやって足元へ視線を誘導されることにより、他の客とすれ違った際に互いの顔を認識しづらくしているのだろう。

だが、そうした視覚効果はあくまでも保険であり、座敷に案内する時にも細心の注意が払われているに違いない。なにしろ剛志が、客のプライバシーを極度に重んじている店と言うくらいなのだから、人とすれ違うこと自体がまずなさそうだ。

「こちらです」

そっと床に膝をついた仲居が襖を開けた。

そこで一度動きを止めた剛志が、涼子を振り返り挑発的に口の端で笑う。

「取って喰われるとでも思っているのか？　美味いものを食わせてやるから、そんな難しい顔をするな」

剛志の台詞に、仲居が控え目に微笑む。気まずさに眉間に寄っていた皺を撫でると、剛志から「そもそも俺はグルメだ」と付け足され、さらに深い皺が寄った。

そんな涼子の表情を見て、剛志が楽しげに目を細めて部屋へと入っていく。

ムスッとしつつそれに続くと、剛志は下座に腰を下ろし涼子に上座を譲ってきた。

いろいろムカつく相手なので、遠慮なく上座に腰を下ろす。

フンッと鼻息荒く居住まいを正す涼子に、くつろいだ様子の剛志がお品書きへと視線を向けて言った。

「料理はお任せで頼んであるが、他に気になる品があったら好きに注文してくれ。酒も好みのものを選んでいい」

腹いせに高いものを頼んだところで、この男の財布にはまったく響かないのは承知している。この前、涼子のために用意してくれた着替えの品々でさえ、彼にとってはたいしたことではなかったのだろうから。

それでも好奇心からお品書きに視線を向けた涼子は、次の瞬間、パッと顔を上げた。

「ホントに、好きに選んでいいんですか？」

突然キラキラと目を輝かせる涼子に、剛志が僅かに背中を反らす。それに構わず、涼子は重ねて確認した。

「お酒、好きに頼んでいいんですか？」

それを聞き、納得した様子で剛志は頷く。

「希望があれば、そこに載っていない秘蔵の品も用意させるが？」

その言葉に、涼子の目がさらに輝き、普段なら彼に向けることのない笑顔まで添えてしまう。

だが次の瞬間ハタと表情を改め、口元を手で覆って唸る。

「誓ったばかりなのに」

独り言のつもりが、剛志の顔に皮肉な笑みが浮かんだ。

「学習能力は高いようだ」

思わずなにか言い返そうとするが、剛志が「よかったよ」と呟き、仲居にある酒の銘柄を告げた。それは年間生産量が恐ろしく少ない、酒好きの間で幻の一品と囁かれている品だった。

そんな簡単にお目にかかれる品ではないと思いつつ、剛志が口にするのだからと期待を抱いてしまう。無意識に手を組み合わせる涼子の前で、仲居が頷いた。その姿に、涼子の中から不満の言葉が吹き飛んでいく。

そんな涼子の表情を見ていた剛志が、したり顔で窘めてきた。

「酒好きは構わんが、量より質を楽しむべきだ」

仲居の目もあるので、さすがに「質と量、両方楽しみたいんです」とは口にしないでおく。

「お気に召す品があってなにより」

仲居が襖を閉めると、剛志がそっと笑う。

その笑い方に、よからぬ企みが見え隠れして得体の知れない不安を感じた。

「あの……お話というのは？」

背筋を伸ばし確認する涼子に、剛志が笑みを深める。

「まあ急ぐな。話は酒を楽しんでからでいいだろ。あれこれ考えながら飲んだら、幻の酒の味が落ちるだけだぞ」

「話が気になって、お酒の味を楽しめません」

「話の内容によっては、目の前の酒を諦めて帰るのか？　どのみち飲むなら、話は後にしてもいいんじゃないか？」

——悪魔の囁き（ささや）だ。

そしてこの美酒は、値段以上に高くつきそうな気がする。

そうは思うのだが、幻の酒を目の前にちらつかされた状態で、それでは……と席を立つ気にはなれなかった。黙り込む涼子に、剛志が駄目押しのように付け足してくる。

「焼酎もいけるクチなら、薩摩焼酎のレアものをキープしているから、それも試すといい」

銘柄を告げられた涼子の喉が、無意識にゴクリと鳴る。

それを見逃さず、剛志は「ゆっくり楽しむといい」と、勝者の笑みを浮かべるのだった。

——さすが天下のあけぼのエネルギー。

最初に運ばれてきたお通しと、一杯目の酒を味わった涼子はしみじみとそれを感じた。

以前からの持論として、酒は生き物なので最適な状態のものを最高の環境でいただくことで、味わいはさらに良くなると考えていた。

ここの料理と酒を味わえば、その持論が正しかったのだと実感できる。

「ご満足いただけた様子で」

日本酒から剛志がボトルごと下ろしてくれた焼酎のロックに切り替え、それを堪能していた涼子に剛志が言う。

酒と料理の醸（かも）し出す調和にすっかり心奪われていた涼子は、そこで剛志と食事をしていたことを思い出した。

「で、ご用件は？」

涼子は表情を改めて、再び剛志へ話の内容を問う。

「そんな怖い顔をするな。せっかくいい表情をしていたんだから、そのまま酒を味わっていればいいだろう」

今日は車だからとお茶を飲んでいる剛志は、胡坐をかき頬杖をついている。ベストは着ているが、ジャケットを脱いでネクタイを緩めた彼からは、随分とくつろいだ雰囲気が漂う。

――なんか、無駄に色気が溢れている。

もしここに佐倉がいれば、王子様の艶っぽい姿に興奮してテンションを上げまくり、卒倒したかもしれない。でも自分はこの男の色気に惑わされたりしないと、半眼になった涼子は、さっきと同じ台詞を繰り返す。

「それで、ご用件は？」

冷めた表情で問いかける涼子に、剛志はつまらないと言いたげな表情を浮かべた。

だがすぐに、なにか企んでいそうな悪い笑みを浮かべると、軽く腰を浮かせて腕を伸ばす。そして、空になっていた涼子のグラスに惜しみなく焼酎を注いだ。

グラスから溢れそうな酒を見て、ついそれを口へと運んでしまう。

「美味い酒と料理は好きだろう？」

「まあ……」

さすがに否定しようがない。渋々といった顔で応える涼子に、剛志がしたり顔で頷く。

そんな彼の口の端に、悪巧みの匂いが漂っているのを涼子は見逃さない。

「では、それを堪能しながら、俺に口説かれてみないか？」

「はいっ？」

あまりに突拍子もない発言に、手にしていたグラスを落としそうになってしまう。

それを慌てて持ち直した涼子は、勢いのまま焼酎を呷る。

氷がグラスの中で揺れて、カランと涼やかな音を鳴らした。

「冗談はやめてください」

「本気だ」

白々しいと、涼子は目を細めて彼を睨んだ。男性的な長い指で自分の顎のラインを撫でる剛志の表情は、とても真面目に話しているとは思えない。

「貴方と付き合うなんて、あり得ないです」

「それは、俺としてもあり得ない話だ」

涼子の言葉に、剛志が楽しげに笑う。

——飲んでもいないのに、酔っているのだろうか。

意味がわからないと涼子が眉根を寄せる。でも顎に指を添えたままの剛志の表情を見れば、わざと戸惑わせるような言い回しをしているのだと気付く。

「からかうのはやめてください」

涼子が冷めた声で言うと、剛志はつまらなそうに肩をすくめて居住まいを正す。

「この前のパーティーで、妹が婚約発表をしたのは見ていたな？」

「ええ、まあ……」

あの日、寿々花の恋人として尚樹が紹介された。

堂々とした振る舞いで周囲からの祝福を受ける尚樹の姿に、いつしか彼こそが芦田谷廣茂が娘の婿にと選んだ男に間違いない、という話になっていた。

もちろん、芦田谷家の男性陣の表情を見れば、それが大いなる勘違いであることがわかる。

「鷹尾さんに、してやられましたね」

あの日の剛志の顔を思い出し、つい笑ってしまう。

そんな涼子の顔を見て、剛志はため息を漏らした。

「当然のごとく、親父殿は彼を快く思ってはいないが、喜ぶ娘の手前、正面切って反対もできずにいる」

「はあ」

あの芦田谷会長にも力業で解決できない問題があるのかと、変に感心してしまう。

寿々花の婚約者である鷹尾尚樹は、わかりやすいイケメンであると同時に、一代で財を成したIT系企業の社長でもある。やんちゃで人好きのする性格をしていると思うのだが、どうも芦田谷家の面々とはそりが合わないらしい。

ただ涼子としては、彼のような気骨ある男性でないと、この一族とは渡り合えないと考えている。

「だからと言って、諸手を挙げて二人の関係を認める気も、進んで奴を娘の婿と認める気も毛頭ない」

あれこれ思考を巡らす涼子に構うことなく話を続ける剛志は、不満げな顔をしている。その表情からして、彼も二人の結婚に反対しているのかもしれない。

「まさか私に、二人の関係を邪魔しろとでも言う気ですか？」

この話が自分にどう関係してくるのか推理した涼子は、露骨に警戒心を向ける。

「寿々花さんが、生涯独身でいれば満足なんですか？」

もしそうなら、妹の人生をなんだと思っているんだ。

今度はどんな説教をしてやろうかと口を開こうとしたが、それより先に剛志が首を横に振る。

「結婚しても独身のままでも、俺としては、寿々花が幸せならどちらでも構わん」

面倒くさそうに息を吐いた剛志は、こちらに視線を向けてくる。

「……なんですか」

頬杖をつき半眼で見つめられると、自分という存在を値踏みされているようで落ち着かない。

居心地が悪そうに身じろぎする涼子に、剛志が言った。

「大体そんなこと頼んだところで、君は引き受けたりしないだろう？」

大きく頷くと、剛志は肩をすくめて話を続ける。

「そんな無駄な交渉はしない。それに親父殿がどんな横槍を入れようと、あの男なら障害を障害とも思わず、易々(やすやす)と結婚までこぎ着けるだろう」

「じゃあ……？」

自分になにをして欲しいというのだろう。

ちっとも話が見えてこなくて、眉間(みけん)に皺(しわ)を寄せる。そんな涼子に、剛志がことさら大きなため息を吐いた。

「二人が上手(うま)くいったせいで、少々面倒事に巻き込まれて迷惑している」

「……？」

首をかしげる涼子に、剛志は物憂(ものう)げに語る。

「パーティーの翌日から、気の早い取り巻きどもがいそいそと婚約祝いを持ってきた。

あちらとしては、いち早く祝辞を届けることで、父のご機嫌を取るつもりだったのだろうが……」

その時のことを思い出しているらしく、剛志は斜め上を見上げ口角を下げる。

「そもそも、この婚約を認めていない父は『上の兄弟が結婚しないうちは、寿々花の結婚を認める気はない』と、祝いを持ってきた奴らに当たり散らした。……それをどう解釈したのかわからないが、取り巻きの間では、父が俺たち兄弟の見合い相手を探しているという話になり、我が家に見合い話が山のように届く事態となっている」

もとはただの思いつきだったはずが、持ち込まれる見合い話に芦田谷会長の気が変わったらしい。二人の息子に「ちょうどいいから結婚したらどうだ？」と言い出したのだという。

過去に離婚経験のある兄の猛には、それを理由に持ち込まれる見合い全てを押し付けられ、妹には複雑な眼差しでことの成り行きを見守られているそうだ。

「それは、お気の毒様で……」

剛志が心底嫌そうな顔をしているので、一応形だけは同情するフリをしておく。

そんな涼子を指さし、剛志は目を細めてニンマリと笑う。

「そこで、俺は恋をすることにした」

「はい？」

「好きな女性がいる。まだ付き合ってはいないが、今はその女性のことしか考えられない……と、家族に説明しておいた。幸い、外泊した直後だったから、それなりに信憑性(しんぴょうせい)があったようだ」

剛志が自分を指さす意味を理解して、涼子が悲鳴に近い声を上げた。

「冗談ッ！」

「自惚(うぬぼ)れるな。俺が、君に惚れるわけがないだろう。もちろん付き合いたいとも思わない。さっきも言ったが、俺はグルメだ」

なにか苦いものでも呑まされたような顔をして、剛志が指をヒラヒラさせる。

つまり涼子など、恋愛対象にもならないということだ。

口説(くど)かれても迷惑だが、ここまで言われるのも、それはそれでムカつくものがある。

ムッと眉根を寄せる涼子に構うことなく、剛志は話を続けていく。

「言っておくが、これはただの時間稼ぎだ」

「時間稼ぎ？」

言葉をなぞる涼子に、剛志が軽く顎(あご)を動かす。

「妹の恋人はなかなかしたたかだ。妹が望むのであれば、父がどう難癖をつけようが、あの男はその希望を叶える。そうなれば、父も俺の結婚話なんて忘れるだろう。俺としては、それまで適当な口実を作って見合い話をかわしたいだけだ」

涼子が嫌そうな顔をする。

「だからって、なんで私が……」

「手頃な存在だからだ」

「手頃？」

「そう。家族に嘘を信じ込ませるコツは、嘘にほどよく真実を交ぜ込むことだ。その点を踏まえ、このタイミングで一夜を共にした君はちょうどいい」

親指で中指を弾いて指を鳴らす剛志は、その指先を涼子に向けて言う。

「それに俺は、恋愛感情なんてものに人生を振り回されるのはごめんだ。恋人の演技を頼んだだけの相手に、下手に好意を持たれても迷惑だからな。その点でも、君は俺を好きになることはないだろうから、ちょうどいいんだ」

普通なら自惚れた発言に聞こえるかもしれない。だが、確かに剛志が恋人役を頼めば、喜んで引き受ける女性は山ほどいるだろう。そして演技とわかっていても、この男が相手では、あわよくばと女性が考えてしまう可能性は高い。

その点、涼子ならそういった心配は皆無だ。

己の身の丈に合った恋をしたいと願う涼子が、恋愛対象に求めるのは地位でも容姿でもない。話や価値観が合い、生活水準が近いこと。

後はできれば酒好きで、一日の終わりのご褒美として、一緒に晩酌を楽しめる人であればいい。

比奈のような覚悟があれば別だが、住む世界の違う人と恋をしても、苦労するのは目に見えている。それがわかっていて、わざわざ目の前の規格外な御曹司に熱を上げたりはしない。

ついでに言えば、彼はストーカー気質の傲慢な王子様である。

そんな面倒くさそうな男、涼子の好みであるはずがない。

「確かに、私が芦田谷さんに好意を持つなんてあり得ないですね」

さっき散々ムカつく発言をされたお返しに、涼子が力強く同意する。

好きになるはずがないのはお互い様なのに、剛志の方も、そこまで断言されると面白くない感情が湧くらしい。どこか不満げな表情を見せた。

見目麗しく育ちのよい王子様は、ここまで明確に拒絶された経験がないのだろうか。

でもそんなのこちらの知ったことではない。

涼子はふてくされた剛志の表情を肴に、焼酎に口を付ける。

グラスを手にしたまま剛志のくだらない話に付き合ったせいで、氷が溶けて焼酎が若干薄まってしまった。その味の変化もまた楽しみつつ、涼子は剛志に確認する。

「芦田谷さん、今お幾つですか？」

「三十七だが？」

「恋人は、いないんですよね？」

「いれば、こんなくだらん茶番を企てたりするわけないだろ」

その「くだらない茶番」に巻き込まれても迷惑なだけだ。

年齢と恋人の有無を確認した涼子は、焼酎をもう一口飲みアドバイスを口にする。

「じゃあ、これをいい機会と思って、素直に結婚したらいいんじゃないですか？　芦田谷さんの立場なら、選びたい放題でしょ。容姿が好みの人を適当に見繕ってお見合いしていけば、そのうち性格的にも妥協できる相手に辿り着きますよ」

「冷めた結婚観だな……」

涼子だって同性の友だち相手になら、恋愛や結婚について夢を語ることはある。だけど剛志相手に、そういった話をするつもりはない。

「芦田谷さんと、関わりたくないだけです」

間髪を容れずに返した涼子に、剛志がニヤリと笑う。

「一夜を共にした仲なのに、冷たいな」

「あれは……」

もう、十分深く関わっているじゃないか。と、剛志がからかうような視線を向けてくる。

そんな剛志に、涼子は無表情を装って返す。

「あの夜、なにもなかったはずです」

「そうだったかな?」

はぐらかす剛志の口調はいつになく楽しそうだ。その話し方で、こちらを脅したり試したりしているのではなく、ただからかっているだけだとわかる。

妹のいる彼としては、自然に出てくる悪戯心なのかもしれないが、長女として育った涼子としては反応しにくい。

それにもともと、剛志に見つめられると、何故か過剰に防衛本能が働いてしまう。だからつい、必要以上にキツく返してしまっていた。

「芦田谷さんのものが、恐ろしく粗末だというなら自信はないですけど」

涼しい顔で嫌味を言うと、一瞬、剛志が固まる。でもすぐに涼子の言わんとすることを察して、「なにもなかった。同じ部屋にも寝ていない」と認めた。

——御曹司、意外にピュアだな。

散々挑発するような態度を取っていた剛志が、気まずそうに視線を逸らす姿に、そんな感想を抱く。

学生時代は体育会系だったし、父子家庭のためバカでお調子者な弟の母親代わりをしていた涼子にとっては、軽い冗談のつもりだったのだが。

それなのに、そんな反応をされるとこちらまで恥ずかしくなり、思わず話題を戻した。

「でも本当に、結婚について考えるいい機会にしてみたらどうですか?」

芦田谷会長が乗り気なのも、そういったことを踏まえてのことなのではないか。

涼子の意見に、剛志が視線を逸らしたままお茶を飲む。その表情が物憂げで、なにか無神経な発言をしてしまったのだろうかと不安になる。

だが涼子へ視線を戻し、前髪を掻き上げる剛志の表情はさっきまでと変わらない強気なものに戻っていた。

「こちらにも、都合というものがある」

「そうですか……」

何気ない仕草でも様になる分、さっき一瞬見せた表情は、同情を引くための演技だったのではないかと思えてしまう。そのせいで、一瞬抱いた不安が消えていく。

心配して損したと、軽く唇を尖らせる涼子がグラスを傾けると、空になっているグラスの中で氷が鳴る。

下ろしたてのボトルにはまだ十分焼酎が残っているが、話に気を取られグラスが空になっていたことに気付かなかった。そんな涼子の仕草を、違う意味に捉えた剛志が言う。

「味に飽きたなら、他のものを頼むといい。だが外で飲む時はほどほどにしておかないと、そのうち本当にたちの悪い男に連れ去られるぞ」

何気なく付け足された言葉から、もしかしたらあの日、そうなりかけたところを助けてもらったのかもしれないと思った。

「……」

だとしたら、危ないところを救ってもらった自分は、剛志に借りがあることになる。

——あの部屋、スイートルームだよね。

休みの間に、つい気になって自分がいたホテルの料金を確認した。そして、一泊に支払うには桁違いの額に一人悲鳴を上げたのだ。

しかも着替えまで用意してもらったのに、思えば自分は一言のお礼も言っていない。

「……」

そこまで世話になったのだから、ちゃんとお礼を言うべきなのだろうか。

お品書き越しにチラリと剛志の様子を窺(うかが)えば、彼は頬杖をついたまま、やれやれと言いたげにため息を漏らしている。

もし剛志が、この前の件のお礼として協力を要請してきたのであれば、涼子は断れなかっただろう。でも彼は、それを交渉の材料に使う気はないらしい。

つまり彼にとって、この前のことは完全な善意による行為だったということだ。

「飲みたい酒は決まったか？」

涼子の視線に気付いて、剛志が問いかけてくる。

そう言っていただけるなら、遠慮なく注文させていただこう。

仲居を呼び新たな酒を注文した涼子は、襖(ふすま)が閉まるのを待って剛志に視線を向けた。

「……さっきの話、引き受けてあげてもいいですよ」

「急にどうした？」

剛志が驚いた様子で目を瞬かせる。

そんな彼に涼子は視線を彷徨わせた。自分が素直な性格をしていない自覚はある。人に甘えるのは下手だし、ここまで散々言いたい放題だった相手に、急にしおらしくお礼を言うのも気恥ずかしい。

だが、いろいろ不満を感じる相手ではあるが、助けてくれた相手の窮地を見て見ぬフリするほど、恩知らずでもなかった。

頭の中で考えを巡らした涼子は、澄ました表情で剛志に視線を戻した。

「冷静に考えると、美味しいお酒を堪能できるなら、悪くない話だと思って」

茶番に付き合う本当の理由を口にする代わりに、したたかな笑みを浮かべる。そんな涼子の表情を見て、剛志は納得した様子で頷いた。

「では契約成立だな。今日は思う存分、美味しい酒を楽しんでくれ」

そうして涼子の出した交換条件は、剛志に快諾されたのだった。

2　王子たちの企み

翌日。涼子は通勤中に空を見上げて、不思議な感覚に襲われた。

朝目覚めて、いつもどおりに身支度をして出勤する自分は、平凡な会社員だ。

昨夜、日本エネルギー産業の重責を担う男と食事をしたことも、そんな彼と奇妙な契約を交わしたことも、夏空の下で思い出してみると、その全てが嘘っぽく思えてくる。

「――っ！」

いつもより遅い足取りでぼんやり歩いていた涼子は、突然、肩と背中に強い衝撃を受けた。

それと同時に、鼻にかかる甘い声が聞こえてくる。

「柳原先輩っ」

体を捻って確認すると、両肩にぶら下がるようにして掴まる佐倉の姿があった。

「……おはよう」

内心、朝から面倒な人に捕まったとげんなりしつつ、肩を大きく捻って佐倉の手を解く。

手を払われた佐倉は、嬉々とした表情で涼子の前に回り込むと、予想どおりの質問を投げかけてきた。

「先輩、昨日のイケメン王子様は誰ですか？」

――絶対に聞かれると思った。

涼子は肩を落とし、面倒くさそうに息を吐く。

普段から時間に余裕を持って行動する涼子とは違い、いつもギリギリに出社する佐倉と偶然会うとは思えない。たぶんこの質問をするために、涼子を待ち伏せしていたのだろう。

それはそれで煩わしいのだけど、空気を読まない佐倉に、オフィスで質問攻めにされるよりはまだマシかもしれない。

そう気持ちを立て直しながら、涼子は素っ気なく返す。

「友だちのお兄さん。飲み会で迷惑かけたから、そのお詫びの話をしたくて待ってただけよ」

言葉のニュアンスでは、飲んで迷惑をかけたのが剛志のように聞こえるが、そこはあえて勘違いしてもらおう。酔った勢いで、あの男と一夜を共にしたなんて言えるわけがない。

「じゃあ、お詫びに食事をご馳走になったんですか？」

「まさか。少し話しただけよ」

「え～ホントですかぁ？」

甘えるような声で確認してくる佐倉に、涼子は涼しい顔で頷き、歩き出そうとした。

でもそれを阻むように、佐倉は再び涼子の前に回り込んできた。

「じゃあ、ちょうどいいから私に紹介してください」

「はい？」

なにがどうちょうどいいのだろう。

不思議そうな顔をする涼子に、佐倉が微笑む。

「職場の先輩の紹介って、いろいろちょうどよくないですか？　無難だけど運命的だし、あの人も王子様っぽくて、ママもきっと喜びます」

意味がわからない。

これ以上相手をするのは面倒だから、どうにか無視して会社に行けないだろうか。そんなことを真剣に考える涼子に、佐倉は言う。

「ママに、素敵な王子様と結婚してねって、お願いされているんです。だから、彼を私に紹介してください」

「はい？」

理解不可能。母親が望んでいるからって、思い描くままの人生が手に入ると何故思えるのだ。

どんなに可愛くても、ここまで会話の成立しない佐倉は、友だちにも紹介することを躊躇う。まして、友だちの兄という微妙な立ち位置の人になど、進んで紹介できるわけがない。

「遠慮しとく」

きっぱり断って、佐倉の脇をすり抜ける。

背後で「ええっ」と、悲鳴のような声が聞こえてきたかと思うと、すぐに佐倉が追いかけてきた。

「なんでそんな意地悪するんですか」

「意地悪って……」

逆に聞きたい。何故たいして親しくもない先輩に、当然のような顔をして、そんなことを頼めるのか。呆れる涼子の隣を歩く佐倉は、昨日の剛志を思い出しているのか、両手を組んでうっとりと虚空を見つめている。

「あの人、イケメンでリッチそう……」

「車好きで、無理して高い車に乗っているだけよ」

佐倉の妄想が加速する前に、今度は明確な嘘で話を遮った。

剛志の苗字や素性を知られると、流れで寿々花の素性まで知られてしまう可能性がある。

目立つことを嫌う寿々花は、ごく親しい人以外には自分の素性を隠しているので、佐倉に知られるわけにはいかない。

会話を終わらせるべく、歩調を速めて会社に向かう。そんな涼子に纏わり付くようにして、佐倉がしつこく話しかけてくる。

「どのくらいお金があるかは、付き合ってみて自分で確かめます。いくらイケメンでも、お金がない人はママ的にNGですから。だから先輩は、紹介だけしてくれればいいんです」

——この情熱と粘り強さを、是非とも仕事に回して欲しい。

そっと眉間を押さえた涼子は、不意に閃いた。

「佐倉さんが仕事を頑張ったら、考えてもいいわ」

それは、勉強が嫌いだった弟の拓海に使ったのと同じ手だ。

この粘り強さを仕事に向けてくれるのならば、涼子だってご褒美の一つくらい考えなくもない。

剛志には嫌がられるだろうけど、頑張って交渉くらいはしてみせよう。

そもそも、一瞬見ただけの剛志に、佐倉が本気で思いを寄せているとは思えない。

おそらくあの見た目から、自分に都合のいい理想の王子様像を描いているだけだろう。

だが希望を持つことで、佐倉が仕事にやる気を持ってくれるなら、それもよしだ。

「……」

「佐倉さんがやる気を見せてくれたら、私も紹介することを考える」

不満げな佐倉にそう微笑んで、涼子は足取り軽く会社へと向かった。

オフィスの席で業務をこなしていた剛志は、ノックもなくドアが開く気配にそっとため息を吐く。

「ノックぐらいしてくださいよ」

そう窘(たしな)めつつ顔を上げると、悪びれる様子もなく兄の猛が「したさ。お前が聞いてなかったんだろう」と、平然と嘘を吐く。

彼が簡単に謝るような人でないことは承知しているので、剛志はそれ以上触れない。

剛志の見守る先で、猛は当然のように来客用のソファーに腰を下ろした。

自分より二つ上の兄は、背が高く骨太でガタイがよい。どちらかといえば母親似の剛志とは違い、父親と瓜二つと揶揄(やゆ)されることのある猛は、その所作にも表情にも父親譲りの自信と我(が)の強さが滲(にじ)み出ている。

「明日の会議資料だ。目を通しておいてくれ」

そう言いつつ猛が手にしていたタブレットを操作すると、すぐに手元で開いているパソコンがメールの着信を告げた。

届いたメールのファイルを確認して、剛志は半眼になる。

メールのやり取りだけで済む話のために、わざわざ彼がここに来る必要はない。それを口実に、別の話をしようとしているのは明白だ。

それを裏付けるように、用が済んだはずの猛に立ち上がる気配はない。

それどころか、気を利かせ飲み物を運んできた秘書に退室を命じた。

「他にもなにか？」

諦めた剛志が話を促すと、猛がニッと口角を持ち上げて笑う。

「明日の金曜日は、私の食事会に付き合え」

口調としては軽いが、有無を言わせぬ迫力がある。と同時に、悪戯を画策する子供のような雰囲気を漂わせている。そんな兄の様子に、剛志はそっと眉を動かす。

「仕事ですか？」

「ある意味、仕事絡みだな」

その言葉で、兄の企みを察する。

食事にかこつけて、見合いの真似事でも画策しているに違いない。

仕事絡みと表現するならば、見合い相手はあけぼののエネルギーと繋がりのある企業の令嬢といったところだろう。

そんなものに、付き合う気はない。

人に面倒を押し付ける前に、同じ独身である猛が見合いをすればいいではないか。

先方としては、芦田谷家と姻戚関係を結べれば、相手は長男でも次男でも構わないはずだ。

「生憎と、明日はデートの約束があるので」

剛志は、澄ました顔でそう返す。

別に涼子と会う約束をしているわけではないが、それは今から取り付ければいいだけのことだ。

――彼女も、美味い酒と料理を振る舞えば文句はないだろう。

涼子とはそういう契約を取り交わしたのだから。

そんなことを考えていると、猛から訝るような視線を向けられた。

自分たちの間には、互いのプライベートは探らない、という暗黙のルールが成立している。だが、猛がその気になれば、剛志が誰と会っているかなどすぐに知られてしまうはずだ。

面倒くさいと息を吐く剛志に、猛が言う。

「お前の結婚を、親父殿が希望している」

芦田谷家において、父である廣茂の発言は絶対だ。

世間的な肩書きで言えば、剛志はあけぼのエネルギーの専務であり、その地位に見合うだけの権力も行動力も持っている。

だが家庭内の序列で言えば、我（が）の強い父兄の下になるため、どうしても発言力が弱い。

別に家族と揉めたいわけではないので、普段はそれでも構わないのだが……

たとえ家族と喧嘩してでも、死守したい領域というものはある。

「今は気になる女性がいますので」

ここ数日繰り返している言い訳に、猛が白々しいと言いたげに大きく息を吐き、膝を叩いて立ち上がった。

「明日の件は、適当に断っておいてやる。だが、芦田谷家の嫁選びと、ただの戯事（ざれごと）を履き違えるなよ」

芦田谷家の将来の長らしい猛の発言が、剛志の古傷を刺激する。

だからつい、部屋を出ていこうとする猛を呼び止めてしまう。

「兄さん、たとえ家族でも二度目はないですよ」

――あんな思い、二度とごめんだ。

さっきまでの柔和な感じを払拭（ふっしょく）し、鋭い眼差しで兄を牽制（けんせい）する。そんな剛志に、猛も鋭い眼差しを返した。

「私も、二度もお前のワガママを許す気はない。そう伝えているつもりだが？」

顎を軽く上げ念を押してくる兄は、父親とよく似た気迫に溢れている。

気迫だけでなく気性の激しさまで父親譲りである猛の言葉に、凄味を感じてしまうのは、その発言がただの脅しではないことをよく知っているからだ。

剛志が受けたあの痛みを、猛が理解することは一生ないと、今さらながらに思い知る。

「……」

「お前の甘さは、誰のためにもならん」

そう言い残して、猛は部屋を出ていく。

猛の元妻は、とある財閥の令嬢で、二人は見事なまでの政略結婚だった。

ビジネスの一環として敬意は払うが、愛情がないのは明らかで、それに耐えきれなくなった妻が他の男性を好きになったから別れて欲しいと言い出した時、「それでご実家に貸しができるなら」と、兄は快く離婚届に判を押した。

剛志には、とても真似できない。甘いと言われれば、それまでだ。

それでも、捨てきれない感情があるのだと、剛志は疼く古傷から視線を逸らすように、仕事の資料に意識を集中させるのだった。

剛志と食事をした二日後、涼子は仕事帰りに彼に教えられたバーへと向かった。

ガラス製品を扱う店が同じ建物の地下に構えるバーは、提供される飲み物と同じくらい器にもこだわりを持っていることで知られる。

店の存在は知っていたが、客を選びそうな店構えと価格に腰が引けてしまい、これまで訪れたことはなかった。

それなりに楽しみにしてきたのだが、昨日から続く不機嫌が顔に出ていたらしい。カウンターの奥の席に座っていた剛志が、涼子の顔を見るなり苦笑いを零す。

「なんだか、機嫌が悪そうだな」

隣に並んで座る涼子に向かって、彼が自分の眉間を撫でる。

その仕草につられて自分の眉間を撫でるが、別に皺は寄っていない。もしかしたら眉が不自然に吊り上がっていたのだろうかと、そっと指先で宥めておく。

「そんなことをしても誤魔化せないさ。飲んで機嫌を直した方が早いんじゃないか？」

「確かに」

その方がよっぽど効率的だ。

素早く気持ちを切り替えた涼子が酒を注文するのを眺めつつ、剛志はロックグラスを傾けて中の氷を転がして遊ぶ。琥珀色の液体が揺れると、ガラス細工かと思うほど綺麗な球体をした氷が、涼しげな音を立てた。

剛志と同じものを頼んだ涼子の前に、年代物のウイスキーが出される。

それを一枚写真に撮って、一口飲む。甘みを感じるスパイシーな味わいと共に、スモーキーな香りが漂ってきた。良い樽で、丁寧に育てられた品なのだとわかる。

涼子の表情が緩んだタイミングで、剛志が声をかけてきた。

「で、なにか嫌なことでもあったのか？」

特にこちらを気遣う様子もなく問いかけてくる剛志に、そんなことを聞いてどうするのだろうかと不思議そうに首をかしげる。

そんな涼子の視線に、剛志は困ったように肩をすくめた。

「別に、このまま無言で酒を飲み続けてもいいのだが」

確かに、いくら美味しいお酒とはいえ、無言で飲み続けるのも味気ない。

涼子は昨日から続く不機嫌の原因について話し出した。

「芦田谷さんが私の会社に来た時、私と一緒にいた女性を覚えてますか？」

その言葉に、剛志は首をかしげる。どうやら佐倉のことは記憶にないらしい。

まあそんなものだよ……と、届くはずないと知りつつ、涼子は心の中で佐倉に声をかけた。

「その子がどうかしたのか？」

「その子、私の後輩なんですが、芦田谷さんのことを気に入ったらしくて、紹介して欲しいって言われたんです」

そこで話を切って、チラリと剛志を見た。

こちらに視線を向ける剛志は、酷く嫌そうな顔をしている。

佐倉には悪いが、涼子にとって剛志の反応は予想どおりだ。

もし女性を紹介されて喜ぶような人であれば、見合いから逃げるためだけに、涼子にこんな茶番を持ちかけてくるはずがない。大体彼が望めば、見合いなどしなくても結婚やお付き合いを望む女性は、いくらでも寄ってくるだろう。

「別に、今すぐその子を紹介させてほしいっていう話じゃないんです」

微かに警戒心を見せる剛志にそう言って、涼子は話を続ける。

「ただあまり仕事に身が入らないタイプだから、芦田谷さんへの紹介を条件にしたら、仕事にやる気を出してくれないかなと思ったんです」

それに、剛志というわかりやすいご褒美が目の前にあっても仕事に身が入らないのであれば、それを理由に紹介を断ることができると思ったのだ。

涼子は、昨日の朝の佐倉とのやり取りを簡単に説明した。

「それで、その作戦は失敗したのか？」

涼子の表情から、結果は察しがついているのだろう。

確信を持った表情で問いかけてくる剛志に、涼子は苦い顔で頷く。

「ああいうタイプには効果的だと思ったんですけどね。一足遅れでオフィスに入ってきた彼女は、自席に座るなり泣き出したんです。そりゃあ周囲は騒然としますよね。それで、見かねた部長が声をかけたら……」

涼子はそこで話を切り、自分の眉間を揉む。そうしながら、昨日のことを思い出しげんなりする。

腫れ物に触るような口調の部長に話しかけられた佐倉は、涼子を指さして言ったのだ。

「柳原先輩が、私の恋愛の邪魔をするんです」と。

その発言に周囲はざわめくし、涼子も愕然とするしかなかった。

佐倉の恋愛の邪魔とはつまり、剛志を素直に紹介しなかったことだろうか。

その事情を知らない周囲は、涼子と佐倉の間で人知れずどんな三角関係が繰り広げられていたのかと色めきたった。

変な誤解をされては堪ったものではない。周囲に聞こえるように事情を説明した。

佐倉に手を焼いているのは涼子だけではなかったので、事情を知れば周囲の反応も冷めたものに変わる。佐倉としては、その状況も気に入らなかったのだろう。

始業時刻が過ぎても、誰かがなにか言ってくれるのを待って、いつまでもぐずぐずしていた。

そして困ったことに、その状態は今日も続いていたのだ。

「ということは、俺はその後輩とやらを紹介されるのか？」

涼子の状況を理解した剛志が聞く。

明らかに迷惑そうな顔をしているが、それを拒否してくる気配もなかった。

しかし涼子は、首を横に振る。剛志にそんな面倒事を押し付ける気はない。

昨日までは、佐倉が本気で仕事を頑張るのであれば、剛志と交渉することも考えようかと思っていたが、今は違う。

いつも以上に作業効率が悪い佐倉を見かねた部長にも、それとなく紹介してやってはどうかと提案されたが、涼子はその提案を却下した。

「確かにその方が楽かもしれません。けど、その後輩に、泣けば欲しいものが手に入るって、間違った考えを学習させることになります。長い目で見たら、そんなの誰のためにもなりません」

佐倉は甘えるのが上手だ。

見た目が悪くない上に、自分を可愛く見せる所作の研究に余念がない。上手く可憐さを醸し出し、男性の庇護欲を刺激している。

きっとこれまでは、彼女が甘えたり泣いたりすれば、手を差し伸べてくれる人が必ずいたのだろう。日常会話から察するに、母親も似たようなタイプらしいので、それが佐倉にとっては普通のことだったのかもしれない。だが、会社は家庭とは違うのだ。

一人前の社員として給与を受け取っている以上、泣いて甘えれば誰かに助けてもらえると思ったままでは困る。会社には、佐倉の家庭とは異なるルールが存在しているのだと学ぶべきだ。

「そういうタイプは、こちらが心を砕いたところで、仕事を続けるかどうかも怪しいと思うが」

涼子の考えに、剛志がやんわりと釘を刺す。

佐倉に手を焼いている涼子を見かねた部長にも、同じようなことを言われたことがある。

何度も根気強く佐倉に仕事を教える涼子に「ああいうタイプの子は、そのうちいなくなる存在だと割り切りなさい。教えても無駄だから、適当に雑用だけ任せておけばいいよ」と、アドバイスされた。五十歳を過ぎた部長は、きっと佐倉のような若手社員を多く見てきたのだろう。

よく「怒られるうちが花」という言葉を耳にするが、仕事も「教えてもらえるうちが花」なのだ。怒るにしても教えるにしても、行動を起こす側にはそれなりの労力が必要になるのだから、見込みがない相手には割り切った対応で関わりを減らした方が楽だ。

佐倉のように、仕事を「素敵な王子様と結婚するまでの腰掛け」と思っている相手なら、なおさらだろう。

部長ほど社会経験があるわけではないが、涼子もその意見は正しいと思う部分はある。

でも……

「確かに、そのうち私の前からいなくなる子かもしれません。でも、その子がこの世から消えてなくなるわけじゃない。だったら、生きていくのに必要なことを、どこかで学ばなきゃ駄目だと思います。その子自身のためにも、その子が次に一緒に仕事をする人のためにも」

そうは言っても、自分だってたいしたことを教えられるわけじゃない。それでも、最低限の常識として、任された仕事は自分で成し遂げるべきだし、泣いても欲しいものが手に入るわけじゃないことくらいは学習してほしいと思う。

「面倒見のいい先輩だな」

「ただのオカン気質です」

相手のためを思ってつい口うるさくなってしまい、結果として相手から煙たがられて終わる。

「なるほど」

剛志は薄く笑い、唇をウイスキーで湿らせると、「損な役回りだ」と付け足した。その声色には、少しの皮肉も感じられない。

チラリと視線を向けると、並んでグラスに口を付ける剛志の表情がフッと和らいだ。

「自分のためだけを思うなら、君の上司が言うとおり、黙ってやり過ごした方が楽だろう。相手に届かないアドバイスをし続けるのは虚しいものだから。それを承知で続けるなら、優しさより強さが必要になる」

低く囁くような声で語り、剛志は静かに酒を飲む。

「……」

いくら相手のためとはいえ、口うるさくアドバイスをして煙たがられることに、なにも思わないわけじゃない。それでも知らん顔できない自分の心を、こうして剛志が汲み取ってくれるのは妙な気分だった。

もう一度そっと視線を向けると、剛志も涼子に視線を返してグラスを揺らしてみせる。その穏やかな表情が気恥ずかしくて、すぐに視線を逸らしてしまう。涼子としては、皮肉の一つでも言ってくれた方が、軽口を返しやすいのに。

お互い負けず嫌いな性分をしているためか、剛志とは言い合いをしながら牽制し合っているくらいがちょうどいい。

「泣いたところで、欲しいものは手に入らない……か。確かにそのとおりだな」

どこか居心地の悪さを感じつつグラスを傾ける涼子の隣で、剛志がさっきの涼子の言葉をなぞり、しみじみと呟く。

自分の心を宥める（なだ）ような彼の声に、涼子は無意識に励ます（はげ）口調になる。

「私だったら、手に入らないもののために未練がましく泣くぐらいなら、美味しい（おい）お酒を飲んで忘れますね」

それが人生を楽しむ秘訣である。

それを証明すべくクイッとグラスを傾けると、思ったより勢いよく琥珀（こはく）色の液体が喉に流れ込んできた。図らずも強いアルコールを一気に飲み込んでしまい、むせてしまう。

「大丈夫か？」

驚いた剛志が、慌てて涼子の背中を擦る。

そうすることで二人の距離が縮まり、彼の纏う（まと）ムスクの香りを強く感じた。数種類の香料が複雑に重なり合う深い香りは、同僚の男性が使っているものとは明らかに異なっている。

そんな香りと共に背中に触れる男らしい手の感触に、柄にもなく緊張してしまう。

彼の存在が息苦しい。

「大丈夫です」

涼子は大きく肩を回し、剛志の腕を払った。

いつもより近い位置にある彼の美しい顔が、涼子をまた緊張させる。

「ゆっくり味わえ」

小さな子供に教え諭すような彼の口調が、何故かくすぐったい。

彼との正しい距離感を取り戻すべく、バーテンダーが置いてくれた水を手に取る。

微かに柑橘類の香りのする水が喉を撫でていき、呼吸と共に気持ちも落ち着いていく。

視線を横に向けると、剛志と目が合った。暖色系の照明の下で見る彼の瞳はグレーっぽい。照明が作る影が、彼の彫りの深さを際立たせていた。

――認めるのは癪に障るけど、やっぱり綺麗だ。

親友の兄なので、会話の流れで彼の出身校や会社での肩書きは知っている。海外の有名大学を卒業して、今はあけぼのエネルギーの専務。芦田谷家の御曹司なうえ、容姿にも恵まれている。

神様に贔屓されているとしか思えない彼に、泣きたい気持ちを飲んでやり過ごす夜があるとは想像できない。

「芦田谷さんなら、欲しいものはなんでも手に入るんじゃないですか？」

素朴な感想として呟いた涼子の言葉に、剛志は悪戯な笑みを浮かべて口を開く。

「そう思うなら、俺と結婚してみるか？」

「冗談っ！」

なにを言うのだと焦る涼子に、剛志は冷めた視線を遠くに向けて頷く。

「もちろん冗談だ」

「……」

殴ってやろうかと、カウンターの下で拳を握る涼子に剛志が言った。

「ただ、俺と結婚すれば、芦田谷の名は君が思っているより不便だとわかるぞ。権利には、義務が伴う。行使できる権力が強い分、背負う責任も果たすべき義務も重くなるからな」

「ごめんなさい」

彼の言わんとすることを理解して、涼子が謝る。

だけど剛志は、不敵な表情で頬杖をついた。

「構わんさ。そういう見られ方には慣れている。それに芦田谷家の重責を担う覚悟さえあれば、欲しいものが手に入りやすいのも事実だ。だからといって、欲するまま記憶を失うまで酒を飲むようなことはしないがな」

皮肉たっぷりな顔で剛志が笑う。

その態度は憎らしいのだが……

「それでも、ごめんなさい。寿々花さんの友人として、口にすべき言葉じゃなかったです」

親友の寿々花が、家柄を重荷に感じている様を見てきたのだから、たとえ冗談でも言うべきではなかった。素直に反省する涼子の頭に、ポンッと軽い調子で剛志の手がのせられる。

「妹に言っちゃいけないと理解しているなら、それでいい。だが俺は、妹のように自分の努力で手に入るささやかな幸せで満足する気はない。せっかく芦田谷家に生まれたのなら、その責務を果たす代わりに、思う存分権力を振るう。自分の欲望を満たすために、なにかを遠慮する気もない」

剛志は、涼子の頭を叩いた手でグラスを持つと、それを口に運び満足げに目を細めた。

高いお酒を味わう横顔は、心から今の状況を楽しんでいるように見える。

一瞬、妹思いのいい兄に思えたが、やっぱり傲慢で気位の高い鼻持ちならない王子様だ。

呆れたように息を吐く涼子が自分のグラスを口に運んだ時、鞄の中でスマホが鳴った。

小鳥がさえずるような機械音は、電話でなくメッセージが届いたことを知らせている。

それならわざわざ席を外す必要はないと、涼子は一言断ってスマホを取り出し画面を開く。そこには、弟の拓海からの短いメッセージが表示されていた。

『今日の夕飯なに？』

その短い問いかけは、彼と涼子だけがわかる暗号のようなものだ。

二浪の末まだ大学生をしている拓海は、どこでなにをしているのか、最近はたまにしか家に帰ってこない。

本人もそれを気まずく思っているらしいが、父も涼子もいつまでもふらふらしている拓海の顔を見ると、つい小言を言ってしまうので、最近家族関係がギクシャクしている。

いつの頃からか、拓海が家に帰ってくる時は、まだ自分に家で夕飯を食べる権利があるか確認するように、こうやってメッセージを送ってくるのだ。

涼子は思考を巡(めぐ)らし、自宅の冷蔵庫の中身を思い出す。

ロスタイムを減らすため、帰りに買い物をするのは避けたい。家にある材料で作れて、なおかつ拓海が喜ぶメニューはなんだろうか。

素早く考えをまとめた涼子は、拓海へ「天ぷら」と返す。ついでに「今外だから、少し遅くなるけど」と、付け加えておく。

すると拓海が居場所を聞いてきた。店の位置を告げると、近くにいるので一緒に帰ろうとメッセージが返ってきた。

珍しいこともあるものだ。

仲が悪いとは思わないが、半分母親を兼ねた姉と行動したがる年齢ではない。

だからこそ、一緒に帰ろうと言われれば喜んでそれに応じる。

「帰るか？」

いそいそとメッセージの送信を済ませスマホをしまうと、剛志が横から聞いてきた。

剛志の視線から隠すことなく操作していたので、メッセージのやり取りが見えたようだ。

「すみませんけど……」

もともと剛志には「一杯付き合え」と誘われただけなので、既に目的は果たしたとも言える。

美味しいお酒に未練はあるが、それ以上に弟にちゃんとした食事を取らせたいというオカン気質が顔を出す。

帰っていいかと視線で問う涼子に、剛志は気を悪くする様子もなく頷き、バーテンダーにチェックの合図を送った。この後、誰かと約束があるのか、スマホを取り出し操作を始める。

――芦田谷家の王子様が、遊び相手に困るわけがないか。

それなら、自分を巻き込まないで欲しかったのだが、彼の事情は承知している。なので、その件に関しては美味しいお酒に免じて忘れておく。

「また今度、誘ってください」

来るなり帰るばつの悪さから、社交辞令としての言葉を残し、涼子はグラスの残りを飲み干した。

店を出た後、断っても頑として譲らない剛志に駅まで送ってもらい、涼子は待っていた拓海と合流して電車に乗り込んだ。

「さっきの、彼氏？」

満員電車と言うほどではないが、そこそこ混み合った車内、吊革に掴まりぼんやり外を見る拓海が不意に口を開いた。

「へ？」

一瞬、なにを言われたかわからなかった。間の抜けた声を出して、涼子は拓海を見上げる。

「さっき、男と一緒だっただろ。遠目に見えた」

フンッと、不機嫌に息を吐く拓海の説明で、剛志と一緒にいるところを見られていたのだと理解した。

「ああ、見てたのね。気付かなかった」

ここしばらく、常に不機嫌な空気を纏（まと）っている拓海は、ふてくされた口調で続けた。

「向こうは、俺のこと気付いてたよ。俺たちが改札を抜けるまで、ずっと見てた。……結婚するの？」

「はい？」

唐突な発言に目を丸くする。すぐに涼子は、「あの人とはそういう関係じゃないから」と、呆れ気味に付け足した。でも拓海は納得していないのか、不機嫌な口調のまま続ける。

「なにやってる人？　会社員？」

「まあ……」

一応、会社員と言っていいだろう。

どこか曖昧に頷く涼子をチラリと見て、窓外に視線を戻した拓海は嘲りを含んだ声で言う。

「平凡でつまんない人生」

「……」

拓海の言葉に、涼子はまただとこめかみに力を入れる。

悟られないよう隣を窺えば、不機嫌に外を見る拓海の横顔は、身内の贔屓目を抜いても整っていると思う。

若さという点も大きいが、痩せて線の細い拓海は、剛志とは違う中性的な美しさがある。その外見は、涼子の記憶の中にある、あの人の姿に重なった。

高校までの拓海は、さして努力もしないのにプロスポーツ選手になりたいと語り、サッカー部と野球部の間をふらふらとしていた。

なまじ背が高く運動神経もよかっただけに、努力をしなくてもある程度の成果をあげられていた。そのうえ、整った容姿も手伝って女の子にもてはやされていたから、たちが悪い。

自分の力量を見極めることなく、壁に突き当たる度に種目を変えて「自分に向いているのは、やっぱりこっちだった」と、ころころ夢を変えてしまう。

高校生の頃は、自分にスポーツの才能がないと気付けば、自然と目が覚めるだろうと、父も涼子も好きにさせていた。

けれど、ようやく自分がプロスポーツ選手になるのは無理だと気付いた拓海は、今度は芸能界に憧れを抱き始めた。せめてその目標に向けて努力をしているのなら応援もできるのだが、口先で夢を語るだけで、努力をしている様子が見受けられない。

結局のところ、拓海は平凡を退屈と捉え、人とは違う人生に憧れているだけなのだ。

それもあって、二浪して入った大学の卒業が近付いてきたこの時期に至っても、未だに就職の目途は立っていない。

そんな拓海と父の間には、このところ口論が増えている。

涼子としては、地道に生きる人の姿を嘲り、夢ばかりを語る彼の性格が、記憶の中のあの人と酷似しているとわかるからこそ頭が痛い。

「今日、親父に絶対に帰ってこいって言われた」

不機嫌に暗い車窓を睨んでいた拓海が、ポツリと呟く。

「なんで？　アンタなにかしたの？」

「ちょっと……」

「そう」

珍しく一緒に帰ろうと声をかけてきた理由が理解できた。

放任主義の父がそんなことを言うのは珍しい。拓海にも、なにか思うところがあるようだ。

嫌な予感がすると、涼子は拓海に悟られないよう息を漏らした。

涼子を駅まで送った剛志は、彼女のために予約していた店へと足を向けた。

駅まで送った彼女が、ホスト崩れのような華奢(きゃしゃ)な茶髪男と合流したのには、正直少し驚いた。

――恋人がいたのか？

遠目だったから相手の男の容姿をハッキリ確認したわけではないが、改札を抜けていく二人の姿は親しげに見えた。

スマホ画面を見て綻(ほころ)んだ彼女の表情や、隠す様子のないメッセージのやり取り。それに帰るまでのそわそわした様子からしても、そういうことだろう。

成り行きで恋人役を頼んだが、彼女に恋人の存在の有無(うむ)を確認してはいなかった。

――正直、勝手に恋人はいないと思い込んでいたな。

その根拠を聞かれるとよくわからないのだが、涼子は美人なのにサッパリしていて男に媚びる印象がない。そんな彼女の隣に、誰かが寄り添っている姿がイメージできなかったのだ。

しかし恋人がいるなら剛志の申し出を断りそうなものなので、ただの友だちか、彼女が一方的に思いを寄せているだけか。

「まあ、いいか……」

涼子についてあれこれ悩むのは面倒くさいと、剛志は思考を手放す。

別にお互い恋愛感情があるわけでもないのだから、自分が考えることではないだろう。

それでも念のため、恋人の有無くらいは今から会う人に確認しておこうか……

そんなことを思いつつ、剛志は歩き出した。

看板もなく藍染めの暖簾の端に屋号が書かれているだけの隠れ家的焼き鳥屋。その店の個室に入った剛志は、不機嫌を強調するようにぐっと眉根を寄せた。

「お招きどうも」

そう言ってお猪口を揺らすのは、招いた覚えもない妹の恋人・鷹尾尚樹だ。

「俺は、寿々花を誘ったはずだが？」

乱暴な動きで、剛志は尚樹の対面の席に腰掛ける。

涼子と飲む約束をした時点で、彼女の酒の選び方の傾向を踏まえ、渋めの店を押さえておいたが無駄となった。こちらが勝手にしたことだからそれ自体は構わないのだが、無理を言って予約した手前キャンセルするわけにもいかず、妹の寿々花を誘ってみた。

他の家族がいない場所で話したいこともあったので、ＯＫの返事をもらいちょうどいいと思っていただけに、目の前の尚樹に腹立たしさが増す。

不機嫌な剛志の顔を堪能するようにゆっくり酒を飲んでいた尚樹が、口を開く。

「寿々花は少し遅れます。俺は一足早く、彼女からの大事な伝言を預かってきました」

急な誘いだから遅れるとか、そういった内容だろうか。わざわざ「大事」と前置きをするくらいだから、他にも用があるのかもしれない。

だとしても、コイツなどをよこさず、メールを送ってくれればよかったものを……

「では伝言を言え。そして、言ったら帰れ」

コイツと酒を飲むくらいなら、一人で飲んだ方がましだ。

注文を済ませた剛志が棘のある声で先を促すと、尚樹がニヤリと癖のある笑みを浮かべた。

「ちゃんと謝っておきなさい……と、寿々花が言っています」

「はあ？」

なにを言う。この男に頭を下げる理由などない。

厚顔無恥（こうがんむち）なこの男が癪（しゃく）に障り、些細（ささい）な嫌がらせをすることはある。だが、どれも軽い挨拶（あいさつ）程度で、謝罪が必要なほど悪質なことをした記憶はない。

不満げな表情で、剛志は長い脚を持て余すように組んだ。

苛立つ剛志の様子をしばらく眺めた後で、尚樹が「俺がね」と楽しげに付け足してきた。

「俺が会長に、息子の結婚を急ぐようけしかけたので、被害者に謝ってこいと怒られまして」

「なんだと？」

「芦田谷会長が、未婚の上の兄弟を理由に、俺と寿々花の結婚に難色を示したと聞いたので、『会長の背中を見て育ち、女性の扱いを理解していない御子息に結婚は無理でしょう』と、お伝えしました。結果、貴方に被害が集中しているとか。ついでに言えば、会長が息子の結婚相手を探していると、周囲に広めたのも俺です」

「な、なんでそんなこと……」

ただの八つ当たりで出た言葉に、やけに父が乗り気になっていた理由はそれだったのか。

呆れ顔の剛志に、尚樹がニンマリと癖のある笑みを浮かべる。

「俺と寿々花の関係にあれこれ口出しされるのも迷惑なので。ここは、一枚岩のごとく団結している芦田谷家の面々に、仲間割れしていただこうかと」

確かに縁談を勧められるのが面倒で、最近、父や兄と距離を取っている。二人も、剛志の見合いに気が向いていて、この男の邪魔は後回しになっているようだ。

この男にとって、剛志の縁談はいい目くらましの役割を果たしているらしい。

「ふざけるなっ」

いきおいテーブルを叩いたタイミングで、仲居が酒を運んできた。

剛志の声に驚き肩を跳ねさせた仲居が、戸惑った視線を二人に向けてくる。

気まずさから剛志が咳払いをすると、尚樹が手の動きで酒を置くよう合図した。そのついでに自分の酒を注文したところを見ると、まだこの場に留まるつもりらしい。

「で、お前はなにがしたい？」

仲居が退室するなり、唸（うな）るような声で問いかけると、尚樹が涼しい顔で返す。

「寿々花と結婚がしたいですね」

「俺は別に反対していない」

だから、こんな嫌がらせをされる筋合いはない。そう睨（にら）む剛志に、尚樹が余裕の表情で言い返す。

「でも、協力もしないでしょ？」

誰がお前に協力など――そう心の中で吐き捨てる剛志に、尚樹が目を細め不満げに息を漏らした。

「俺としては、寿々花の憂(うれ)いをなくすためにも、家族の祝福のもと結婚したいと思っています。そのために、お兄様には是非とも積極的に協力をしていただきたい」

邪魔をしないだけでは、満足しないらしい。

「なるほど……」

テーブルに肘をつき、額(ひたい)を押さえる。いきなり息子の結婚をせっつき出した父に、寿々花が複雑な顔をしていたのは、このことを知っていたからだったのか。

目くらましに利用されてまで、この男に協力してやる筋合いはない。そう告げようとした剛志に、尚樹が表情を柔和なものに変えて言った。

「寿々花の性格では、芦田谷の名前は重荷です。彼女が生きやすくなるよう、良き兄として、手を貸してもらえませんか？」

この男に言われると、ただただ癪(しゃく)に障るだけなのだが、寿々花が家名を重荷に感じていることは剛志も承知している。

かつて、芦田谷の家名の重さに心を潰された人の姿を目(ま)の当たりにした剛志には、十分すぎるほど重みのある言葉だ。

短い逡巡(しゅんじゅん)の後、剛志は大きく息を吐く。

「俺より、別居中の母を味方につけた方が確かだ」

父の廣茂は、数年前、突然「自由が欲しい」と言って家を出たきり別居状態が続いている母との、和解の糸口を模索し続けている。その母を味方につければ、廣茂も強硬な手段は取れないはずだ。

寿々花の性格では、家族を利用するなんて考えには至らないだろうが、おそらくそれが、一番手っ取り早い。

苦々しさを堪えて助言するついでに、母の連絡先も教えてやった。

「貴方は、芦田谷家の人間にしては善良で潔い」

欲しいものを手に入れた尚樹が、不遜な笑みを浮かべてこちらを見てくる。

それは、父や兄にもよく指摘される剛志の欠点だった。

だが言わせてもらえば、自分は優しいのではなく、ものぐさなだけだ。

自分で欲しいものを手に入れるだけの、地位や財力は持っている。だからこそ、それ以外への欲が稀薄になっているにすぎない。

ビジネスの場では上手く隠すようにしているが、プライベートでまで、父や兄のように感情任せに振る舞うのが面倒なだけだ。

だが嘲られて黙っているほど、お人好しでもない。

「調子に乗るなよ。お望みとあれば、善良でない部分を見せてやるが？」

お前の奔放な振る舞いを許しているのは、妹の恋人だからだ。それでも調子に乗れば、それ相応の対応をする。表情で脅しつける剛志に、尚樹が真顔になって向き合う。

「褒めているんですよ。貴方は自分の中の欲望を飼い慣らすのが上手なだけで、芦田谷家の中でも、怒らせると一番厄介な人だと考えています。だから、こうして味方に引き込んでいるんです」

尚樹が、お世辞を言う人間でないことは承知している。

好きにはなれないが、時代の潮目を上手く読み取り一代で財を成したこの男の、人を見る目を疑うつもりはない。

評価してくれるのは嬉しいが……

「味方に引き込んだんじゃなく、お前に巻き込まれているだけだろう」

「味方として、恩はいつか返しますよ」

「お前に貸しを作る気はないから、これ以上俺を巻き込むな」

冷ややかに返す剛志の言葉には答えずに、尚樹が話題を変えた。

「ところで急に俺を食事に誘うなんて、女にフラれて予約した席を持て余したんですか？」

酒を呷る尚樹は、口調と視線で剛志を刺激してくる。だが、コイツを誘った記憶はない。

「急な予定変更があっただけだ」

「へえ。ちなみに、女性の『また誘ってください』は、ただの社交辞令ですからね。その言葉を真に受けると、恥をかきますよ」

ニヤニヤ笑いながら尚樹が言う。

まるでさっきのやり取りを見ていたような言葉に、苛立ちを覚えてつい反論してしまう。

「明日改めて、二人で出かける予定だ」

尚樹の思惑どおりの状況は面白くない。だが、家にいて家族と顔を合わせるのも面倒だ。そう考えると、今口にしたことはいい案のように思えてくる。

「じゃあ明日の夜は、また俺が付き合いますよ。ちゃんと予定は空(あ)けておきますので」

つまりこの男は、明日の剛志の誘いが、空振りすると言いたいらしい。

からかいのまじる視線を向けてくる尚樹に苛立ち、言い返してやろうとしたところで妹の寿々花が姿を現した。

「ちゃんと謝っておいたよ」

涼しい顔で嘘を吐く尚樹に、剛志は煩(わずら)わしげに息を吐く。

「本当？」

尚樹ではなく剛志に確認する寿々花の姿に、今度は尚樹がつまらなそうに肩をすくめた。

「言葉も反省もない、心の中での謝罪はあったらしい」

ちっとも謝ってないぞ。と、言外に告げると、寿々花が尚樹を睨(にら)んだ。

寿々花に睨まれ、いつになくシュンとする尚樹の表情にとりあえずは満足しておく。

「ごめんなさい」

腰を下ろした寿々花が尚樹の代わりに謝罪の言葉を口にする。その手の上に、尚樹が自然な動きで自分の手を重ねた。重ねられた手を見つめた寿々花の表情が、柔らかく綻ぶ。

当然のように恋人の代わりに謝罪する寿々花へ、尚樹が指先でお礼を言っている。触れ合わせた手で、この二人は互いの気持ちをわかり合っているのだろう。

それは、二人の間だけで交わされる言葉の代わりなのかもしれない。

——寿々花は、こういう表情をする子だっただろうか……

自分の知っている寿々花は、どちらかといえば内向的で、数学の研究一色の暮らしをしていた。指先で恋人と語り合う姿は、妹とは別の女性を見ているようで気恥ずかしい。

この変化が、人を愛したことによるものなのかと考えつつ、剛志は黙って酒を飲んだ。

3　苦い嘘

——この人には、社交辞令というものが通じないのだろうか。

バーで会った翌日の土曜日。

涼子は剛志の運転する車の助手席に座りながら、チラリと運転席を窺った。

確かに昨日、帰り際に「また誘ってください」と言った。でもそれは、いわゆる社交辞令で、昨日の今日でまた飲みに誘って欲しいという意味ではない。

とはいえ、昨夜、父と弟の拓海が派手にやり合って家にいても気が重くなるだけだったので、剛志の誘いは正直ありがたかった。

「どこに向かってるんですか？」

彼が運転する外国製の高級車は、高速道路へと入ろうとしていた。

時刻は正午少し前。天気もいいし、少し遠出をする気なのかもしれない。

昨夜の電話で、剛志からワインは好きかと確認された。だから本日の美酒は、ワインと思って間違いないだろう。

「山梨のワイナリーに行こうと思う」

やっぱり、と、涼子は嬉しさから小さな拍手をする。

「お気に入りのワイン工房でもあるんですか？」

暑さの残る強い日差しのもと、昼から飲むのであればよく冷えた白ワインがいいな。

赤ワインをジンジャーエールで割った、キティもいいかも……

そんなことを考えてニヤけている涼子に、何気ない様子で剛志が言った。

「お気に入りというか、山梨に俺の所有するワイナリーがある。レストランも併設しているし、工房で試飲もできるから、好みのワインを満足いくまで楽しむといい」

「所有……って、あけぼのエネルギーは、ワイナリーにも出資しているんですか？」

興味を示す涼子に、剛志が首を横に振る。

「ワイナリーは、俺が個人的に所有しているもので、会社や芦田谷家とは関係ない。それでも意識している人間はそれなりにいるから、俺が女性連れで訪れたとなれば、すぐに人の耳に入るはずだ。そうなれば家族も知ることになるから、君との仲の良さをアピールするのにちょうどいい」

「はい？」

眉根を寄せる涼子に、剛志がため息を漏らして続けた。

「親父殿が俺たち兄弟の結婚にやけに乗り気な理由がわかった。それならそれで、俺が意中の相手と仲むつまじく過ごしていると知れば、親父殿も案外納得してくれるかもしれん」

「ちなみに、どんな理由だったんですか？」

「知らんっ！」

自然な流れで出た涼子の質問を、剛志が苦い顔で無視する。

「知らんって……そんなわけないじゃないですか……」

どうやら触れてほしくない内容らしい。涼子は気持ちを切り替え、それ以上に気になっていることを尋ねる。

「芦田谷さんは、どうして個人的にワイナリーを所有することに？」

すると剛志は、しばらく言葉を探すようにしてから口を開いた。

「深い意味はない。芦田谷家に関係ない仕事をしてみたかっただけだ。兄も馬主をしているしな」

つまり趣味の一環ということだろうか。

――ただの趣味でワイナリーの経営……

芦田谷家は桁外れのお金持ちだ。それはわかっていても、あまりに自分の価値観と違い過ぎて、反応に困る。なんとも言えない顔をしていると、それをどう読み取ったのか剛志が聞いてきた。

「ワイナリーの経営に興味があるなら、なんでも聞くといい。これはただの趣味で勝ちにこだわる気はないから、手の内は隠さず教えてやるぞ」

「私が経営を学んでどうするんですか？　誰もが芦田谷さんのように、気軽に経営に手を出せるわけじゃないんです」

「確かにそうだな」

失礼したと、剛志が軽く肩を動かす。

「私にとってお酒は、ほどよい幸せの象徴なんです。どれだけ大変な一日でも、その日の終わりに美味しいお酒が待っていると思えば、頑張れるじゃないですか」

「随分安あがりな幸せだな」

「芦田谷さんから見れば、そうかもしれませんね」

皮肉としてではなく、素直にそう思う。

深い意味もなく返した言葉に、剛志が申し訳なさそうに眉を下げるので、一言付け足しておく。

「これは僻みとかではなく、誰にでも、その人の身の丈があるんです。貧しい人が裕福な人に負けているとかじゃなくて、犬は犬、猫は猫としてしか生きられないのと同じ感じです。犬に木に登れと言うのは、可哀想でしょ？」

涼子は、話しながらハンドルを握る剛志の横顔を窺う。

端整な彼の横顔からは、感情が読み取れない。どう言ったら、上手くこの感覚を伝えられるだろうかと思案しつつ言葉を続ける。

「どんな身の丈でも、ちゃんと幸せと不幸せが用意されています。だから自分と違う誰かを羨むんじゃなくて、自分に合ったほどよい幸せを心から堪能すればいいんです」

涼子にとってのそれは、美味しいお酒だ。

「いい発想だが、その年にしては随分達観しているな」

剛志が意外そうな様子で言う。後れ毛を撫でる涼子は、特に見栄を張るでもなく答える。

「父の受け売りなんです。私の酒好きも、父譲りですし」

「なるほどな。君のお父さんが言うとおり、確かにどんな環境に生まれても、幸も不幸もある」

その言葉の意味を噛みしめるようにしばらく黙っていた剛志は、ふと思いついたという感じで問いかけてきた。

「その考え方でいくと、もし身の丈が違う二人が一緒になったらどうなる？」

「どちらも不幸になります。身の丈の違いは、生活文化の違いに繋がりますから。一緒にいることで、ストレスを感じるようになり、場合によっては、相手を憎むようになるかもしれません」

それは、涼子のこれまでの人生経験から断言できる。記憶にある特定の人を思い浮かべながら語る涼子に、剛志が素っ気なく返した。

「そうか」

そんな彼に向かって、パッと表情を明るくした涼子は「でも」と、続ける。

「親友たちの姿を見て、最近は一概にそうとは言えないのかなって、思っています」

入社以来の親友である比奈は、大恋愛の末、自社の創業者一族である國原専務と結ばれた。世間的には、いわゆる玉の輿というやつに乗った形だ。

それゆえに、互いの生活環境の違いや、周囲のやっかみも半端なものじゃなかった。

でも比奈は、そんなことを気にする様子もなく、日々、マイペースに好きな人と歩む人生を楽しんでいる。

それに剛志の妹である寿々花と、その恋人である尚樹にも、それなりに環境の違いやら、しがらみやらがあったようだけど、それらを乗り越え着実に愛を育んでいる。

「だからきっと、身の丈の違いで不幸になる関係は、本物の愛になるには、なにかが少し足りなかったんだと思います。もし本気で思い合っていたなら、育ちや環境の違いなんて些細なことは、なんのハンディキャップにもならないんですよ」

涼子は、迷いなく愛を貫いた親友二人の姿を思い浮かべて、そう告げた。

「……なるほど」

短い沈黙の後、剛志がどこか腑に落ちたといった感じで頷く。

なにか思い当たることでもあるのだろうかと、少し前屈みになってその様子を窺ってみた。

だけど整った彼の顔からは、相変わらず感情が読み取れない。

——まあいいか。

自分たちは、些細な感情の機微を気にかけるような間柄ではない。向こうも、涼子に気遣われたくはないだろう。

そう割り切った涼子は、スマホで山梨のワインの特性を調べ始めた。

ワイナリーまでの道のりは渋滞もなく、快適なドライブとなった。

入道雲が立ち上(のぼ)る空は青く晴れていて、太陽が山々の緑を鮮やかに照らしている。

そんな夏の陽気に誘われた人が多いのか、昼のピーク時を過ぎても、ワイナリーに併設されているレストランは繁盛しているようだ。

駐車場から店内を確認した剛志は、助手席の涼子に聞く。

「言えば、すぐに席を用意してもらえるが？」

順番待ちをしている人も見えるが、涼子が希望するのであれば、オーナー特権を行使してもいいかと考える。だが、涼子は首を横に振った。

「そういうズルをすると、お酒の味が落ちそうなのでご遠慮します。オーナー特権を行使していただけるなら、葡萄(ぶどう)畑とか、関係者以外立ち入り禁止の場所を案内していただけると嬉しいです」

その提案に、彼女らしいと笑ってしまう。

葡萄(ぶどう)畑を散策して戻ってくる頃には、さすがに客足も落ち着いているだろう。

剛志としても、せっかく来たのだから畑の様子を確認しておきたい。

秋の収穫期を前にしたこの時期、葉が茂り、実も大きく成長しているはずだ。

風が吹き抜ける度に、青々とした葉が揺れる葡萄(ぶどう)畑を歩いていると、緑の海を渡っているような爽快(そうかい)な気分になる。その景色を涼子にも見せてやりたい。

働く者からすれば、無駄な枝の剪定(せんてい)をしたり、病害予防のため風通しや日光の当たり具合を調整したりと忙しい時期だが、それこそオーナー特権として、邪魔にならないよう散策するくらいは許してもらえるだろう。

「では、葡萄(ぶどう)畑に行くとするか」

軽く返して剛志が車を降りると、涼子もそれに続いた。


「思ったより涼しいんですね」

休日で支配人がいなかったので、畑の管理を任されている者に一声かけて畑を散策していると、吹き抜ける風に目を細めた涼子が言う。

盆地特有の暑さはあるが、時折吹き抜けていく風は心地よい。

「山間部はいい風が吹くからな。とは言っても、風のない日は、ムッとする暑さがあるがな」

「それでも下が土のせいか、東京とは感じる暑さが違う気がします」

そう言いながら、なにかを思いついた様子でスマホを取り出した涼子が、まだ青い実を付けた枝の写真を撮る。

「これが、ワインになるんですよね」

普段と違う環境だからか、夏の日差しで陽気になっているからか、葡萄の実を観察する涼子の声がいつもより弾んでいる。

「秋になって熟した実を収穫し、果汁を搾り、果皮、種子と共にタンクに入れて発酵させる。発酵した後、圧搾機にかけて果皮と種子を取り除き、樽に詰めて熟成させる。さすがに中世の絵画に見るような、足で実を踏み潰すようなことはしないが、それ以外の製法は昔とさして変わらん」

ワインの造り方を簡単に説明しつつ、剛志は首筋に浮かんだ汗を拭う。

ふと視線を向けると、涼子の額にもうっすら汗が滲んでいる。

「結構シンプルなんですね」

汗を気にする様子もなく、涼子が感心したように言う。

「シンプルだから、難しい。実の熟成が天候に左右される以上、どうしても毎年、味に違いが出る。科学やITがどれだけ進歩しても、ワインの製法には人知を超えた自然の要素が多く含まれ、神の手の中で遊ばせてもらっている気分になる。思いどおりにいかないからこそ、人を夢中にさせるのかもしれないが」

そこまで話した剛志は、なにか言いたげな視線に気付き「なんだ?」と、問いかける。

すると涼子は、小さく肩をすくめて言った。

「なんていうか、ワイナリーの経営は趣味の一環としてお金を出しただけなのかと思ってましたけど、結構本気でワイン造りを楽しんでいるんですね」

「そうだな、ここまでハマッたのは自分でも意外だったが、手を出した以上、ここで働く人間の暮らしに責任を持つ義務があるだろう」

ことの始まりは、銀行勤めをしている友人から、経営が立ち行かなくなったワイナリーの後始末をしていると愚痴られたことからだった。

ワイナリーのオーナーが急逝し、それを突然引き継ぐ形になった息子が、経営を軌道に乗せることができなかったのだという。ワイナリーごと買い取る出資者が見つからなければ、せっかく育てた葡萄畑を潰さなくてはならない。

勿体ないと愚痴る友人は自他共に認めるワイン好きで、ワインにするための葡萄を育てる苦労を熱く語った。

その熱弁に心動かされたわけではないが、ちょうど芦田谷とは無縁の事業に挑戦したいと思っていた剛志が、それなら自分が出資しようと申し出たのだった。

気まぐれのような成り行きで始めたワイナリー経営で、運営自体はもとのオーナーの息子に任せたままにしている。だが剛志としては、初めから金を出して終わりにするつもりはなかった。

人を雇うということは、その人の暮らしを預かるということでもある。

しっかりワイナリーを、利益を上げる会社に育てなくてはならない。代表者をすげ替えるつもりはないが、剛志の出資は神からのラッキーな贈り物ではなく、会社の歯車を回す最初の潤滑油であると理解させる必要があった。

そのために、経営が軌道に乗るまでそれなりに口出しをさせてもらった。

その結果、営業でワインの販売ルートを拡大するだけに留まらず、観光客用に試飲ツアーを企画したり、レストランを併設したりして、ワイナリーの経営を立て直していったのだ。

そこに辿り着くまで、それなりに紆余曲折があったので、自然と剛志にもワインの知識が備わる結果となった。

「いいお金の使い方をしますね」

それが剛志の話を聞いた涼子の感想だった。

「いいお金の使い方？」

「芦田谷さんは、天使の分け前って言葉を知っていますか？」

「もちろん」

知っていると、剛志は頷く。

ブランデーやウイスキーなどの蒸留酒が、樽で熟成する過程で揮発して目減りする現象を昔の人がそう呼んだのだ。そして、樽で熟成するワインにも同じ現象は起こる。

「美味しいお酒を天使に分ける代わりに、さらにお酒を美味しくしてもらえるって考え方。そういうの、幸せの分け合いっこみたいで、いいですよね」

「……」

昔の職人が自然現象に無知だったゆえにつけられた名称。その程度にしか思っていなかった言葉を、そんなふうに捉える涼子に驚く。

なんでもないような口調で話す涼子は、高い位置にある葡萄が気になるようで、背伸びをして枝に手を伸ばしながら続ける。

「せっかくお金持ちに生まれたんだから、遠慮しないで使えばいいんですよ。下手に世間を気にして隠しておくより、派手に使ってもらった方が経済も回って社会が潤います。お金をどう使おうが持ち主の自由でしょうけど、それで人や物も成長できたら、それはいいお金の使い方って言えません？」

つま先立ちで話す涼子の言葉には、少しも妬むような響きはない。

ありのままを受け入れ、自分の暮らしを楽しむ彼女らしい意見だ。

剛志は腕を伸ばし枝を引き寄せてやる。涼子は礼を言いつつ枝に実る葡萄の房に手を伸ばした。

その枝には、一足早く色づいた葡萄の実がなっている。

「目がいいな」

同じ枝を見上げていたはずなのに、涼子の前に引き寄せるまで気付かなかった。

見下ろした涼子のシャツの背中は、汗が滲んでいる。それなのに彼女からは爽やかな花のような香りが漂ってきた。

さして高価な品ではないのだろう、複雑さのないサッパリとした香りだ。だが、その気取らなさが、彼女らしくて心地よく感じる。

そんなことを考えていると、涼子に見上げられた。

「違う位置から見てたから、気付いただけじゃないですか？」

夏の日差しの下ではしゃぐ彼女には、いつもより幼い印象を受ける。

深く語れるほど彼女を知っているわけではないが、いつもの落ち着き払った彼女とは異なる印象に何故か心が解れていった。

「なるほど。確かにそうかもな」

昨日の寿々花といい、不意討ちでこちらを驚かせるくせに、本人たちは無自覚ときている。

そのことを憎たらしく思いつつ澄ました顔で頷くと、色づいた葡萄を観察していた涼子が実から手を離した。

「ありがとうございます」

「欲しかったんじゃないのか？」

「勿体ないから、お酒になって、私のところにやってくるのを待ちます」

涼子がそう言うので、剛志は枝から手を離した。しなっていた枝が、するりともとの位置へと戻っていく。

涼子は、離れていく枝に小さく手を振っていた。その姿が、憎たらしくも微笑ましい。

「そろそろ、人の流れも落ち着いた頃ですかね？」

剛志の視線に気付いた涼子が、小さく咳払いして言う。

「そうだな。レストランに行ってみるか」

「じゃあ遠慮なく、美味しいワインを飲ませていただきます」

「好きなだけ堪能してくれ。気に入ったのがあれば土産にするといい」

涼子が喜色を浮かべて小さく拍手する。

僻みがない分、遠慮もない。媚びることもなければ、変に気遣われることもない。

茶番の相手に涼子を選んだのは、ただの偶然でしかなかった。

だが、今はその偶然に感謝する。

涼子は自分とはまったく違う視点を持っていて、彼女と話していると、仕事や家のことでがんじがらめになっている心に、清々しい風が吹き込んでくるようだ。

なにか眩(まぶ)しいものを見る気持ちで涼子に視線をやれば、よほどワインが楽しみなのか踊るような足取りで進んでいる。

転ばないかと心配しつつその後をついていくと、彼女の動きが不意に止まった。

「あっ」

そう小さく声を漏らした涼子が、中途半端な高さに視線を向けている。

どうしたのかと思えば、涼子の髪が飛び出していた枝に引っかかっていることに気付いた。

「じっとしていろ」

こちらに助けを求めるでもなく、髪を引っ張ってどうにか解(ほど)こうとしている。その動きを制して、彼女の背後に重なるように立った。

そのままの姿勢で、剛志は枝を涼子の方へ引き寄せ、絡まっている髪を解(ほど)き始める。

涼子のストレートの髪は細く艶(つや)やかで、絹糸を連想させた。

乱暴に扱ってはいけないものだと、本能的に判断する。

そういえば、以前、酔って前後不覚に陥(おちい)った彼女を部屋まで運んだ時、普段の小生意気な雰囲気に反した華奢(きゃしゃ)な体付きに微かな戸惑いを覚えた。

ふと、彼女をもう少し丁寧に扱うべきかもしれないという思いが心を過(よぎ)る。

「取れます?」

涼子の髪の艶やかさに気を取られていた剛志は、その声にハッと我に返った。

「ちょっと待て」

あれこれ考えていた思考を中断し、指先の動きに意識を集中させる。

剛志が真剣な表情で髪を解くことに苦戦していると、視界の端で涼子が笑うのが見えた。

「そんな怖い顔して頑張らなくてもいいですよ」

クスクス笑う涼子が自分で髪を引っ張り、強引に解こうとした。慌てて涼子の肘を押さえてそれを阻止する。

「綺麗な髪をしているんだから、勿体ないだろ」

そう窘めつつ、丁寧に髪を解いていく。

時折吹き抜けていく風に、他の髪がなびき微かに涼子の香りを感じた。

「ありがとうございます」

「まだ解けてない」

「そうじゃなくて、大事に扱ってくれて」

そう言って涼子が肩越しにこちらを見上げてきた時、一際強い風が二人の間を吹き抜けた。

風が涼子の髪をなびかせ、葡萄の葉をヒラヒラと反転させる。

　同時に、自分の見ている世界も反転したような錯覚を覚えた。

「……」

　ありのままに物事を受け入れる涼子にとって、それは単なるお礼にすぎないのだろう。

　だが、心が妙にくすぐったい。

　剛志の中で、髪だけでなく彼女自身をもっと大事に扱わなくてはいけないという気がしてくる。

「解けたぞ」

　手を離すと、スルリと涼子の髪が離れていく。

　それを名残惜しく感じて、指先を見つめていると、涼子が顔を覗き込んできた。

「ありがとうございます」

　お礼を言いながら手櫛で髪の乱れを整える涼子が、動きを止めて不思議そうにこちらを見上げてきた。もともと過度な化粧はしていなかったが、汗をかいたせいか一段と化粧っ気がなくなり、その分、無防備な美しさに溢れている。

　その顔を見ているうちに、ふともう一度、彼女に触れたい衝動に駆られた。

「……」

　夏の空に入道雲が湧き立つように、不意に湧き立つ感情に戸惑っていると、涼子が微かに二人の距離を縮めてきてさらに戸惑う。

「なんか変な顔してますよ」

そう言われて、剛志はムッと口を一文字に結んで歩き出した。

枝に絡まった髪を解いてくれている剛志を、涼子は不思議な気持ちで見上げていた。

自然と体が近付き、嫌でも剛志の存在を強く感じてしまう。近くで見上げる彼の鳶色の瞳は、光の加減でグレーにも見える。

美しいのにどこか野性味を感じる彼の瞳を見るのは落ち着かない。緊張から無理矢理髪を引っ張って解こうとするが、それを制されてしまった。

仕方なくおとなしくしていると、目はどうしても彼の顔にいってしまう。

間近で見る彼はやはり美しいのだが、いい年をした大人の男が、こんなことに真剣になっている姿はなんだかおかしかった。

それと同時に、自分の髪を大事に扱ってくれる律儀さが可愛くもある。

「解けたぞ」

間近で感じる彼の息遣いがくすぐったくて、頬や耳が熱くなる。

その熱を追い払いたくて、涼子は髪を掻き上げて耳にかけた。指先で耳と頬の熱を確かめつつ彼を見上げると、表情がさっきまでとはなにか違っているような気がした。

二人の間に漂う空気感が落ち着かなくて、つい憎まれ口を返してしまう。

「なんか変な顔してますよ」

涼子の一言で、剛志の表情が一気に引き締まる。むしろ、それを通り越して若干不機嫌そうだが、その方が涼子としては落ち着く。ただ、こんなにわかりやすく感情を表す彼を初めて見たので、それはそれでやっぱり落ち着かなかった。

整い過ぎて感情が読み取りにくいと思っていた剛志が、意外に表情豊かなのだと気付かされる。

思わずしげしげと彼の顔を眺めていると、遠くで誰かの声が聞こえた。

涼子が声のした方へ視線を向けると、恰幅のいい男性がこちらへ駆けて来るのが見える。

大股に走る度にポテポテと腹の肉が揺れる。同じく男性に気付いた剛志が、大袈裟にため息を吐いた。

「お知り合いですか？」

「ここを任せている支配人だ」

そういえば、葡萄畑の管理人に支配人は休みであると聞いた剛志が、どこか安堵した表情を見せていたのを思い出す。もしかしたら、苦手なのかもしれない。

面倒くさそうに首筋を掻いた剛志が「でもまあ、ちょうどいいか」と、呟く。

その意味を聞く前に、剛志は表情を整え駆けつけた男性に声をかけていた。

「やあ、花沢さん。今日は休みじゃなかったんですか？」

男性に軽く手を上げる剛志の顔は、いつもの彼らしい隙のない表情だ。

それを見て、剛志は感情が読み取りにくいのではなく、意図して感情を表に出さないようにしているのかもしれないと思った。

――不器用な人……

傲慢で不器用な彼の心に触れられたらいいのに。そんな思いが脳裏を過り、無意識に彼に向かって手を伸ばす。でも伸ばしかけた手は、花沢と呼ばれた男性が自分たちの前に辿り着いたことで下へと落ちた。

「オーナーがいらっしゃってると連絡を受けまして」

それで慌てて馳せ参じたようだ。花沢は玉になって額に浮かぶ汗を拭った。そしてチラリと剛志のかたわらに立つ涼子の様子を窺う。

「彼女に少しここを見せてあげたくてね」

そう言って剛志は、涼子の肩に自分の手をのせた。

花沢は剛志のその言葉に、ぽんと、右手の拳を左手のひらで受け止める。

その表情から察するに、剛志のお望みどおりの勘違いをしてもらえたようだ。

「ワガママを言ってすみません」

自分の役割を忘れてはいけないと、涼子は愛想よく微笑み、自然な動きで剛志に寄り添う。

すると花沢は満面の笑みを浮かべ、感動した様子で両手を組み合わせる。

「ワガママなんてとんでもない。せっかくですから、どうぞ好きなだけ見学して、忌憚のないご意見を聞かせてください。ワインは赤と白、どちらがお好きですか？」

「どっちも好きですけど、白が特に好きです」

ハイテンションな花沢の勢いに驚きつつ、涼子が愛想よく返事をする。すると花沢の表情がますます輝いた。

「それはよかった。うちのワイナリーでも白を多く扱っておりまして」

一度組み合わせた手を解き、花沢がせわしなく手を動かす。

定位置が定まらないのか、所在なく手を動かしながら話していた花沢は、結局また両手を組み合わせた。そうして、輝くような眼差しを涼子と剛志の両方に向けてくる。花沢の方がよっぽど恋する乙女のような表情だ。

「甲州葡萄の歴史が意外に深いのはご存じですか？　それを証明する仏像があるのですが……」

「大善寺の薬師如来のことですよね」

そう返す涼子が、五年に一度しか開帳されない葡萄を持った仏像の名前を挙げると、花沢が驚いたように目を見開く。

「よくご存じで。あの如来様は、平安時代に造られたものでして」

そのまま会話を続けようとしていた花沢は、剛志の視線に気付き、慌てて咳払いをして話を終わらせた。

「オーナーが女性を連れてくるなんて初めてなものですから、つい……」

さすがに居心地の悪さを覚えた剛志が、涼子の肩に手を置き引き寄せるように言う。

「彼女を前にすると、冷静さを欠いてしまう気持ちはわかるよ。だが今日のところは、ナビゲーター役を私に譲ってもらいたい。二人だけの時間が欲しくて、都会を抜け出してきたのだから」

ニコニコと素直に肩を抱かれている涼子を見て、花沢がハッと目を見開いた。

「そういうことでしたら、席のご用意だけして私は帰らせてもらいます」

「気遣いをありがとう」

剛志が微笑むと、花沢は率先して前を歩き出す。

時折振り向いて二人の姿を確認し、嬉しそうに笑みを深めて前を向く。

年齢は剛志より少し上だと思うのだけど、飼い主が大好きでしょうがない犬、といったイメージを受けた。

もし彼に尻尾があれば、振り切れんばかりの勢いで左右に振っていることだろう。

――なんだか全身から人の良さが滲み出ているけど、頼りなさも感じるかも。

そんなことを思いながらふと剛志を見上げると、彼は花沢に穏やかな視線を向けていた。

「亡くなった彼の父親がワンマンで発言権がなかったせいか、依存心が強くて頼りないところがあるが、悪い人ではない。あれでも随分、意識改革ができてきた方だ」

剛志がやれやれと言った感じで苦笑する。

どうやら父親に頼りきっていた花沢は、今度は剛志を頼るようになったらしい。

それを突き離せないでいる剛志も、人がいいと言えるだろう。

そういえば彼は、泥酔した涼子の窮地も救ってくれたのだった。

――傲慢なくせに人がいい。

なんだか面白くて口元を手で隠して笑っていると、花沢がまた振り向いた。自分と涼子たちとの間に想像以上に距離ができていたことがショックなのか、肩が下がる。

それを見た涼子は、剛志と目配せして歩調を速めるのだった。

レストランに戻ると、客足はかなり落ち着いていた。

花沢はレストランのスタッフを捕まえて二人の席を用意させると「是非また一緒にお

越しください」と、はにかんだ表情で言い残して帰っていった。

「あの人のこと、苦手なんですか？」

花沢の背中を見送りながら、涼子がこっそり尋ねる。

嫌っているようには見えなかったが、どこか距離を取りたがっている印象を受けた。

涼子の問いに、剛志は困った様子で肩をすくめた。

「純粋でいい人なのだが、亡くなった父親の役割を俺に求めているふしがある。確かにオーナーは俺だが、ここを運営するのは、彼の役目だ。できるだけ甘えが生じないよう、適度な距離感を保たせたいんだが」

「芦田谷さん、なんだかんだ言って面倒見がいいですね」

「君と一緒でオカン気質というヤツだな」

素直に称賛する涼子に、剛志が不機嫌に息を吐く。

彼はどこまでも不器用で優しい人のようだ。そして自分同様に、素直に褒められるのが苦手なタイプなのだろう。

一人で納得した涼子は、それに気付かぬフリをしてメニューをチェックした。とりあえず、おすすめの料理とワインの飲み比べセットというのを選ぶ。

「室内の方がよかったか？」

料理を待つ合間に剛志が涼子に声をかけてきた。

その問いかけに、涼子は周囲を確認する。

花沢が案内してくれたのはテラス席で、確かに室内よりも夏の日差しを感じた。でも日除けがあるし、時折心地よい風が吹いてくる。

「エアコンの効いた部屋でお酒を飲むのも悪くないですけど、それは東京でもできる飲み方です。ここを一番理解している花沢さんが選んでくれた席なら、そうした意味があるんでしょう。だったら、こちらで飲んだ方が楽しいですよ」

その言葉に、剛志がなにかに気付いた表情で周囲を確認する。

そして、風を味わうようにしばし目を細め、なにか納得したらしく小さく頷いた。

「なるほど……彼は俺が思うより、ちゃんと支配人としての役目を果たしているようだ」

安心した様子の剛志と、外の空気や景色を堪能しつつ他愛もない話をしていると、ほどなくしてワインと料理が運ばれてきた。

涼子の前には飲み比べるために少量ずつ注がれた白ワインが三種並べられ、車の運転がある剛志の前には赤ワインのような色味の葡萄ジュースが置かれる。

涼子はさっそく、自分の前に並ぶワインの写真を撮った。

「そういえば、時々そうやって写真を撮っているが、SNSにでも上げているのか？」

グラスを手にする涼子に剛志が聞く。

「食事中にすみません。芦田谷さんの姿は写さないように、気を付けます」

言い訳するような言葉を添えて、涼子はスマホをしまう。

だが剛志は「それは気にしなくていい」と首を振る。

「君を口説いている最中だ、なんだったら仲良くしているところをアップしてもらっても構わん。ただあまり承認欲求の強いタイプには見えなかったから、少し意外に思っただけだ」

なんだったら写真をどうぞと、剛志はグラス片手にポーズを決める。その茶目っ気のある表情に、涼子の心が和む。

それでふと、何故ＳＮＳに写真を上げているのか、彼に話してもいいように思えた。

「母が気付いてくれたらいいなと思って、美味しいお酒を飲んでいる写真を時々上げているんです」

「一緒に住んでいないのか？」

言葉のニュアンスで、なにかを察した剛志が聞いてくる。

「両親が早くに離婚して、私たち姉弟は父に育てられたんです。母が海外でリゾート関係の仕事をしているのは知っていますが、もう十数年、直接連絡は取っていません」

「なるほど」

微妙に色味が違う三種類のワインに視線を向けつつ、涼子は続ける。

「若い頃の母は、モデルをしていたそうです。それが私を妊娠したのを機に、会社員の父と結婚して引退し、それからしばらくは専業主婦をしてました。でも平凡な主婦の暮らしは、母にはなにか違ったようで、弟を産んだ数年後『こんな退屈な人生は私の人生じゃない』って、家を出ていったんです」

「そうか……」

吐息を漏らすように呟く声に視線を向けると、彼は憂いのある表情を浮かべていた。

美しいその表情に、涼子は退屈な日常を嫌った母を思い出す。

おぼろげな記憶の中の母は美しい人だったし、ネットを検索して見つけた画像も美しいと思う。

プロの手で美しく整えられた母の姿は涼子が知る母親としての彼女よりずっと綺麗で、だからこそ現実味がなかった。

浮世離れしていたからこそ、現実社会に自分の居場所を見つけられなかったのかもしれない。

それまでモデルとして華やかな世界に生きていた母は父と恋をして「貴方のために……」と、モデルを引退して平凡な専業主婦になった。

けれど、誰かのためにあっさりと自分の生き方を変える人は、自分の人生と真剣に向き合っていないのかもしれない。だから、なにかに躓いた拍子に、今度は「貴方のせいで……」と、相手のせいにしてしまうのだ。

母の姿を思い出した涼子は、そんなことを心の中でごちる。

「身勝手な母親だな」

散々言葉を探した後で、剛志が言う。

その微妙な表情を見れば、それが彼の本心からくる感想ではなく、涼子の気持ちに寄り添うために探し出した一言なのだとわかる。

だが、そんな気遣いは必要ないと、涼子は首を横に振った。

「父は地味で堅実で派手なことを嫌う人で、一日の終わりの晩酌を人生のご褒美と呼び、黙々と働く平凡な会社員です。そんな人と母では、そもそも価値観が違い過ぎて、ずっと一緒に暮らせるはずがなかったんです」

美しく生活感のない母と、父や自分のように穏やかで平凡な日常に満足できる人間では、心の置きどころが違うのだと思う。父の愛する日常が母には退屈に映ったように、父には母の愛する華やかな世界が異様に映ったのかもしれない。

どちらが悪いわけじゃない。淡水で生きる魚と、海水で生きる魚が一緒の水槽で暮らせないように、最初から生きるフィールドが違っていただけだ。だから仲良く暮らせというのが、どだい無理な話なのだろう。二人の離婚は、必然的な結果で悲しむものではないのだ。

だから母を恨もうとは思わないし、父に非があるとも思わない。

それでも幼い頃の記憶には「お父さんの平凡なところを好きになった」と、ハッピーエンドのお伽噺の締めくくりのように嬉しそうに話していた母の姿がある。

それが涼子にとって美しくいい思い出だったからこそ、その思い出を嘘にされてしまったような痛みが残ったのも事実だ。

だが、この年になれば、大人の事情や心の弱さというものも見えてくる。

たぶん、年齢を重ねることで仕事が減ってきていた母は、偶然出会った父との結婚に逃げ場を見つけたのだろう。自分を妊娠したことで、モデルとして世間に飽きられたという現実から目を逸らし、夫や子供のために華やかな世界を自ら手放すのだといって逃げたのだ。

だけど逃げ場は逃げ場でしかなく、己の新たな居場所ではなかったのだろう。

最初は違いを楽しめた父との暮らしも、慣れてしまえば退屈な檻に見えてくる。

自分の居場所に違和感を覚え始めていただろうタイミングで、昔の仕事仲間が立ち上げた海外のリゾートホテルの仕事に誘われた母は、今度もあっさりと自分の生き方を変えてしまったのだ。

「母には母の人生があります。家族というだけで、人生を縛る権利はありません。だからこの先も会うことはないかもしれない。けど、もし母が、私のＳＮＳに気付いてくれた時、一日の終わりに美味しいお酒を飲む人生もそう悪くないかもしれないって……そう感じてもらえたらと思って始めたんです」

その発信が母に、心配しなくていいと伝えたいのか、貴女がいなくても平気だと言いたいのかは、自分でもわからないのだけど。

涼子は両親の離婚後、父と似たような生き方をしている自分の暮らしに不満はないが、弟の拓海は少し違うようだ。拓海は、自分たちより母に心のあり方が似ている気がした。地に足が着いてなくて、危なっかしくて現実味がない。華やかなものばかりに目を奪われて、現実を見失うのではないかと心配になる。

「なるほど……」

涼子の話を聞いていた剛志が、スッとこちらへ手を伸ばしてきた。

一瞬、手を握られるのかと思ったが、剛志の手は涼子に触れることなく、目の前に並ぶワイングラスの一つを掴んだ。

そしてそれを持ち上げると、グラスを軽く回して空気と馴染(なじ)ませ一気に飲み干す。

——なんだ、ワインが飲みたかったのか……

そう納得した涼子は、次の瞬間ハッとした。

「なにやってるんですかっ!」

「いや、君と飲みながらゆっくり話がしたいと思って」

涼しい顔で言う剛志には、確信犯めいたものがある。それでも確認せずにはいられない。

「芦田谷さんが飲んだら、誰が車の運転をするんですか？」

焦る涼子に、剛志はそれが狙いとでも言いたげにニンマリと微笑み、右手を突き出す。

「好きな選択肢を選んでいいぞ」

剛志は指を三本立てながら涼子に選択肢を提示する。

「一つ、君が俺の車を運転する。二つ、代行を頼む。三つ、二人で飲んで、今日はここに泊まる。もちろん部屋は二つ取る」

だから心配するなと剛志は微笑むが、それで納得できるわけがない。

「好きに選んでいいって……」

剛志の車は、左ハンドルのドイツ車だ。しかもマニュアル。

オートマ限定で免許を取ったうえ、ペーパードライバーの涼子が運転できるような代物ではない。

では代行で……といっても、山梨から東京まで幾らかかるかわからない。金額に関しては剛志が払うのだから気にする必要はないのだろうが、庶民の価値観が邪魔をしてしまう。それに代行のドライバーにもあの車を長距離運転させるのは気の毒な気がした。

あれこれ考える涼子の視線の先で、剛志は次のグラスに手を伸ばす。

「代行を頼むにしても、ホテルを取るにしても、金は出ていく。君がいい金の使い方だと思う方を選べばいい」

誘惑するような声音で言う剛志は、そのままグラスを傾ける。

目を細め美味しそうにワインを飲む剛志は、口をパクパクさせる涼子に向けて、駄目押しとばかりに新たな甘言を吐く。

「泊まるなら、夜しか営業していないレストランに連れていこう。滅多にお目にかかれない、年代物のワインが揃っているぞ」

――これは悪魔の囁きだ。

額を手で押さえていた涼子がチラリと視線を向けると、剛志が見せびらかすようにワインを飲む。傲慢で人の都合などお構いなしといった感じの微笑みが憎らしい。

いつもと違う一面を見たことで、つい気を許してしまったが、コイツはこういう人間だ。

「……」

「さあ、どうする?」

涼子が悩んでいる間に、二杯目のワインを飲み干した剛志が最後のグラスに手を伸ばしてきたので、すかさずそれを奪う。

慌てて引き寄せたグラスの中で、ワインが揺れた。

――毒を食らわば皿まで……

コクリと喉を鳴らす涼子は、そんな言葉を心で唱え、一気にワインを飲み干した。

夏の日差しの下を歩きカラカラに渇いていた喉に、スッキリとした喉ごしの冷えた白ワインが染みていく。

部屋を取るにしても代行運転を頼むにしても、どのみちお金を使うのだ。それなら楽しめる方を選んだ方がいいに決まっている。

「最高に美味しいワインを希望します」

「承知した」

ニヤリと請け合った剛志は、新しいワインを頼むべく軽く手を挙げ、スタッフに合図を送った。

剛志がオーナーを務めるワイナリーのレストランで食事をした後、平日しか公開していないというワイン工場を、特別に見学させてもらった。その後で彼が用意してくれたホテルに移動し、日が落ちてから二人でレストランへとくり出す。

約束どおり別々の部屋を用意してくれたので、心置きなく昼寝ができた。そのおかげで、昼間の酔いは完全にさめている。

剛志が案内してくれたレストランは、礼拝堂を連想させる高い天井が印象的な店だった。

天井まで伸びる白壁を、大きなシャンデリアが照らし、周囲に優しい影を落としている。

この空間に座っているだけで、不思議とノスタルジックな気分になった。

「そういう色も似合うな」

テーブルの向かいに座る剛志が、照れる素振りもなく褒めてくる。

涼子はそれに、肩をすくめて返した。

今日の涼子は、軽く食事をして夜には帰るつもりでいたので、わりとカジュアルな服装だった。だが剛志から、その服ではレストランの雰囲気にそぐわないと言われてしまった。仕方なく、涼子は彼が用意してくれたドレスに着替え、それに合わせたヘアメイクも彼の予約してくれた店でしてもらった。

いつもは下ろしていることが多い髪を巻いてアップにし、普段の自分ならまず選ばないであろう柔らかな色合いの甘さを含んだデザインのドレスを身に纏う。今の自分は、いつもの自分ではないような妙な気分になる。でもそれで美味しいお酒が飲めるのであれば、文句はない。

向かいに座る剛志も、この店の雰囲気に合わせて、服装をカジュアルなものからスーツへと着替えている。

普段は一点物の洒落たスーツを着こなす剛志だが、さすがに今日はそこまでの品は用意できなかったらしくスタンダードなスーツに身を包んでいた。それでもスタイルのいい彼が着ると、それなりの品に見えるから不思議だ。

「らしくはないですけど……」

照れくささから指先に視線を落とせば、爪にも甘い色味のネイルが塗られている。

「若いうちから、自分の形を決める必要はないだろ」

剛志が優しい口調で言うので、涼子としては照れくささが増してしまう。

気まずさからそっぽを向いて黙り込んでいると、剛志と顔馴染みらしきソムリエが挨拶に訪れた。

彼と言葉を交わす剛志は、約束どおり年代物のワインを出すようにと頼む。

その言葉にピクリと反応する涼子に、剛志がニヤリと笑みを浮かべてくるのが面白くない。

フンッと、涼子が拗ねたように息を吐くと、剛志が楽しそうな様子で釘を刺してくる。

「大人の嗜みを忘れずに」

テーブルマナーくらい心得ている。不満げな視線を向ける涼子に、剛志が悪戯な笑みを見せた。

「大人の女性なら、自分の適量を見極めて酒を楽しんでくれ」

泥酔した自分の面倒を見てもらったことがあるので、それを言われると痛い。

でもここでしおらしく黙り込むのは自分らしくないと、涼子は澄ました口調で言い返した。

「年を重ねると、自分の適量がその日の体調に左右されるので、よくわからなくなるんですよ」

だからつい飲み過ぎて、明日二日酔いになっても許して欲しい。

「それも含め、自己をわきまえてこそ、大人の女性ということだ」

「なるほど。ではまだまだ若輩者として、自分の酒量の限界値を正しく見極めるため、しっかり研鑽を積みたいと思います」

研鑽と称して、思う存分酒を楽しむつもりだと宣言した。

澄まし顔の涼子に、剛志はヤレヤレと苦笑いを浮かべる。

じゃれ合いのような言葉の応酬をしているうちに、二人の間の空気が和む。

何気なく視線が重なると、自然と笑みが零れる。なんだか、自分たちだけが知る言語で会話をしている気分だ。

そのことをくすぐったく思っていると、注文したワインが運ばれてきた。ワインのマリアージュとして、美しく盛られたチーズが添えられている。

詩人のような言葉を選ぶソムリエの解説を聞きながら、グラスを揺らして空気と馴染ませ鼻を寄せた。その香りを嗅いだだけでも、このワインがかなりのものであるとわかる。

そっとグラスに口を付ければ、一瞬にして天にも昇るような幸福感に包まれた。

「幸せそうでなにより。単純で、悩みがなさそうだな」

ワインを一口飲んだだけで表情を輝かせる涼子を見て、剛志が笑う。

でもすぐに昼間の涼子の話を思い出したのか、咳払いをして言い直す。

「正しくは、悩みを乗り越え、今を楽しむのが上手いな」

「芦田谷さんは、この状況を楽しんでいないんですか？」

涼子からすれば、傲慢な剛志に振り回されっぱなしなのだから、それを楽しくないと言われるのは面白くない。

「今この時間は、十分に楽しませてもらっている。だけど日常においては、ままならないこともあるさ」

涼子の言わんとすることを察し、剛志が申し訳なさそうに苦笑する。

「確かに、芦田谷さんの立場だと、仕事のストレスは多そうですよね」

義務と責任のバランスを重んずる剛志のことだ。強い責任感を持って日々の業務をこなしていることだろう。だとすれば、そのストレスは計り知れない。

いたわりの眼差しを向ける涼子に、剛志は軽く肩をすくめ視線を逸らした。

そのまま遠くへ視線を向けていた剛志は、料理と酒が運ばれてくると、表情を明るいものに切り替える。そして、涼子が興味を示しそうな話題を振ってきた。

有名なソムリエにワインの評価を依頼する際に支払う金額など、酒好きが興味を示しそうな話を、剛志は巧みなテンポで語っていく。

彼の話自体はとても楽しいのだが、どこか社交の場で相手を楽しませるための小手先の技を披露（ひろう）されているみたいな気がして味気ない。

昼間葡萄（ぶどう）畑で、剛志は感情が読み取りにくいのではなく、意図して感情を表に出さないようにしているのかもしれないと気付いたことを思い出す。

「芦田谷さんは、そんな話がしたくて私を引き留めたんですか？」

「――っ」

涼子の問いかけに、剛志の顔が微かに強張（こわば）った。

その表情を見れば、自分の推測が間違いではなかったのだとわかる。

傲慢な振る舞いも、本音を隠すための彼なりの一種のパフォーマンスなのだろう。

それに気付けば「ゆっくり飲みながら話したい」と、強引な方法で自分を引き留めた剛志の言動には、それなりの意図があるはずだ。

その言葉は的を射ていたらしく、穏やかだった剛志の表情に影が差す。

「美味（おい）しいお酒のお礼分くらいは、話を聞きますよ。ついでに限界まで飲ませていただければ、そのお話も綺麗さっぱり忘れますし」

だから飲み過ぎても怒らないでくださいと、涼子がニンマリ微笑むと、それを見て剛志もやられたといった感じで笑う。

作り物ではない人間らしい剛志の表情に、不思議と涼子の心が和(なご)む。

穏やかな視線を向ける涼子に、剛志は酒を飲みながら話し始めた。

「今日君は、身の丈に合わない恋が成就するかは、二人の愛情によるといったような話をしただろう？」

「ああ……」

それは山梨まで来る道すがら、何気ない会話の流れの中で出た話だ。

「君のその考えは正しいよ」

苦笑いを浮かべた剛志は、静かな口調で言葉を続ける。

「若い頃、俺には結婚したいと思った相手がいた。大学時代に出会った人で、君のように一般家庭に育ったごく普通の女性だった。だけど数年付き合って結婚を意識し始めた頃、突然、彼女から別れを切り出された」

「え、どうして？」

「恋愛ならいいが、芦田谷家の嫁になるのは無理だと言われた。それとタイミングを合わせるように、俺の縁談が持ち上がった」

「偶然？」

涼子の問いかけに、剛志が首を横に振る。

「何故か俺より前に彼女が縁談のことを知っていて、それが別れを決意する決め手になったらしい」

「……」

その言葉にどう返せばいいかわからない。

比奈も客観的に見れば玉の輿に乗った状況なので、付き合いに至るだけでも相当の嫌がらせを受けていた。比奈には、それを乗り越えるだけの強さがあったが、全ての女性にそれを求めるのは難しいだろう。

結婚はお伽噺のような恋物語のゴールではない。だから、まだ若かったその女性が、芦田谷家の名に尻込みするのは仕方ないのかもしれない。

そんなことを思う涼子に、剛志は寂しげな口調で続ける。

「芦田谷家の嫁になることがどれだけの重責か思い知るだけの圧力を、兄が彼女にかけていたのを知ったのは、随分後になってからだ」

「えっ？」

涼子は、あり得ないと驚きの声を漏らす。だが、剛志は、どこか諦めたような表情をしていた。

「兄としては、正しいことをしたつもりなんだろう。父や兄にとって結婚とは、ビジネスの一環だから、結婚は事業の役に立つ家柄の女性とするべきだと考えている。当然、一般家庭の女性を妻に迎えるなんてあり得ないし、歓迎されない結婚をしても相手が辛い思いをするだけだ。それに兄の圧力に怖じ気づくような女性では、芦田谷家の嫁は務まらない」

旧財閥出身の母は、父の虚栄心を満たすには十分な存在だった。それでも長年一緒に暮らすことで、それなりに愛情が育まれている。だが兄は、そのドライな価値観が原因で離婚していた。

そんなことを冷めた口調で話す剛志は、どちらの結婚のあり方にも納得していない様子だ。

「それでその時の縁談は？」

剛志が、ひょいと肩をすくめる。

「今の俺を見ればわかるだろ。無理矢理破談にした。……それはそれで、なんの関係もない相手を傷付けることになってしまったが」

微かな後悔を見せる剛志は、それでも、欲しいものは自分で選ぶのだと語る。

「今でもその恋人のことを愛しているんですか？」

剛志が今も縁談を拒む理由はそこにあるのだろうか……

涼子の言葉に、剛志が楽しげに目を細めた。

「乙女な発想だな。いい年をした男は、そこまで純情じゃないよ。彼女の方も、既に他の男と結婚して子供がいる。その時、破談にした女性も。全ては遠い過去の出来事だ」

「……」

「それに俺も、別れを切り出された時、家を捨ててまで彼女と結婚したいとは思わなかった。結局は俺の愛情も、その程度だったということだよ」

そこでそっと息を吐いた剛志は、寂しげな様子で続ける。

「それでも、大事に思う人から『好きにならなければよかった』と泣かれるような恋愛は、もう二度としたくないだけだ」

そして彼は、父や兄のような政略結婚もしたくないのだろう。

ここではないどこか遠くに視線を向ける剛志は、独り言みたいに言葉を漏らす。

「ただ少しだけ、俺が芦田谷家ほど強大でなく、ほどよい資産家だったら、結果は違ったのではないかと思うことはある」

その言葉に、彼がワイナリー経営に手を出した理由を垣間見た気がした。

そして涼子を、こんな茶番に付き合わせたことにも納得がいく。

「たとえば、ワイナリーのオーナーとして生きるとか？　そうした人生は、幸せでしたか？」

わざと軽い口調で確かめる涼子の問いに、剛志はこともなげに首を横に振る。

「いや。平和過ぎて、退屈だった」

テーブルに肘をつき、嫌そうに息を吐く剛志の態度に自然と笑ってしまう。

ワイナリーのオーナーも当然苦労はあるのだろうが、目まぐるしく変動するエネルギー業界を主戦場とする剛志には物足りないらしい。

「芦田谷家の人間は、闘争心が強い。並大抵の環境では、満足できないのさ」

そう嘯く剛志の表情は、試合直前のアスリートといった感じだ。

鋭い眼差しで世界を見据え、厳しい状況でも生き生きと振る舞う彼の姿が容易に想像できる。

本人の中でそこまで答えが出ているのであれば、他人がなにか言う必要はない。ただ一宿一飯の恩として、消化不良のまま心に残る古傷の痛みを少しでも楽にしてあげられればと思う。

「相手の方、いい人ですね」

極上のワインを口に運びながら涼子が言う。

「何故そうなる?」

理解ができないと目を瞬かせる剛志に、涼子はワインを一口飲んでから続ける。

「もし玉の輿を狙って芦田谷さんと付き合っていたなら、周囲の反対を無視して、恋にのぼせ上がっている芦田谷さんをそそのかしてでも結婚したと思います。それでもし、すぐに離婚ってことになっても、芦田谷家は惜しみなく慰謝料を払ってくれそうだし」

「なかなかの言い方だが、否定はしない……」

渋々頷く剛志の態度に、内心「これだからボンボンは」と、毒づく。

「玉の輿に乗る気もなく『好きにならなければよかった』と泣いて別れた彼女は、芦田谷さんが芦田谷さんじゃなければ結婚していたくらい、貴方のことが好きだったんですよ。芦田谷家の御曹司として利用することなく、自分で引き際を決めて別れを選んだ。それは彼女が、芦田谷さんを一人の人として愛していたからです」

そう持論を述べると、剛志が、さっきとは違う意味で目を瞬かせた。そして理解が後から追いついてきたという感じで笑う。

「そんなふうに考えたことはなかったよ」

「まあ、私の想像ですから、事実とは限りませんけど。でも今さら確かめようもない話なら、都合よく想像しておけばいいんですよ」

また乙女な発想なんて言われたくないので、そう牽制しておく。

その言葉に、剛志は「確かに、利用されるよりいいな」と笑い、ワインを飲んだ。

そして深く頷くと、涼子にまっすぐな眼差しを向ける。

「ありがとう。君の言葉に救われた」

親友の笑い方によく似た彼の表情に、心が解れる。

「気持ちが晴れたなら、よかったです。でも私の言葉はただのきっかけに過ぎませんよ。芦田谷さん自身が気持ちに踏ん切りを付けたいと思っていたからこそ、私の言葉に感情が動いたんです。答えはずっと、芦田谷さんの中にあったんですよ」

剛志の晴れやかな表情を、自分の手柄だと思うのはおこがましい。

何故なら感情を変えることは、本人にしかできないからだ。

涼子が思うに、人は自分にとって心地よい言葉に流される。道徳的に正しい正しくないではなく、自分が希望する道を選択するための口実に人の言葉を借りるのだ。

だから剛志が救われたと言うなら、それは彼自身の選択によるものだと言える。

その言葉に、彼の表情が晴れていく。思いがけず欲しかった答えを手にしたといった様子で、深く頷いた。

「だとしたら、俺は君に救われたと思いたいんだろうな」

「子供の揚げ足を取るような意見ですね」

困ったように笑う涼子に、剛志が軽く眉を動かす。

「君の言葉がなかったら、踏ん切ることができなかったんだよ」

つまり誰でもよかったのだ。その人の心が必要としている言葉を発したのが、たまたま近くにいた涼子だっただけで。

奇妙な偶然が重なって、涼子の声が彼の耳に届いた。ただそれだけのこと。

でも、人によっては、それを運命と呼ぶのではないだろうか……

そんな考えが頭を掠め、涼子はあり得ないと首を横に振り、グラスを傾けた。

喉の渇きを覚えて目を覚ました涼子は、同じベッドで眠る剛志の姿に驚いた。

一緒に酒を飲みながら古傷とも言えない彼の過去を聞いた後、剛志の部屋で酔い覚ましに水を飲みながら雑談していたのは覚えている。

どうやらそのまま、眠ってしまったらしい。

前回のように泥酔していたわけではないので、起こしてくれればよかったのに。

そんなことを思いながら、彼の乱れた前髪を指で掬う。

普段後ろに流して固めている髪が崩れているだけで、いつもより親しみを覚えるのは、彼の話を聞いた後だからだろうか。

僅かな灯りの中で見る寝顔はやっぱり美しく、無防備に眠る姿に見惚れてしまう。

その完成された美しさゆえか、彼の持つ魅力ゆえか、引き寄せられるようにして触れた指を離せなくなる。アルコールで理性が緩くなっているせいもあり、気まぐれに艶やかな髪を撫でていると、剛志が薄目を開けた。

微かに目を見開き、すぐに蕩けるように目を細める。

「目が覚めた時に人がいるのは、久しぶりだな」

まだまどろみの中にいるのか、どこか気の抜けた声に笑ってしまう。

そんな剛志は、涼子の存在を確かめるように彼女の頬に自分の手を添える。そしてその温もりに、心底安堵したように息を吐く。

神様に贔屓されているとしか思えない彼は、特別な存在過ぎて孤独なのかもしれない。

そんな彼の無防備な姿に、涼子の心も無防備になる。

「一人は寂しいですか？」

深く考えることなく零れた問いに、剛志が眉を上げる。

「妥協で誰かを側に置くくらいなら、孤独で構わん」

相変わらずの発言だが、寝ぼけた声で言われると、傲慢や不遜な印象はなく、子供が拗ねているように聞こえて思わず笑ってしまう。

だからつい子供を慰めるように、優しく頭を撫でてしまった。

「大丈夫ですよ」

「なにが？」

重そうに片方の瞼を開けて剛志が聞く。

「寿々花が親友を得て恋人と巡り会ったように、芦田谷さんにも、この先の人生で貴方だけの人が待っていてくれるはずですから」

「……それは、君じゃないのか？」

「残念ながら」

寝ぼけている剛志を楽しく思いながらそう返すと、寝ぼけていたはずの彼の目に強い光が宿ったのが見えた。

「残念に思うのか……」

掠れた声で確認してきた剛志が、頬に添えていた手を涼子の頭に回し、自分の方へと引き寄せる。

「……」

涼子の意思を確認するように、彼が唇を寄せてきた。

拒むことなく、涼子は首の角度を変えて剛志の唇を受け入れる。

冷静な部分では、彼の口付けを受け入れれば面倒なことになるとわかっている。それなのに、彼に触れていたいという欲求を抑えることができなかった。

「もっと君に触れていいか」

その言葉の意味することがわからないほど、子供ではない。

彼の問いかけに、涼子は首の動きだけで同意を示す。

拒まれなかったことに、剛志が安堵の息を吐く。

彼ほどの人が、女性に拒まれる可能性を危惧しているのが不思議だった。

「酔ってる……?」

その言葉が、自分の心理状態をさしているのか、剛志のことを示しているのかはわからない。

でもその言葉を借りれば、この状況を素直に受け入れることができる。

「酔ってないさ」

すかさずそう返してきた剛志に、涼子は唇の動きだけで「酔ってるわ」と、言い聞かせた。

そしてそれ以上の言葉を、唇を重ねることで封じる。

二人の距離感は微妙で、彼と自分では生きる世界が大きく異なる。そんな二人の関係を、あれこれ言葉で確かめるのは無粋だ。

愛を語るような距離感ではないが、それでも今、彼と触れ合っていたいという感情に嘘はない。

「涼子……」

掠れた声で名前を呼ばれ唇を求められ、考えるのをやめて口付けに応じる。

短い口付けを交わして視線を向けると、暗闇の中に情熱的なグレーの瞳が揺れているのがわかった。野生の狼のような猛々（たけだけ）しい視線が自分を射貫く。

「……っ」

その眼差しに息苦しさを感じて瞼（まぶた）を閉じる。すると、剛志の唇が、涼子の唇、頬、瞼（まぶた）、額（ひたい）、唇と、触れていくのを感じた。

キスをしながら、剛志の男らしい手が涼子の髪を撫でる。アップにしていた髪は、そのまま寝てしまったことで随分乱れているのだろう。彼の指に絡んでいるのがわかる。

乱れた髪の感触を楽しむように指で梳きながら、剛志は首筋に顔を寄せ、涼子の左耳を優しく食んだ。

「ん……はぁっ……」

耳を優しく噛まれると、鼓膜に息が触れ、ざわりとした感覚が体の内側から湧き起こる。

涼子が思わず小さく体を震わせると、その反応が気に入ったと言いたげに、首筋や喉元にも口付けが降ってきた。

彼の唇が肌に触れる度、ざわりとした感覚が、さざ波のように涼子の肌全体に広がっていく。

一方的に与えられる刺激に涼子が身じろぎすると、剛志が彼女の背中に手を回し強く抱きしめてきた。

背中に回された手が、涼子の身に纏うドレスのファスナーを下ろしていく。その状態で肩を撫でられれば、涼子の肌は簡単に露わになった。

拒むつもりはないが、背中に直接触れる手の感触に体がどうしても緊張してしまう。

咄嗟に剛志の胸元にしがみつくと、そっと囁かれた。

「怖がる必要はない」

そう言われると、かえって緊張してしまう。

細い指でクシャリとシャツを掴む。そんな涼子の額に口付け、剛志はブラジャーのホックを外した。彼のシャツに顔を寄せると、彼が愛用しているムスクの香りが鼻孔をくすぐる。

シャツ越しに伝わる彼の温もりに愛おしさを覚えつつ視線を向けると、普段は鳶色なのに、なにかの拍子にグレーに見える彼の瞳が自分を射貫いた。

綺麗なことにばかり気を取られがちだけど、美しい瞳の奥に彼の孤独が見え隠れする。

――この人を孤独なままにしたくない。

そう思うが、自分が彼にしてあげられることはあまりにも少ないのはわかっている。

傲慢に見えて優しくて、強気でいて繊細。アンバランスにも見える感情が、絶妙なバランスを保って彼を形成しているのだろう。

それが、持って生まれた彼の魅力に人間としての深みを加え、見ている者を惹きつけていく。

「芦田谷さんは、綺麗すぎてズルい人です」

酔った勢いもあり、美しい瞳を見つめながら、両手で彼の頬を包み込んで言う。

そんな涼子を見つめ返し、剛志は苦笑した。

「俺から見れば、君の方がよっぽど美しい。自分の都合で世界の形を歪めて捉えたりしない君は、心も含めて俺よりずっと美しいよ」

甘い言葉を臆面もなく口にして、涼子の唇を求めてきた。

くちゅりと唇を吸われ、薄く開いた隙間から舌が忍び込んでくる。

緊張から思わず肩を跳ねさせると、剛志が宥めるように肩を押さえた。涼子が抵抗しないとわかると、彼の手はそのまま涼子の肌を移動し乳房を捉える。

柔らかなそれは、剛志の長い指の求めるままに形を変え彼の手に馴染んでいく。

最初は涼子の胸の形を確かめるように、そっと添えられていた指は、すぐにやわやわと動き始める。それと同時に、口付けを交わしていた剛志の唇が離れた。

「白く滑らかな肌だ。吸い付くように俺の指に馴染む」

どこか恍惚とした声で囁く剛志の口が、今度は涼子の喉に触れた。

首筋の敏感な肌をチロチロと舌で刺激しながら、大きな手が乳房を揉みしだいてくる。

強く弱く緩急をつけて胸を揉まれると、強い痛みとまではいわないが、ぐずぐずとした熱が体の奥で燻り出す。

「あぁ……っ……」

自分の中から滲み出す熱がもどかしく、切ない声を漏らすと、剛志の指が涼子の胸の頂を軽くつねった。

「ヤアッ」

不意討ちの刺激に涼子が体を跳ねさせ腰をねじると、その動きを利用するようにして、剛志は彼女の腰のあたりでわだかまっていたドレスを脱がしていく。

仄かな灯りに白く浮かび上がる肌を見て、剛志が愛おしげに囁く。

「綺麗だ」

「……嘘っ」

自分より男性の剛志の方が、よほど美しい顔をしている。

そんな彼に綺麗と褒められても、それを額面どおりに受け取ることなどできない。

「俺が媚びたり世辞を言ったりするわけがないだろう」

自分を卑下する涼子を叱るように、彼女の尖り始めた胸の頂を甘噛みする。

「ふぁぁ……っ」

体に甘い痺れが走ると共に、涼子の口から甘い声が漏れた。

素直な反応に剛志が笑ったのを、彼の息遣いで感じる。

剛志は乳房に手を添えると、口を開いて淡い桜色の輪郭をなぞるように舌を這わせた。

そうしたかと思うと、舌で先端をグッと押し潰したりする。

そうしながらもう一方の乳房を強く揉みしだき、先端を二本の指で摘まんだり、左右に軽く捻ったりと愛撫してきた。

片方の乳房は舌で優しく、もう一方の乳房は手で激しくと、左右で異なる愛撫をされて、涼子は眉を寄せつつ、もどかしげにシーツの上で脚を滑らせる。

しかし淫らな舌や指の動きに、体は素直な反応を見せていた。

指を噛んで愉悦を滲ませた声を堪える涼子に気付き、彼は彼女の手をマットレスに押さえ込んだ。

「声を堪えるな」

涼子が困ったような表情で視線を向けると、剛志が野性味を含んだ笑みを残し、再び彼女の胸へと顔を沈める。

彼の唇が触れると、柔らかな肌にチリリとした痛みが走った。

柔らかな胸を一度強く吸った剛志は、今度はそこを優しく舐める。

そうしながら軽く腰を持ち上げて、涼子の下着を脱がせていく。

剥き出しになった臀部でシーツの冷たさを感じると同時に、剛志と直接触れ合う部分で彼の熱を感じる。その温度差に、涼子の鼓動が加速していった。

剛志は、涼子の期待を見透かすように熱い手を肌に滑らせていく。

「あぁっ」

滑らかな肌を楽しむみたいに動く手は、腰のくびれや膝を撫でる。触れられた箇所に彼の熱が移り、涼子の肌を焦れさせた。

剛志は手のひらや指で肌を愛撫しながら、体の隅々までキスの雨を降らせていく。

腹部に小鳥が啄むような短いキスをしたかと思えば、臍の窪みを舌で嬲られた直後、すぐ近くを痛いほど強く吸われたりもする。

絶え間なく与えられる刺激が、涼子を翻弄していく。

腹部の奥がぐずぐずと蕩けていく感覚に、思わず脚を擦り合わせると、その意味を知る剛志が、太ももを掴んで頭の位置を移動させてきた。

「あっ、駄目っ」

彼の舌が辿り着く場所を察して、涼子が脚をばたつかせる。だが、剛志は腕で涼子の両ももを押さえ、腰を掴んでその動きを封じてしまった。

そして彼は、涼子の脚の間にゆっくりと顔を寄せ、内ももに口付ける。

愛撫で湿った唇が敏感な柔肌に触れると、それだけで体が跳ねてしまう。

「これだけ反応しておいて、駄目はないだろう」

見え透いた嘘を詰るように、低い声で囁く剛志は、そのまま唇を涼子の脚の付け根に寄せた。

秘裂を舌で撫でられると、ゾクリと甘い痺れが背筋を駆け上がっていく。

「あぁぁぁっ」

「ほら、君のここはもう十分、濡れている」

熱い息を漏らす涼子に、剛志が告げる。

そして、そのまま涼子の愛液を掬い上げるように舌を動かし始めた。

くちゅりと粘っこい水音を立てて蜜を吸われる感触に、涼子が腰をくねらせるが、剛志に腰をがっちり掴まれていて逃げようがない。

こちらが身動きできないのを承知で、彼はねっとりと舌を動かしていく。

花弁の間を何度も舌でなぞられる。そうかと思えば、いつの間にか熟し始めている肉芽を舌で転がされたり、口に含んで強く吸われたりして、自分の内側から蜜が溢れ出すのを感じた。

「いやっ……熱い……」

敏感な場所で感じる剛志の舌は酷く熱く、触れられる度に肌が蕩けていくような錯覚を覚える。

熱に焦らされた花弁が、さらなる刺激を求めてヒクヒクと痙攣するのを抑えられない。

それに気付いた剛志が微かに笑うのが彼の息遣いでわかり、涼子の羞恥心を煽る。

「熱いのは、感じている証拠だ」

だからやめる気はないと、より淫らに舌を這わせる剛志に、涼子は首を振って抗議する。

「感じてない……だから、舐めないで……」

「物足りないなら、もっと感じさせてやる」

脚の間から顔を上げた剛志が、からかうような口調で言ってくる。

言葉の選択を間違ったと後悔する暇もなく、再び舌が秘裂を撫でた。

「はぁぁ……あっ…………ふぅぁぁっ」

堪らず口を開けば、自然と喘ぎ声が漏れてしまう。

――どうしようもなく気持ちいい……

苦しいくらいの愛撫から逃れようと、背中を仰け反らせて腰をくねらせるが、涼子の腰を掴む剛志の手は外れない。かえって、相手を誘うような動きになってしまう。

涼子の動きに煽られたのか、剛志の舌がより深く秘裂に侵入してきた。

それにより、彼の高い鼻が涼子の肉芽に触れる。

思いがけない刺激に一瞬視界が白く染まり、体が大きく跳ねた。

「きゃぁッ」

媚肉を舌で嬲られながら、不意討ちで最も敏感な場所を刺激され、一気に絶頂を迎えた涼子が小さく悲鳴に似た声を上げた。

「いい声だ」

満足そうな声を漏らした剛志は、涼子の腰を掴んでいた手を解いて顔を上げた。

愛液で濡れた口元を乱暴に拭う姿は、捕らえた獲物の味を堪能する獣のようだ。

上半身を起こした剛志がシャツを脱ぐと、無駄なものをそぎ落とした引き締まった体が露わになった。射貫くような剛志の眼差しの強さに、彼の欲望の漲りを感じる。

彼にそこまで強く求められているという状況に、涼子の女性としての本能が疼く。

彼の激情を受け止めれば、引き返せなくなると心が警鐘を鳴らしているのに、それと同時に、この美しい獣に骨の髄まで食べられてしまいたいという相反する感情に囚われる。

その矛盾が、涼子をさらなる欲望へと駆り立てた。

「君の声は、俺の欲望を誘う」

だからこれは、涼子の責任だとでも言うように、剛志が激しく唇を求めてきた。

絶頂を迎えたばかりの体は、剛志と唇を重ねただけでも甘く痺れる。

涼子の感触を楽しむように唇を重ねつつ、剛志が全ての衣類を脱いでいく。

ぴたりと重なった肌で、彼の熱く漲ったものの存在を感じ体が強張る。

でも剛志は、熱く膨張した肉棒をすぐに涼子の中に挿入することなく、片手を涼子の下半身に移動させた。

「やぁあっぁあぁあっ」

さっきの愛撫で溢れた愛蜜を絡めるようにしながら、剛志の指が一本、涼子の中へと沈んでくる。

ヌルヌルと媚肉を撫でるように指を動かされると、その動きに膣が敏感に反応して、声を抑えることができない。既に彼からの愛撫によって十分に解れている媚肉は、挿入された彼の指にヒクヒクと痙攣してしまう。

涼子の蜜壺が抵抗なく自分の指を呑み込むのを確認した剛志は、一度抜いた指を今度は二本に増やして戻してくる。淫らな水音と共に愛蜜が溢れ出し、彼の指の動きを加速させていく。

男らしい長い指が、肉襞を妖しく擦りながら膣の奥を捏ね回す。その刺激に腰が震えた。剛志の指が激しく抜き差しされる度、涼子の下腹部から愉悦の波が全身へと広がっていく。

「あーぁぁぁっ…………っ、ぁぁぁぁぁっ」

喉を反らせて喘ぐ涼子が愛おしくて堪らないと言いたげに、剛志がその首筋に唇を這わせた。その刺激すら、涼子を狂おしく攻め立てる。

「まだっ……駄目っ、嫌ぁぁっ！」

「嘘だ。君の中は、熱く潤んで俺を求めている」

それを思い知らせるように剛志がなおも激しく指を動かすと、涼子は一際淫らな声を張り、体を大きく跳ねさせて二度目の絶頂を迎えた。

息を切らして、くたりと脱力する涼子の額に、上にのしかかった剛志が口付ける。

片腕をついて体重を加減してくれているので、それほど圧迫感があるわけではないが、それでも彼からは逃れられないのだと感じる。

「そろそろいいか？」

「えっ」

立て続けに二度も絶頂を迎えた涼子としては、無理だと首を横に振りたくなる。だがそれより早く剛志に口付けられて、理性より欲望が上回った。

肉体の疲労は限界を超えているのに、彼を満足させたいという女としての欲求が勝り、蜜で濡れた彼の指に自分の指を絡めて、視線で誘う。

「俺は、君にやられてる」

剛志は照れくさそうに小さく笑い、もう一度、涼子の額に口付けてからベッドを離れ、鞄から避妊具を取り出し戻ってきた。

避妊具を装着した剛志は、涼子の腰へ手を移動させる。

そして軽く腰を浮かせると、腰のくびれを撫でた手で自分のものの角度を調節しながら近付けてきた。

「……っ」

涼子の愛液でぬるつく亀頭が内ももに触れる感触に、涼子が息を呑む。

どこかつたなさが残る涼子の反応に、剛志が愛おしげに息を漏らす。

「緊張するな」

甘い口調で囁く剛志は、涼子に口付けをしてさらに身を寄せてくる。

予期していたはずなのに、涼子は瞼を固く閉じ、身を強張らせた。

その行為が嫌なわけではない。ただ、彼の美しい眼差しに晒されながら、今以上に乱れてしまう自分が容易に想像できて恥ずかしいのだ。

それでも熟した膣は、押し付けられた肉棒を易々と呑み込んでいく。

腰を寄せる剛志は、そのついでといった感じで、赤く膨れた肉芽を指で刺激してくる。

突き抜ける快楽に、涼子の体が跳ねた。

「あぁ……ぁあっ…………」

花唇を押し広げ、剛志の昂りが侵入してくる快感に甘い声を抑えられない。

一気に剛志のものを受け入れた感覚に、涼子は堪らず逞しい彼の背中に自分の腕を巻き付けた。

すると剛志の方も涼子の肩をしっかり掴み、そのまま最奥まで己の欲望を沈めていく。

「あんっ！」

壁を突かれ、切なく喘ぐ。そんな涼子の中で一度動きを止めた剛志は、その代わりに彼女の肩を掴んでいない方の手で涼子の乳房を揉みしだく。

腰の動きは止まっているのだが、動かなくとも彼のものの存在感は強烈で、内側からジリジリと燻されているようだ。

その焦れた感覚に堪らず、涼子が身じろぎする。

するとそれを合図にしたように、剛志が腰を動かし始めた。

「クッ……ッはぁ……いやぁっ………っ」

彼が動く度に、涼子は熱い息を漏らす。

剛志の熱が、内側から自分を支配しているみたいだ。

彼の腰が打ち付けられるごとに、水面に波紋が広がるように甘い痺れが涼子の体を包み込む。

ずんっと、深く腰を打ち付けられ、快楽が腰に響く。

先に彼の指で解された体は剛志の与える刺激に従順で、膣が擦られる度に満足げにひくつき蠢いてしまう。

「クッ」

その動きに、剛志は軽く眉根を寄せて低く唸る。

そうしながら、なおも激しく涼子を刺激していく。

気が付けば恥じらっている余裕もなく、涼子は彼から与えられる快楽に身を任せていた。

「あっ………剛志っさ……んっ………」

次々襲ってくる快楽の波に、涼子は熱に浮かされるように、無意識に剛志のファーストネームを口にする。思わず漏れてしまった涼子の呼びかけに、剛志が満足げな息を吐いた。

「涼子っいい声だ。……甘く淫らで、男の欲望を煽る」

その言葉に、涼子が恥ずかしさから声を堪えようと唇を噛んだ。

するとその足掻きを窘めるように、剛志はより激しく腰を打ち付けてくる。絶え間ない快楽に羞恥心が薄れ、より強い快楽をねだるみたいに膣が収縮して彼のものに絡みつく。

「やっつっ……っつよ……ムリ………あっ！」

「嘘を吐くな。体が欲しがっているなら、怖がらず素直に快楽を楽しめ。君の限界は俺が決める」

涼子の拒絶は本心ではないと読み取り、剛志は角度を変えながら何度も中を突き上げてくる。緩急をつけながら蕩けきった媚肉を擦られ、涼子の踵がシーツの上を滑る。

剛志にしがみつき首を反らして喘ぐ涼子は、不意に絶頂感に襲われた。

「は……ぁっ」

涼子は快感の名残に体をひくつかせながら、潤んだ目で剛志を見た。

絶頂を迎えた自分とは違い、自分を見下ろす剛志のものは未だ情熱を滾らせたままだ。

ぼんやりとした思考で彼を見上げていると、剛志は不敵な笑みを浮かべて腰を動かし始める。

「あっ……やぁっ。私、今……」

「知っている」

達したばかりの体では無理だと伝えたかったのだが、剛志が聞き入れてくれる気配はない。

彼が腰を動かせば、涼子の媚肉が収縮する。

その反応に涼子が腰を震わせると、二人の接着面から蜜が溢れ出すのを感じた。

その感触さえも愛おしいのか、剛志は涼子の首や頬に口付けをしながら抽送を繰り返す。

「あぁ――っ」

絶頂を迎えたばかりの脱力する体で剛志の胸を押すが、それはなんの意味もなさない。

それどころか逆に剛志の欲情を刺激し、より激しく腰を打ち付けられる。

「あぁ……はぁっ…………っぁぁぁっ」

「君の体が、俺を誘うのが悪いっ」

容赦ない攻めに喘ぐ涼子に、剛志が言い放つ。そして、よりいっそう腰を打ち付けてくる。

パンパンと乾いた音が室内に響き、すさまじい快感に涼子が喉を反らして喘ぐ。

「あっん……っ」

「クッ」

悲鳴に似た声を上げて脱力するのと同じタイミングで、剛志も小さく唸り、自分の白濁した熱を涼子の中に吐き出す。その熱を薄い膜越しに受け止め、涼子の腰が再び痙攣した。

「君の体は、酒以上に俺を酔わせるな」

低い声で囁き、剛志が彼のものを抜き出すと、その感触にも涼子の腰はわなないてしまう。

行為の余韻に朦朧とする涼子は、それでも離れがたいものを感じて、剛志の体に指を触れさせる。それに気付いた剛志が、応えるように涼子の指へ自分のそれを絡めてきた。

互いの指を絡めて手を繋ぐと、涼子は安堵と共にそっと目を閉じた。

「……」
――こんな予定ではなかったのに。
眠りに落ちた涼子の髪を撫でる剛志は、無意識に頭を振る。
その気がなければ、自分のベッドで寝落ちした涼子を部屋に帰すことも、自分がソファーで休むこともできた。それをしなかったのは、なにかしらの可能性を期待していたからだ。

葡萄畑を二人で散策した際、屈託なく自分の環境を受け入れる彼女の姿勢に、これまでにはない感情が湧き上がったのは確かだ。

だからといって本気で口説くには、二人の間には隔たりがあり過ぎる。

これまでのやり取りで、彼女の恋愛に対する価値観はなんとなくわかっているつもりだ。

そして自分が好きな女性に返せるものと、相手にかける負担がどれほどのものかも承知している。

自分が背負うものの大きさを考えれば、不用意に愛情を言葉にすることはできない。

育った環境の違う人との恋愛には、それ相応の愛情や覚悟が必要だと知る彼女が、どの程度の思いで自分の求めに応じたのかわからないのに、この思いを告げることはできなかった。

告げれば無駄に窮屈な思いをさせることになるのは目に見えている。

――身の丈の違いで不幸になる関係は、本物の愛になるには、なにかが少し足りなかったんだと思います。

身も蓋もない意見かもしれない。だがその言葉で、ずっと抱えていた罪悪感から解放されたのだから、彼女の言葉は真理なのだろう。

兄のせいで破綻したのではなく、自分が芦田谷剛志だからでもない。

ただ、そこまで愛し合うことができなかったから終わっただけなのだ。

そう納得できただけに、涼子に思いを告げることで、彼女の自分に対する感情のほどを知るのが怖かった。

「らしくないな……」

相手は妹の親友で、他の男の影がちらつく女性だ。

それに、彼女の言葉によれば、身の丈に合わない恋を成就させるには、互いの思いが必要とのこと。つまり、一方的な感情でどうにかなるものではない。

「……」

届くはずのない本音を彼女に告げてどうなる。

喉元まで込み上げてくる感情を呑み込み、涼子の髪をクシャリと撫でると、乱れた長い髪が指に絡まる。ベッドを離れようとする剛志を引き留めようとしていると感じてしまうのは、それこそ未練がましい自分の願望にすぎないのだろう。

そんなことを考えながら、髪の手触りを楽しむように、剛志は涼子の頭を撫でる。

しっかりと自分というものを持つ涼子は、シンプルに迷いなく、この先も自分で人生を選んでいくだろう。そんな彼女にとって、芦田谷を捨てる気のない自分の思いなど、迷惑な檻にしか見えないはずだ。

——それでも、もし彼女が自分を求めてくれるなら……

そこまで考えて、剛志はあり得ない話だと苦い笑みを浮かべる。

そして視線を窓に向けた。閉ざされたカーテンの向こうが微かに明るい。夏の早い夜明けが近付いているのだろう。

「朝など来なければいいのに」

夜が明け、酔いが覚めれば、きっとこの時間はなかったことにされる。

それならいっそのこと、二人で夜に閉じ込められてしまうのも悪くない。

そんなことを思ってしまう自分に苦笑しつつ、剛志は涼子の黒髪に自分の顔を埋めるのだった。

◇◇◇

剛志の運転する車の助手席で、涼子は頬杖をつき窓の外に視線を向けていた。

ホテルを後にした車は、渋滞に巻き込まれることもなく順調に高速道路を走っていく。

「怒ってる?」

ハンドルを握る剛志は、涼子に視線を向けることなく問いかけてくる。

「怒ってはいません。ただ飲み過ぎただけです」

無愛想に返事をした涼子だが、別に怒っているわけでも、飲み過ぎたわけでもない。

剛志と二人で、密閉された空間にいるのが気まずいだけだ。

最初は横暴でオレ様気質な御曹司だと思っていた剛志の弱音を聞き、不器用な人なのだと気付いた。特別ゆえの孤独を知り、彼に触れたいと思ったのは事実だ。

そして、抗（あらが）いがたい魅力に負けて、彼の腕に抱かれてしまった。

でもその気持ちに名前を付ければ、彼を困らせてしまうことになるだろう。

彼が涼子を茶番の相手に選んだのは、二人の間に恋愛感情なんて生まれるわけがないと確信していたからなのだから。

――昨日のあれは、芦田谷さんが酔っていたからだ……

その考えを裏付けるように、目が覚めた剛志は何事もなかったように接してきた。

だからこそ、どんな顔をすればいいかわからなくて、仏頂面（ぶっちょうづら）をした涼子が窓の外を眺めていると、剛志が緩く笑う気配がした。

「思いがけない休日を過ごすことになったな」

「……ですね」

その先にはきっと、昨夜のことはなかったことにしたいという言葉が続くのだろう……

そう推測していると、しばらく黙り込んでいた剛志が探るように口を開いた。

「俺に望むものはあるか？」

「……？」

「昨日、俺は君の言葉に救われた。だから俺も、君の助けになりたいと思う」

それは、昨日交わしたどの言葉を指しているのだろうか。

剛志の声が素っ気なくて、その真意を推し量ることができない。

「美味(おい)しいお酒を飲ませていただくだけで十分です」

身のほどはわきまえていると、昨夜のことなどなかった態度で返す涼子に、剛志の顔から表情が消えた。

「それでは俺の気が収まらん」

ムッとした様子で剛志が言う。

じゃあ「貴方が欲しい」と答えれば、どうなるのだろうか。

一瞬そんな考えが頭を掠めるが、相手が剛志の場合、関係の終わりしか見えない。

もとより彼はそういった面倒事を避けるために、涼子といるのだから。

「そう言われても、美味(おい)しいお酒くらいしか欲しいものがありませんので」

欲しくもない高価な物を押し付けられても迷惑だし、本当に欲しいものを口にするわけにもいかない。それとも剛志は、昨夜の見返りや口止め料という意味合いで言っているのだろうか。

涼子としては、あれは合意のうえでの行為だったと思っているし、そのことを誰かに話したりする気もない。

自分の人間性を疑われた気がして、涼子は不快だとバックミラー越しに剛志を睨んだ。

その態度に、剛志も不快そうに息を吐く。

「俺の力をバカにしているのか？」

剛志は、言外に「そんな安っぽい望みがあるか」と怒っているようだ。

「バカになんてしてませんよ。芦田谷さんには、マンションでも車でも欲しいと言えば、ぽんと買えるだけの財力があるのは承知しています」

だから冗談でも、高価な品物を口にするのが怖いのだ。

それにこの感情は、数字に換算して引き替えにできるものではない。

「俺になにかを望むのは不本意か？」

「そうですね」

涼子だって仕事をして稼いでいるのだ。剛志とは比べ物にならないにしても、慎ましやかに生きる分には困らない。

だから見返りや口止めなど必要ないと軽く受け流す涼子に、剛志がチラリと視線を向ける。

どこか探るような視線に居心地の悪さを感じ、涼子は眉根を寄せた。

芦田谷家の人間からすれば、涼子の暮らしは、慎ましいどころか貧しく見えるのかもしれない。もしそれを哀れんでいるのであれば、どうしてくれようかと思う。

そっと拳を握りしめ、あれこれ考える涼子に、剛志が感情の見えない口調で提案する。

「俺が用意できるものは、別に金銭だけじゃない。……たとえば就職先とか」

「クニハラを辞める予定は、今のところありません」

突然なにを言い出すのだ。

クニハラの給料を心配しているのであれば、会社に失礼だ。

仕事に見合った十分な給料をもらっているし、後輩の佐倉に手を焼いているとはいえ、仕事を辞めたくなるほど困ってもいない。

なにより気の合う仲間がいるのだから、辞める気などまったくない。

「就職先は、別に君自身じゃなくてもいい。君が就職させたいと思う人を、本人の希望に添った職に就けるよう根回しすることも可能だが?」

言われた瞬間、涼子は髪の毛が逆立つほどの怒りが込み上げてくるのを感じた。

「……それは、私の弟の就職もですか?」

感情を押し殺し、何気ない口調で問いかける涼子に、剛志は首を軽く動かす。

「そうだな、君の弟が納得しそうな職場を用意してやることもできる」

穏やかながら確信を持った口調でそう言った剛志に、涼子は奥歯をグッと噛みしめた。

「私の身辺を調べたんですか？」

忘れかけていたが、彼は妹の行方を捜すため、教えてもいない涼子のスマホに電話をかけるような人間なのだ。涼子の身辺調査をしていてもおかしくはない。

昨日は彼を見直したが、そこまでしてマウントを取りたがる彼の傲慢さに心底辟易する。

剛志は表情を変えることなく答えた。

「調べたというほどでは……」

おそらく彼は、自分の発言がどれだけ涼子を不快にさせているか気付いていないのだろう。

感情を落ち着けるため拳で数回膝を叩き、探るように言葉を投げかけてみる。

「弟は、父や私のような平凡な会社員にはなりたくないそうです」

あれこれ夢を語る拓海の希望を要約すれば、つまりはそういうことだ。

親子なのだから似ていて当然なのだけど、拓海は自分や父よりも母に似ていた。そしてその考え方の違いが、家庭内に軋轢を生んでいるから切ない。

「そのようだな」

剛志が訳知り顔で頷く。

さすがに一昨日の家庭内での揉めごとまで、剛志が承知しているとは思わない。

それでも彼が、涼子の家庭状況について勝手に調べたのは間違いないようだ。

涼子が拓海の将来を案じているのは確かだし、就職先を確保することで父親との和解の糸口になればいいと願う気持ちもある。

ただそれは、拓海が努力して手にするからこそ意味があることだ。それを考えることなく、力でどうにかしようとする剛志に、嫌悪感が湧き上がる。

——私がそれを喜ぶと、本気で思っているの……？

自分は剛志の目に、一度関係を持っただけで、そんな厚かましいことを頼むような女に映っているのだろうか。

昨夜、ほんの一時だけでも、彼と感情を共有できたと思っただけに悲しくなる。

結局彼と自分では、住む世界も価値観も違うということなのかもしれない。そのことに気付いてしまった以上、一緒にいるのは苦痛でしかなかった。

「車……停めてもらっていいですか？」

何気ないふうを装って剛志に声をかける。

胸の中で、剛志への決して叶わない思いと、息苦しさを感じるほどの憤りが渦巻いていた。

「わかった。コーヒーでも買うか」

ちょうどサービスエリアの表示が見えてきたタイミングだったので、純粋に休憩を取りたいと思ったのだろう。剛志がウインカーを出すと、スムーズな流れで車は本線から離れていく。

流れる景色を見ながら、涼子はこの人と自分が共に歩むことはないのだろうと確信した。

4　すれ違う思い

翌日、早めの出勤をした涼子は、自席で買ってきたコーヒーに口を付けた。

始業まで一時間近くあるので誰もいないかと思っていたが、オフィスにはそれなりに人の姿がある。満員電車を嫌い、早めに出勤している社員がいることは知っていたが、普段の涼子はここまで早い時間に出勤することがないので、思いがけない人の多さに小さな驚きを覚えた。

そういう人たちにはどうやら自分なりのルーティンがあるらしく、新参者の涼子に特に興味を示すこともなく、自分のペースで過ごしている。よって涼子も、無駄な詮索をされずに、のんびりコーヒーを飲むことができた。

そもそも何故涼子がこんなに早く出勤してきたのかと言えば、理由は幾つかある。

一つは涼子が留守にしている間に、再び拓海と父が派手にやり合ったらしく、家の中に険悪な空気が漂って(ただよ)いて気まずかったから。

金曜日、父が拓海を家に呼び寄せ、進路や大学の成績について話していた。その段階で、既にかなり険悪な空気になっていたのだが、涼子が山梨に出かけている間に、預けてあった大学の授業料を拓海が使い込んでいたことが発覚したそうだ。

それでいよいよ父が激怒し、それに拓海が反発したらしい。しかも、そこで父の人生をバカにするような発言をしたために、事態は収拾不可能なまでにこじれてしまった。

拓海は感情に任せて家を飛び出し、父も出勤した後、未だ険悪な空気が漂う(ただよ)家に一人残されるのが耐えられず、早くに家を出てきたのだ。

それだけでも気が重いのに、昨夜、後輩の佐倉から「私に謝罪すべきことありますよね？」と、強い口調のメッセージが送られてきていた。

いつもなら可愛くデコレーションしたメッセージを送ってくる佐倉が、文字だけの簡素なメッセージを送ってきたことに違和感があった。しかしながら、今自分が抱えている仕事で、佐倉と関わっているものはない。

そんな彼女から、強い口調で「謝罪」を求められる理由がわからず、真意を確認するメッセージを送ったのだが、既読スルーされてしまった。

昨日はいろいろそれどころではなかったので、一度メッセージを送った後は放置していた。

とはいえ、やっぱりなにか仕事で見落としがあったのかもしれないと気になり、早めに出勤したついでに仕事を確認してみる。だが、これといって問題は見当たらなかった。

それでも早く出勤したことで、既読スルーしたままの佐倉が、この前のように朝から待ち伏せしていたとしても回避できるし、万が一、剛志が会社の前で待ち構えていても鉢合わせせずに済む。

——そう、芦田谷さんとは、もう会わない！

コーヒーを飲みながら、涼子は昨日の決意を再度心に誓った。

剛志と契約を交わした際、特に期限は決めていなかった。それならこのまま、自然消滅の流れで契約解消に持ち込んでも問題はないだろう。

なにより剛志が相手に求めているのは、彼に恋愛感情を抱かないことだ。だとすれば、一瞬でも彼に特別な感情を抱いてしまった涼子は、その段階で相手役として失格といえる。

ただ冷静になって考えると、昨日の自分の態度はいささか大人げなかったかもしれない。

昨日、剛志との価値観のズレを痛感した涼子は、これ以上彼と同じ空間にいることが耐えられなかった。だからサービスエリアで車から降りた後、お手洗いに行くフリをして剛志から離れ、自力で東京まで帰ってきてしまったのだ。

あの時寄ったサービスエリアでは、タイミングよく高速バスに乗ることができた。だから、剛志から十分離れた場所まで移動した後、自力で帰るから一人で帰ってくれと剛志にメッセージを送った。

剛志には、サービスエリアからバスに乗るという発想がないようで、自力で帰るという涼子のメッセージにかなり混乱した様子だった。

おびただしい回数の着信や伝言メッセージ、通信アプリに送られたメッセージから察するに、どうやらヒッチハイクでもして帰ると思ったらしい。さすがにいつまでも涼子を捜してサービスエリア内を彷徨(さまよ)わせるのも申し訳なくて、高速バスで帰るとメッセージを送った。

用件だけを伝える素っ気ない内容なのに、すぐに安心したといった内容のメッセージが返ってきた。さらに、それに続く剛志のメッセージには「それでも心配だから、バス停と家に着いた時に連絡が欲しい」と書かれていた。

そんなふうに言われたら連絡しないわけにもいかず、メッセージを送ったら、怒る様子もなく「よかった」「安心した」といった旨のメッセージが返ってきた。

突然、黙って帰ってしまった涼子を怒ることも、その理由を聞くこともなく、剛志のメッセージには、ちゃんと家まで送らなかったことを詫びる言葉が添えられていた。

傲慢なくせに、変なところで優しさを見せる剛志に、涼子の罪悪感が疼く。

踏み込んで欲しくない領域まで土足で踏み込む傲慢さ、それが相手をどれほど不快にするか気付かない無神経さ。それでいて、真剣に涼子を心配して気遣う優しさ。

それらがない交ぜになっている彼のアンバランスさが、涼子を複雑な気持ちにさせる。

「……」

消化不良の感情を、涼子はコーヒーで飲み込む。

もとより傲慢な王子様だと承知していた剛志の行いに、これほど腹が立ったのは、彼の不器用な面に触れ、自分に都合のよい人物像にすり替えていたからだ。

山梨での剛志との時間には、涼子にそう錯覚させるだけのなにかがあった。

そもそもサービスエリアから自力で帰ってこられるのだから、その気になればワイナリーからだって一人で帰れたはずなのだ。

それなのに、剛志から提示された三つの案しか選択肢がないような気がして一緒に泊まってしまったのがそもそもの間違いだった。

人は耳に心地よい言葉に流されると剛志には語ったが、そうなると涼子が自分の意思で彼と泊まることを望んだということになってしまう。

「……っ！」

――夏の暑さに、判断力が鈍っただけだ。

そう自分に言い聞かせ、涼子は心に引っかかる思いを無理矢理呑み込んだ。

佐倉が無断欠勤したと知ったのは、お昼休みになる頃だった。

始業時刻が過ぎても佐倉が姿を見せないことで、涼子は不安を抱いた。

出勤時に絡まれるのは面倒という気持ちもあって早めに出勤していたが、まさか涼子を待ち伏せし続けて遅刻したのだろうか。

社会人としてそれはどうかと思うけれど、ひとまず佐倉に自分が出社していると匂わせつつ、今日の出社の有無を尋ねるメッセージを送った。

だがメッセージは既読になるものの一向に返答はなく、本人が出社してくる気配もない。

部長も心配して電話をかけたが、同じく反応はなかった。

それで、今度は同期の女子社員に安否確認のメッセージを送ってもらった。すると素早く既読になるだけでなく「辛いことがあって、働く気分じゃない。下手に会社に電話して、部長にうるさく言われるのも嫌だから……」と、なんとも身勝手な返信が届いたのだった。

そのメッセージが読み上げられた時、周囲に微妙な空気が流れたのは言うまでもない。

呆れ果てた部長の指示のもと、今日はこちらから連絡をせずに様子を見るということで話がまとまった。

とりあえず事故などに遭っていないのはよかったが、昨日の佐倉からのメッセージが気になる。

彼女の無断欠勤の理由には、少なからず自分が関係しているということだ。

そしてそれは、十中八九、思い込みに近い一方的な恨み言のような気がする。

この先もこんな自分勝手な振る舞いが続くようなら、周囲からの風当たりも強くなるはずだ。そうなったら佐倉のことだ、反省するどころかさらに臍を曲げるかもしれない。

それでは駄目なのだと、どうすれば佐倉に理解してもらえるのだろう。

――本人にそれを理解させる言葉はないのかな……

スマホ画面を眺めて昼食を食べながら、眉間に皺を寄せつつあれこれ言葉を探す。

そうやって食事を取っていると、スマホが鳴り、メッセージの着信を告げた。

佐倉からかと思って通信アプリを確認すると、弟の拓海からだった。

「……」

拓海の名前が表示されたことで、涼子の眉間の皺がさらに深くなる。

父に取りなして欲しいのかとメッセージを開こうとして指が止まった。開くより先に表示される冒頭文に、「お金、百万貸してもらうことって可能？」という一文が見えた。

もしかしたらそのお金で使い込んだ授業料の返済をしようという腹なのかもしれないが、それで父に許してもらおうという考え自体が甘いのだ。

――ふざけるな。

心の中で叱咤（しった）して、涼子はスマホの画面を切った。

実家暮らしの社会人だからそれなりの蓄えはあるが、それは、お金の価値を理解していない弟に右から左に貸すためのものではない。

佐倉同様、どう伝えれば、そのことを理解してもらえるのかわからない……

言葉を選びあぐねていると、また拓海からメッセージが届く。

「本気で貸して欲しいんだけど」という言葉が見えて、苛立ちが絶頂を迎え、スマホを叩き付けたい衝動に駆られる。

――駄目だ、見てるとストレスが溜まる。

眉間（みけん）を揉んだ涼子は、スマホの電源を切って食事に集中することにした。

「柳原君、来客だそうだ」

「来客？」

午後の業務をこなしていた涼子は、内線電話を取った部長に怪訝な視線を向けた。

涼子の業務内容として、来客対応を任されることはまずない。

それを承知している部長も、どこか怪訝そうな表情を浮かべている。

「とりあえず、行ってきます……」

納得のいかないまま腰を浮かす涼子に、部長が付け加えた。

「専務の執務室に来てほしいとのことだ」

その一言で、涼子の表情が厳しくなる。

國原専務の妻である比奈は、入社以来の親友だ。

別にそのことを隠しているわけではないが、比奈は公私の区別を付ける性格なので、業務中に仕事にかこつけ涼子を呼び出すようなことはしない。でも逆に、それで来客者の察しがついた。

昼の拓海からのメッセージの件もあり、察しがつくと同時に、憂鬱な気持ちが湧き上がる。

さすがにあり得ない話だとは思うが、あまりにタイミングがよすぎて、拓海のメッセージの件を見透かされているような気がしてしまう。

難しい顔で動きを止めた涼子に、部長が声をかけてきた。

「柳原君……」

その声で気持ちを切り替えた涼子は、「なんでもないです」と返し、執務室へと向かった。

涼子が険しい表情で専務の執務室を訪れると、前室に待機する専務補佐の比奈がなんとも言えない顔で出迎えてくれた。

そんな彼女の案内を受け執務室に入ると、案の定、ソファーには剛志の姿がある。

「よかった」

入室してくる涼子を見て、剛志は軽く腰を浮かしてわかりやすく安堵の表情を見せた。

小さく呟き再びソファーに腰を沈める剛志の表情に、涼子の心に微かな違和感が生まれる。

昨日、涼子が無事に家に辿(たど)り着いたことは、既に承知しているはずだ。それを今日になって、再確認しに来たのだろうか……

涼子がそんなことを考えていると、涼子の姿を確認した専務の國原昴也が「少し席を外させてもらうよ」と立ち上がり、ソファーを涼子に譲る。

「……」

自社の専務に座るよう促(うなが)されたのだから、とりあえずはそれに従うべきだろう。涼子は黙礼して、ソファーに腰を下ろした。

「連絡がつかないから、心配した」

持て余すかのように大きく広げた長い脚に肘をのせ、手を組み合わせた剛志が口を開く。

「芦田谷さんみたいに忙しい方に、心配していただく義理はないです」

さっき彼が見せた表情と、自分の地位を利用して会社に押しかけてくる傲慢さ。そんな彼にどういう態度を取ればいいかわからず、抑揚のない声で返事をする涼子に、剛志が目を細めて言った。

「迷惑そうだな」

剛志の言葉に涼子は押し殺したように息を吐く。

昨日のことがあったとはいえ、業務中に突然会社に押しかけてきて、涼しい顔で重役室に居座っておいて……

どう考えても迷惑でしかない行動なのに、剛志にはその自覚がないらしい。

「國原専務も忙しいんです」

「君を待っている間、國原君には仕事の話をさせてもらった。突然の訪問のお詫びとして、彼の利になる話だ」

だから問題はないはずと、剛志が静かな視線を涼子に向ける。

「私も仕事中でした」

「それは悪かった。だが君の勤め先に利益を与えた見返りに、少しの時間を割くぐらいは業務内に含めてもいいと思うが？」

口先だけで謝罪する剛志は「少なくとも、國原君は黙認してくれるはずだ」と、昂也が出ていった扉へと視線を向ける。

剛志が利益を与えたと断言する以上、それなりに有益な話し合いがあったのだろう。社員としては、彼に対して失礼な態度を取るわけにはいかないということだ。

ただその利のある話というのが、涼子と話す時間を作るために用意したものだとしたら、バカバカしいにもほどがある。

「どこまで傲慢な人なんですか」

呆れるのと同時に、芦田谷家らしいと冷めた感動もある。

「それが許される身だと思っているが」

顎を軽く上げ不遜な笑みを浮かべる剛志に、「そうですね」と、頷いてやる気にはなれない。

所詮彼とは、住む世界が違うのだ。このまま無理して言葉を重ねて、二人のズレを再認識するくらいなら、早く会話を終わらせてしまった方がいい。

そう納得する涼子は、冷めた視線で剛志を見やる。

「仕事というのであれば、話は伺います。でも、手短にお願いします」

企業に属する身として我慢はするが、気を許しているわけではない。そう相手に伝わるよう、ことさら冷めた声で言う。

事務的な口調で話す涼子に、剛志が「君の弟の居場所がわかるか？」と、話を切り出した。

「個人的なことです。お答えする義務はありません」

家族の件に干渉されたくないのだと、涼子がつれなく返す。

でも剛志はそれくらいで諦める気はないらしく、なおも言葉を重ねた。

「つまらんこだわりは捨てて、早く教えろ」

「……ッ」

どこまで傲慢なのだと奥歯を噛みしめる涼子に、剛志は身を乗り出して凄む。

「このまま放置しておくと、君の弟は、犯罪の被害者か加害者のどちらかになりかねない。俺が話を付けてくるから、弟の連絡先を教えろ」

「え……？」

思いがけない言葉に、涼子の表情が崩れる。

一瞬、からかわれているのかと思ったが、剛志の表情はこれ以上なく真剣だ。

「君が俺を避けているのは承知している。君が俺と関わりたくないなら、二度と顔を見せる気はない。だが君の弟の窮地を知った以上、放っておけないだろ。それを知らせようと電話しても、一向に繋がらないから、こうして会社に押しかけるしかなかったんだ」

「あっ……」

スマホは、昼休みに電源を切ったままにしていた。

「君まで巻き込まれているのかと、肝を冷やした」

そう零した剛志は、面倒くさそうに前髪を掻き上げる。

それを聞けば、さっき涼子を見た時の剛志の安堵の表情が、違った意味を持つ。

涼子の身を案じ、安全を確認するために、わざわざ口実を作ってまで来てくれたのだ。

「ごめんなさい、電源を切ってました」

剛志のやり方に納得のいかないところは多々あるが、それでも自分を心配してくれたことには礼を言うべきだろうか。

そうは思うが、持ち前の性格が邪魔をして、素直に言葉が出てこない。

それでもやはりお礼は言うべきだろうと覚悟を決めて顔を上げた時、前髪を掻き上げた姿勢のまま剛志にそっと微笑まれる。

「無事でよかった」

普段の大人の男の色香を漂(ただよ)わせる艶(つや)やかな笑みではなく、穏やかな微笑みに、思わず魅了される。

あの夜、自分に触れた剛志の手の温もりが蘇(よみがえ)ってきた。それと同時に、自分には、彼に優しく気遣ってもらう価値はない気がしてくる。

「それより、弟の話です。なにを根拠にそんなことを言うんですか？」

表情を引き締める涼子に、剛志が静かに話し出す。

「最近、弟は金銭的に追い込まれていないか？」

その言葉に、一度は忘れかけていた怒りが蘇る。

思い当たるふしはあったが、剛志にそれを話した記憶はない。

それに、一度関係を持ったからといって、当然のように自分の生活に口を出されるのは不愉快だ。

なにより、剛志にそういう気持ちを理解してもらえないことが悲しい。

そして悲しいと思ってしまうのは、つまり……

——私はまだ、芦田谷さんになにかを期待しているんだ。

住む世界も価値観も違う彼に惹かれてどうする……と、涼子は軽く頭を振る。

そして自分の中で渦巻く感情を抑え込み、低い声で言う。

「どうしてそうやって、勝手に人のことを調べるんですか？　お金と権力があれば、好き勝手に人の人生に干渉していいとでも思っているんですか？」

芦田谷会長と剛志ら兄弟が、寿々花が外泊しただけで、一夜の内に相手の素性を調べ上げたという話は聞いている。あり余る権力を持っているからこそその傲慢さに、苛立ちが抑えられない。そんな涼子を見て、剛志は困ったように息を吐いた。

「言っておくが、君の弟のことを調べたことはないぞ」

「――っ！」

まだ言うか。

苛立ちのピークを迎えた涼子は、テーブルに手をつき静かに立ち上がる。

「ご用件がそれだけでしたら、仕事に戻ります」

感情を抑えているつもりでも、発する声に怒りが滲み出てしまう。

「待て」

腰を浮かした涼子の手を、剛志が咄嗟に掴む。

手をテーブルに縫い付けるように押さえられてしまい、中腰で固まる。

「まだ話は終わっていない」

座ったままの剛志に凄むように見上げられ、息を呑んだ。独特な色合いの眼差しに射貫かれて、身動きできなくなる。

でも、ここで彼に屈するのは、涼子のプライドが許さない。

「芦田谷家の王子様は、なにをしても許されるとでも思っているんですか？」

剛志を睨み、唸るように言葉を返すと、剛志の眉間が歪んだ。

怒るというより辛そうに見える彼の表情に、戸惑ってしまう。そんな涼子の心の揺れを突くようにして剛志が立ち上がった。その拍子にテーブルに押さえ付けられていた手が一瞬解放されたが、涼子が引っ込めかけたところを再び掴まれる。

剛志は涼子の手を軽く持ち上げ、一瞬で表情を強気なものに切り替え問いかけてきた。

「最近、弟のSNSを見たか？」

「……？」

さっきの微妙な表情の変化に気を取られていた涼子は、質問の意図がわからないまま首を横に振る。すると剛志は、軽く首を動かし静かな口調で語り出す。

「山梨に泊まった夜、ウチのワインの写真をアップしていたのを思い出して、気紛れに君の名前を検索した。母親に向けて発信していると話していたから、実名で登録していると思ったんだ」

「あっ……」

剛志の推測どおり、涼子は実名でSNSに登録している。名前を入れて検索すれば、アカウントはすぐに見つかるはずだ。

「君の名前を検索した時、君のアカウントと一緒に、柳原拓海というアカウントも候補に挙がってきた。公開している書き込みを読めば、君の弟であることも、芸能活動を志していることも容易に理解できた」

涼子も拓海も、不特定多数の誰かに見られることを前提に情報を公開している。剛志はそれを読んだに過ぎないのだから、それはストーカー行為や権力に任せて情報収集しているると表現するような行為ではない。

情報の入手手段がわかったことで、理不尽な思い込みで相手を責め、感情的になっていた自分が恥ずかしくなる。

「……私は、弟のSNSを見たことがありません」

手を振り解こうともがいていた手首から力を抜き、涼子が答える。

弟のアカウントの存在は知っていたが、家族のSNSを見るのは、日記を覗き見しているようで気が引けたのだ。

涼子の答えを予想していたのか、剛志がそっと息を吐き握っていた手を放した。

そしてスーツの内ポケットからスマホを取り出すと、幾つかの操作をして涼子に差し出す。

素直に受け取ったスマホの画面には、拓海のSNSが表示されていた。

ソファーに座り直し定期的に更新されている彼の活動報告に目を通すうちに、涼子の表情が徐々に曇っていく。

数ヶ月前までは、オーディションを受けたとか、友だちと遊びに行ったとか、楽しそうな書き込みが続いている。だがその後は、スカウトされた事務所を介して受けたオーディションに受かったという書き込み辺りから、雲行きが怪しくなっていった。

今の自分では足りないものがあると言われ、レッスンを受けることになったとか、人生経験を積むために事務所が紹介してくれたクラブでバイトすることにした、という書き込みの後、一気に書き込むペースが落ちている。さらに、不定期に書き込まれる内容も、今のバイトの他に割のいいバイトをしないとヤバイといった金銭的に切羽詰まった書き込みが続いている。

その合間に、平凡な家族への不満が綴られていた。

「山梨で彼のアカウントを見つけた時は、君のことが書かれているところや、写真付きの目立つ書き込みに軽く目を通しただけで気付かなかった。だが昨夜、君が無事に家に帰ったか確認できるものはないかと思って、弟の書き込みに目を通した。そこで、彼の異変に気付いたんだ」

そこで剛志は、拓海をスカウトしたという事務所を調べたらしい。その結果、声をかけた若者に、登録料やマネジメント手数料、宣材写真の撮影代と、もっともらしい名目をつけては詐欺まがいな手法で金銭を要求している事務所だと発覚したそうだ。

「……拓海っ」

焦燥感に駆られながら涼子が書き込みを読んでいくと、今日の日付で「今日中に百万用意しないとヤバイ」という悲痛な書き込みが残されていた。

それを見た瞬間、足下から世界が崩れ落ちていくような恐怖を感じた。

この書き込みを読んだ後では、昼に受けたメッセージの意味が違ってくる。

――拓海の話、もっとちゃんと聞いてあげればよかった！

猛烈な後悔が腹の底から湧き上がってくる。それと共に、勝手にわかった気になって、弟のＳＯＳをただの甘えと切り捨てて無視した自分を罵倒(ばとう)したくなった。

「悪質な事務所に紹介されたバイトが、健全なものであるわけがない」

涼子がどこまで読み進めたかを確認して、剛志が言う。

その言葉に頷き、涼子は表情を引き締め、まっすぐ剛志を見上げた。

心配げな様子でこちらの反応を窺(うかが)う剛志が、手を差し伸べてくる。自分へと伸ばされる手に縋(すが)りたい衝動に駆られるが、それは違うと涼子は視線を落とした。

微かに震える指先で画面を閉じ、差し出された手に彼のスマホを乗せると、剛志はそれをスーツのポケットに戻す。

その間に涼子が自分のスマホの電源を入れると、すぐにアプリのメッセージや留守電が入っていることを告げる表示が浮かび上がる。

「ご連絡ありがとうございました。このお礼は、改めてさせていただきます。この後は私が対処しますので、芦田谷さんはお帰りいただいて大丈夫です」

これは母親代わりとして拓海の面倒を見てきた自分の責任だ。

混乱しつつも、長女としてしっかりせねばという思いから、涼子は気丈に立ち上がり姿勢を正すと深く頭を下げた。

早くメッセージを確認せねばという焦りに駆られいつになく丁寧に礼を言う涼子の後頭部に、ペチンと、軽い衝撃が走る。そのはずみで、スマホがテーブルに落ちた。

遅れて小さく頭が揺れた衝撃が、剛志に叩かれたのだとわかる。

驚いて頭を上げると、涼子の頭を叩いたであろう右手を中途半端な位置でかざしたままの剛志と目が合った。

「バカか」

怒った口調で呟いた剛志が、やり場のない苛立ちを表現するように右手で涼子の髪をクシャクシャと撫でてきた。

「な、なにするんですかっ！」

背中を反らし、指で乱れた髪を整える涼子に、剛志が呆れたように言う。

「そんなことを言われて『はいそうですか』って、俺が帰るわけがないだろ」

そして剛志は、涼子の鼻先に手を差し出した。

「……？」

意味がわからずキョトンとする涼子に、剛志が告げる。

「弟の連絡先を教えろ。あとは俺が対処する」

「どうして芦田谷さんが対処するんですか？」

「君には荷が重い。こういう交渉事には不慣れだろ？　それとも君は、堅気とは限らない相手に、上手く立ち回る自信があるのか？」

堅気とは限らないと言う剛志の言葉に、涼子が怯む。

その些細な表情の変化を見逃さず、剛志が言葉を重ねてくる。

「常識が通用するとは限らない相手に対して、君のような見るからに真面目そうな女性が交渉に行けば、相手がつけ上がるだけだ。足下を見られて、あれこれ難癖付けられた挙句、さらなる金銭の要求をされるかもしれない」

確かにそうかもしれないが、だからといって無関係の剛志を頼る話ではない。

「蓄えはそれなりにありますし、私一人でも大丈夫です」

反射的に反論した言葉に、剛志がそっと目を細めた。

「それは君の言う、いいお金の使い方か？」

「……っ」

もちろん、いいわけがない。だけど、家族として弟を助けるためには、仕方ないと思う。

言葉を濁しつつそれを説明する涼子に、剛志が返す。

「では、君の蓄えだけで話がつかなかった際は、どうするつもりだ？　失礼ながら、君の資産などたかが知れているだろう」

腹の立つ言われようだが、相手が相手だけに返す言葉がない。

涼子の反論が止まると、剛志が優しい声で聞いてくる。

「俺が関わるのは迷惑か？」

そう確認してくる剛志の表情は、どこか寂しげに見えた。だが涼子としては、家族の問題に彼を巻き込むわけにはいかない。なので、彼から視線を外し、ことさら冷たい声で言った。

「そうですね」

剛志がもたらす情報から察するに、相手は堅気でない可能性が高いのだろう。

でもだからこそ、社会的地位のある彼をこれ以上巻き込んではいけない。

そんな涼子の態度に、剛志が大きく息を吐いた。どうやら納得してくれたらしいと安堵した次の瞬間、剛志が左の口角を上げ、ニヤリと強気な表情で笑った。

「君の考えなど、俺の知ったことか」

「へ……？」

予想外の返答に間の抜けた声を漏らす涼子をまっすぐ見て、剛志が告げる。

「どうして俺が、君の言いなりになると思う？　俺は自分のしたいようにするさ」

だから早く弟の連絡先を教えろと、剛志が手をヒラヒラさせた。

それでも躊躇う涼子に、剛志が重ねて言う。

「ビビッて泣いている子供を放っておけないだろう」

「泣いてないです──っ！」

　虚勢を張るように強い口調で返したら、剛志は再び涼子の髪をくしゃくしゃと撫で回してきた。上から頭を押さえ込まれたことで、自然と頭が下がり、剛志から視線が外れていく。

「じゃあ、泣けばいい。君は今まで、十分頑張ってきた。そもそも離婚は親の都合で、君の責任じゃない。だから君が、無理して家族の全てを背負い込む必要はないんだ」

本音を見透かされたような言葉に、涙腺が緩みそうになる。

退屈な日常の不満を口にしていた母は、子育ての煩わしさもよく口にしていた。

両親が不和になった原因の一端に、自分の存在があったように感じていた涼子にとって、剛志のその言葉は特別な音色として響く。

「い……いい年した大人が、こんなことで泣くわけないでしょ。長女としての役割を、ちゃんと果たせます」

ここで泣くわけにはいかないと強がる涼子に、剛志が優しく言い諭す。

「家の中での君は、しっかり者の長女かもしれない。だが俺から見れば、妹より年下の女の子だ。俺の前でまで、しっかり者でいる必要はない。たまには素直に守られてみろ」

相変わらず横柄なその口調は、涼子の強がりなど既に見透かしていると言いたげだ。

彼の強さを承知しているからこそ、頼ってしまいたくなる。でも、下手に誰かに頼る癖を付けると、後で辛くなるのは自分だ。

「……っ」

「誰かのためにばかり頑張るな。少しは自分を甘やかしてやれ」

自分の弱い部分を見透かされたのが悔しくて、奥歯を噛みしめて剛志を睨む。そんな涼子に、剛志は口角を吊り上げて笑う。

姉だから、母親代わりだからと、自分で自分に言い聞かせて、鼓舞してきた涼子とは違う、本物の強さが溢れ出ていた。

傲慢で奔放であることが許されるほどの、圧倒的な力。彼には、自分が庇護すべき存在だと認識したものを守りきる強さがあるのだとわかる。

こんな兄がいる寿々花が、素直に羨ましい。

だけど……

自分は自分だ。他の誰かを羨んだところでどうしようもないのだから、歯を食いしばってでも頑張るしかない。

「甘えたく……ないんです」

「知ったことか」

剛志が顎を高くして返した時、テーブルの上に放置されていた涼子のスマホが鳴った。

画面には、拓海の名前が表示されている。

素早く状況を察した剛志は、涼子のスマホを拾い上げ、そのまま通話ボタンをスライドさせた。

そしてスマホを顔に添え、涼子と距離を取るべく歩き出す。

「あ……」

なにをするのだと、涼子は一瞬遅れてそれを追いかけた。

大股で部屋を移動しながら剛志が話し始める。

「もしもし。拓海君か？　……イヤ、俺は君のお姉さんの代理人だ。君も一人ではないのだろう？　お互い代理人同士で話を進めた方が早い。隣にいる奴と替われ」

剛志は、スマホに耳を当てたまま、相手の出方を待っているようだ。その間に、涼子は彼を壁際に追い詰める。だが次の瞬間、不意に彼が身を翻し、スマホを持っていない方の手で涼子の肩を引き寄せた。

「――っ！」

突然のことに驚く涼子の体を壁に押さえつけ、涼子の口を手で塞ぐ。動揺した涼子が抜け出そうともがくと、剛志はその動きを封じるべく、ぴたりと体を密着させてきた。

図らずも、そうやって彼と密着したことで、電話の向こうの数人の男の声が微かに聞こえてくる。

「やあ、はじめまして。……私？　私は柳原家の代理人だ」

電話口に拓海以外の誰かが出たのだろう、剛志が会話を再開した。自称を素早く「俺」から「私」に切り替える。

スマホを取り返そうと伸ばした涼子の右腕を、剛志は口を塞いでいる方の肘で押さえた。左腕は彼との体の間に挟み込まれているため動かすことができない。

――近い……。

体を密着させていることで、否応なく彼の引き締まった肉体や、彼の纏うムスクの香りを意識してしまう。

口を塞がれていることより、彼の存在の方が息苦しい。

無意識に息を詰める涼子の耳に、低く荒々しい怒気をはらんだ男の声が聞こえてきた。

「人の名を聞くなら、まず自分が名乗るべきだろ？　こちらから名乗ってやるいわれはない」

相手に彼の振る舞いまで見えていないのはわかっているが、それでも強気に顎をしゃくるようにして話す姿に血の気が引く。

言葉の選び方を間違えれば、拓海の身に危害が及ぶかもしれない。そんな涼子の焦りを察することなく、剛志は相変わらずの強気な口調で会話を続けていった。

「それに君が関心を持っているのは、私の名前じゃないはずだ。さっさと数字の話をしようじゃないか。君が私を納得させられるなら、望む額を払ってやる」

脅しのきかない相手だと察したのか、電話の向こうの怒声が和らいだ。

その変化を察し、唇の端で笑いながら剛志は交渉を続けていく。

優勢を保ちながら短い言葉を交わし、どうやら交渉の場所を決定したようだ。

「では後ほど」

通話が終わると、剛志が密着させていた体を離してくれた。

それでも片手を掴まれたままなので、適切な距離まで体を離すことはできない。

「どこで会うんですか?」

なんとなくのやり取りは聞き取れたが、さすがに細かい単語までは拾えなかった。

相手と落ち合う場所を尋ねる涼子に、剛志は不敵に笑う。

「もうこれは俺の喧嘩だ。君には関係ない」

だから涼子に言う必要はないとでも言いたいのだろう。

唇の端に笑みを浮かべる剛志は、自然な動きで涼子のスマホを自分のズボンの後ろポケットにしまった。

「そんなわけにはいきません。私の家族の問題です。それとスマホ……」

涼子が焦って剛志の腰に手を回し、素早くスマホを取り返すが、その手を剛志に掴まれた。

「今スマホを渡すと、弟に連絡をつけてしゃしゃり出てきそうだから返すのは後にする」

「勝手なこと言わないでください」

「俺が勝手だというのは、重々承知しているだろ？」

悪戯っ子のような笑みを浮かべていた剛志は、不意に表情を真剣なものに変える。

「君に言われずとも、自分勝手な人間なのは承知している。それでも君の、もう俺と関わりたくないという気持ちを尊重するくらいの優しさは、持っている」

あれは、涼子が剛志の言動を勘違いしたからだ。本来ならまずそのことを謝るべきだったのに、タイミングを逃してしまっていた。

涼子が、今この場で謝るべきかと考えている間に、剛志が言葉を続ける。

「持て余すほどの権力は、時として敬遠される。親しくなった相手から、突然避けられることには慣れている。だから気にするな」

「……っ」

剛志の孤独に慣れきっている口調に、胸が苦しくなって言葉が出てこない。

黙って見上げる涼子に顔を寄せ、剛志が迷いのない口調で続ける。

「だがその持て余すほどの権力のおかげで、守りたい相手を守れることもある。君の窮地を知って、見て見ぬフリをするなんて俺にはできん。そして君を守れる自信があるからこそ、俺は俺の好きにさせてもらう」

彼の真意を確かめることなく一方的に怒って拒絶した涼子を、それでも剛志は助けようとしてくれている。お金と一緒で、彼は自分の持つ権力の使い方をわきまえていた。

それを理解できていなかったのは、涼子の方だ。

「ごめ……」

意を決して謝罪の言葉を口にしようとした涼子に、剛志がさらに顔を寄せてくる。

そしてそのまま、彼の唇が涼子のそれに触れた。

「へ……っ」

「愛している。これ以上俺に触れると、捕まえて離さないぞ」

まごうことなき王子様に、キスをされ愛を囁かれる。

自分を見つめる、剛志のグレーの眼差しに射貫かれた。

その眼差しを見れば、彼の言葉に嘘がないとわかる。

切ないまでに真摯な眼差しに、涼子の喉が震えた。

心のどこかで求めていた言葉を差し出され、嬉しいはずなのに、頷くことができない。

自分が相手では、癒えたはずの彼の古傷を再び抉る結果になりそうで、それが怖い。

涼子が逡巡する僅かな時間、剛志の眼差しにも迷いの色が見えた気がしたが、彼はなにかを振り切るように行動に出た。

涼子が身動きできずにいる隙にスマホを取り上げ、顎を高くして目を細める。

「アッ」

「今のは冗談だ」

そう嘯く剛志は、涼子の頬に再度口付けをすると、すぐに顔を離し悪戯な笑みを浮かべた。

「セクハラで訴えても構わんぞ。からかったお詫びに、君の弟は俺が回収してきてやろう」

軽く手を上げ、さっきの告白をなかったことにした剛志は、軽やかな足取りで扉へと向かう。

「……あ、芦田谷さんっ」

行き違った言葉のあれこれに感情が絡まって、なにを言えばいいかわからない。

それでも伝えなくてはと、足を止めてこちらに視線を向けた剛志に告げる。

「貴方を、孤独にするつもりはなかったんです」

剛志が、目尻に皺を寄せてクシャリと笑う。

「知っている。その言葉だけで十分だ」

自分の真意を理解してもらうことを、端から諦めている彼の笑顔に、何度目かわからない罪悪感が込み上げてくる。

剛志は、仕事が終わったら、先週待ち合わせをしたバーに来るようにと言い置いて、部屋を出ていってしまった。

涼子から取り上げたスマホで話した相手は、繁華街の古びた雑居ビルの一室を話し合いの場所に指定してきた。

そこに赴くべく、タバコやすえた臭いが染みついたエレベーターに乗り込んだ剛志は、鼻に皺を寄せ露骨に顔を顰める。

夜になれば艶めかしい色彩を放ち、男を誘う。そういう類いの店ばかりが並ぶテナントビルに事務所を構える者が、明朗会計で良心的な商売をしているとは考えにくい。

そして初対面での交渉にこういった場所を指定してくるのは、相手に堅気ではないと認識させ、精神的なプレッシャーをかけたいからだろう。

こんな場所で、柄の悪い奴らに絡まれれば、素直に財布の中身を差し出す者は多いはずだ。

ただし剛志に言わせれば、下の下の手法といえる。

——素性のわからぬ相手を巣に招き入れるなんて、大バカだ。

キツネの巣に狼を招き入れて、ただで済むわけがない。相手がご丁寧に事務所の場所を教えてくれるのだ、後できちんと排除してやろう。

とりあえず、涼子を連れてこなかったのは正解だった。強がっているだけで変に潔癖な彼女のことだ、弟がこんないかがわしい場所で働いていると知ったら頭を抱えたに違いない。

そう考えをまとめて、剛志はエレベーターを降りた。

用件を告げ、通された事務所の内装は、予想どおりと言っていいだろう。

来訪者を威圧するような獣の剥製(はくせい)に、一瞥(いちべつ)しただけでは本物か模造品か判別できない見事な刃文の日本刀。それなりの名工の作なのか、柄(つか)を外し茎(なかご)部分を見せた状態で飾られている。

――ベタ過ぎるだろう。

合成革のソファーに腰を下ろした剛志は口元に手を添え、向かいに座る男の、これまたベタすぎる話に苦笑いを噛み殺した。

「つまり、そこの柳原君が、店で未成年者に飲酒と喫煙をさせた。そのことに激怒した相手方の両親が店を訴えると騒ぎたて、店に迷惑をかけたと」

「そのとおりです」

さっき聞いた話を要約する剛志に、向かいに座る粗悪なスーツを羽織った男が鷹揚(おうよう)に顎(あご)を動かして頷いた。

下品な笑い声が聞こえて視線を向けると、剛志とスーツの男が向かい合って座る長ソファーとは別に用意された椅子に腰掛け、こちらを見ている男と目が合った。

洗濯の色落ちが目立つくたびれたシャツを着てにやつく男は、肩書きとしては、拓海がバイトするバーのオーナーとのことだが、彼に酒の味がわかるとは到底思えない。

「アンタの話し相手はオレだが」

剛志の視線がよそに向いていることに気付き、向かいのスーツ姿の男が前屈みになって凄む。

それで剛志が面倒くさそうに視線を戻すと、相手は不満そうに鼻を鳴らした。

粗悪なスーツを羽織る男は、職業をこの界隈の世話役と名乗った。肩書きだけで紹介を済ませる段階でろくな素性でないことは確かだろう。

名前も言わない奴にこちらも名乗るいわれはないと、剛志も「柳原家の代理人」とだけ言って話を進めている。

前屈みになった胸元から、貴金属のアクセサリーを覗かせている。そんな男の隣では、体の線の細い青年が項垂れていた。僅かに上げたその顔は、緊張からか青ざめている。

初めて見かけた時は遠目で気付かなかったが、この距離で見ると、確かに涼子とよく似た整った顔立ちだ。

山梨で彼のアカウントを見つけたことで、駅で涼子といた男が弟だということには気付いていた。あの日、駅で見送った二人の姿を考えれば、涼子が弟を大事にしていることは容易に察することができる。

それもあり、彼女の助けになるならばと、弟の就職に口を出してしまった結果、涼子の気分を害することとなった。

持て余す権力は、その匙加減を間違えば相手のプライドを傷付ける。

それがわかっているからこそ、普段の自分は無欲な人間を装っているのだ。だけど愛おしい人を前にすると、途端にバランス感覚を失い、相手を喜ばせたくて愚かな行動に出てしまう。

それは後悔しているが、些細な感情の行き違いで駄目になるくらいの関係なら、どうせこの先など期待できないのだから、ひと思いに失ってしまった方が傷は浅くて済む。

それでも自分に力があるのは確かだ。

今以上に嫌われるとわかっていても、自分が傲慢に振る舞うことで彼女を助けられるのであれば迷う必要はない。

恋に溺れた愚か者と笑われようが、傲慢と詰られようが、取り返しのつかないなにかが起きた後で後悔するくらいなら、会社に押しかけてでも安否確認をするし、彼女の家族を助ける。

気が付けば、それほど彼女を愛してしまっているのだ。

だからこそ涼子を困らせないため、自分から口にした愛の言葉を冗談と笑い飛ばした。

「聞いてるのかよっ！」

乱暴にテーブルを叩く音と共に男の怒号が飛ぶ。その声に、剛志は煩わしげに息を吐き、感情を切り替えた。

「こちらとしては、前途ある若者の未来を守るため善意で揉めごとを収めたわけですが、オーナーは店の看板に泥をかけられ、こちらもそれなりに骨を折った。かかった経費に色を付けた額の請求ぐらいはさせていただかないと」

「そのお金は、もう……」

口を開きかけた拓海は、スーツ姿の男に睨まれ首をすくめて縮こまる。

涼子は剛志が強硬な態度を取ることで、弟に危害を加えられるのではと心配していたが、彼らとてバカではないのだ。簡単に金の卵を産む鶏の腹を裂いたりはしない。

腹を裂くのは、鶏が卵を産み尽くし痩せ細った後だ。目の前の鶏が憔悴していたとしても、その背後にまだ卵を産みそうな鶏の姿が見えれば、簡単に絞めたりしないはずだ。

もし予定の金額を搾り取れそうになければ、見せしめに危害を加えたり、犯罪の捨て駒にされたりする可能性もあるだろうが。

「彼に悪意があってのことだとは思ってませんよ。だからこそ、こちらも骨を折ってやったんです。その甲斐あって、店のオーナーも、相手のご家族も、警察沙汰にする気はないと言ってくれているんですよ」

スーツの男が、芝居がかった口調で恩着せがましい台詞を口にした。

テンプレートのように話す男の姿勢に、彼らの慣れが透けて見える。

恐ろしくチープで、ありふれた手法だ。そうなるようにしかけた罠に引っかかれば、獲物は誰でもよかったのだろう。そのババを引いたのが、たまたま拓海だっただけだ。

「運が悪いな」

剛志の呟きに、男が声なく笑う。

一緒に拓海に同情しているつもりかもしれないが、剛志が同情したのは目の前の男に対してだ。

偶然に搦め捕った獲物が拓海でなければ、もう少しこの商売を続けられただろうに。

「話は理解してもらえましたかね？」

「つまり彼からは搾り尽くしたから、次はその家族から搾り取ることにしたと？　求める金額はいくらだ？」

不敵な笑みを添え、疑問に疑問で返す剛志に、相手の眉が歪んだ。

眉を歪ませたまま目を細め、値踏みするように剛志を眺めてきた。

勿体を付けるように間を置いて、スーツの男は右人さし指を二本立てる。

「これで前途ある若者の未来が買えるなら、安いものでしょう？」

それを見て拓海は肩を大きく跳ねさせ息を呑むが、剛志は頬杖をついて薄く笑う。

「それじゃあわからん。数字を言え」

剛志が鷹揚に顎をしゃくると、相手の男の眉間の皺が深くなる。

「あくまでも、善意として支払っていただきたい金額ですので……」

そう前置きしつつ、男は二百万円と言った。その金額を聞いた剛志は、思わず鼻で笑った。

「本当に小物だな。二千万や二億と言ってのけるなら、その剛胆さに免じて話を聞いてやろうかと思ったのに」

「ああっ⁉」

「彼の人生を金額に換算するのなら、その額は安過ぎるだろう」

眉を吊り上げ凄む男を意に介さず、剛志は呆れたように続けた。

「まず中央値で考えた時の大卒男性の生涯年収は、約二億とちょっと。高卒の者に比べて、生涯年収がおおよそ四千万ほど多いと言われている。前途ある若者の未来を守るというなら、もっと大きな金額を求めようとは思わないのか？」

剛志の言葉に虚を突かれたのか、スーツ姿の男が瞬きをした。

お前どっちの味方だ？　と、言いたそうな顔に若さが見え隠れしていて、実際の年齢は外見より若いのかもしれない。

そんな男にいたぶるような視線を向けて、剛志は続ける。

「大体、私を商談の場に呼び出しておいて、こんなちゃちな金額の話をされたのでは無駄足もいいところだ。この精神的苦痛は、この先の君の人生で支払ってもらうからそのつもりでいろ。君はそうした損害をも考慮した金額を提示するべきだった」

剛志は父親を真似た笑みを浮かべる。

笑顔というより、獰猛な獣が牙を剥く瞬間のような笑い方は、兄に比べれば気迫が足りないかもしれない。それでも、小物のチンピラを脅すには十分だったようだ。

「お前、どこの組織の者だ？」

声を絞り出すように聞いてくる男に、剛志は楽しげに言い放つ。

「正直に答えてやる筋合いはないし、知ればいよいよ引き返せないぞ？　強いて言うならば、大きな組織であることは確かだな」

自分が悪乗りしている自覚はある。けれど相手はこちらに鋭い牙でも見たのか、剛志の笑みにあからさまに怯んでいる。

それをいいことに、剛志は悪乗りを加速させて手を打ち鳴らした。

「だが喜ぶといい。私に彼の回収を任せた人は、私が権力や財力を振りかざして傲慢に振る舞うことを喜ばない。そこで……」

と、剛志は話の展開についていけずキョトンとしている拓海へと視線を向ける。

「彼のしたことを、警察で洗いざらい話そうと思う。そうなれば、もちろん相手のご家族も警察から話を聞かれることになるだろう。まあ、痛くもない腹を深いところまで探られるかもしれんが、それくらいは我慢していただこうか」

形のよい顎をなぞるように指を動かしつつ剛志が言う。

これは彼らの世界の言葉を借りるなら、画を描くというヤツだ。

訴えた者も店も仲介者も全てがグルで、世間ズレしていない若者をはめて金をせしめるために、被害者と加害者の演技をしているに過ぎない。

そんな彼らが演技の最中に最も恐れているのは、警察の介入だ。

それを証明するように、拓海ではなく他の二人が剛志の言葉に素早く反応した。我を取り戻したスーツ姿の男が、テーブルを強く叩いて吠える。

「アンタ、このまま無事に帰れると思っているのか？」

これまでに十分脅され続けたであろう拓海は、蒼白になって震えているが、剛志の耳には負け犬の遠吠え程度にしか聞こえない。

「なんだ、指の骨でも折るか？　それとも殺してどこかに埋めるか？」

男の怒声に怯むことなく、平然と質問する剛志は、自分のスマホをテーブルの上に置いた。

「……？」

その意図を探るように視線で問いかけてくる男に、剛志は目を細めて説明する。

「これでも大きな組織の重責を担う身だ。行方がわからなくなれば、ＧＰＳですぐに居場所を割り出して迎えに来る。藪を突いて、出てくるのが蛇とは限らん。鬼が出てくるならまだよし、地獄の門を開くこともあるぞ」

それでいいなら好きにするがいいと、剛志はテーブルに片手をのせて無防備に顎を突き出す。

この男の鼻がどこまできくかわからないが、こういった丁々発止の世界では、嘘の匂いがせず素性の知れない人間の相手をするというのは、相当に覚悟がいる。

商談は常に、腹の探り合い。

大きな商談の裏には、いつも大きな損失の可能性が見え隠れするものだ。

この男が、その圧に耐えられるだけの精神力があるとは思えない。

「……チッ」

男が小さく舌打ちする音を聞き、剛志は勝者の笑みを浮かべた。

◇　◇　◇

以前剛志と待ち合わせしたバーで一人待つ涼子は、店に入ってきた拓海の姿に心の底から安堵した。剛志が失敗するとは思っていなかったが、万事が解決したということだろう。

でも、拓海の後ろに誰もいないことに気付き落胆の息を漏らす。

「俺を助けてくれた人が、これを姉ちゃんに渡してくれって……」

涼子の隣の席に腰を下ろした拓海が、カウンターに涼子のスマホを置く。

「あと『迷惑をかけた。もう連絡はしないから』って」

拓海が口にする剛志の伝言に、涼子は無言で頷いた。

つまり自分がこの場に顔を出すつもりはないと言うことだ。

涼子の気持ちを汲み、拓海を取り返した今、もう関わるつもりはないのだろう。

自分が先に拒絶したのに、剛志の姿がないことに切なさが込み上げてくる。

「それとこれ……」

そう言って差し出された封筒には、現金の束が見える。拓海が使い込んだという大学の授業料だろう。

「自分で父さんに返しなさい」

差し出された封筒を押し返すと、拓海も素直に頷き自分の懐へとしまう。

「あの人、何者?」

恐る恐るという感じで拓海が聞く。そうしながら涼子の返事を待たずに「どこかに売り飛ばされるのかと思った」と、付け足す。

その呟きで、彼がどのように振る舞い拓海を奪還してくれたのか察しがつく。

質問には答えず静かに笑う涼子に、拓海が言う。

「ここまで送ってもらう途中に、あの人に言われたよ」

バーテンダーに注文を聞かれたことで、拓海は一度そこで言葉を切り涼子と同じ品を注文する。

そして「お前は何様だ、って」と呟いた。

「……」

「家族の不満を言う前に、お前は家族にとって誇れる存在なのかって聞かれた。人になにかを求めるのであれば、お前も相手に与えるべきだろうって……」

彼のカリスマ性がなせる業か、窮地を救ってくれた人の言葉だからか、剛志の言葉はかなり拓海の心に響いたらしい。

バーテンダーに出された酒を黙って飲む拓海は、酒の力を借りるようにして打ち明ける。

「俺がこんなショボい奴だから、母さんは出ていったのかな？」

実際に泣いているわけではないけれど、拓海の心が泣いているのがわかった。

弟の虚栄心がどこから来るのか、やっと気付くことができた。幼かった自分が親の離婚に責任を感じていたように、拓海もまた自分の不甲斐なさを嘆いていたのだ。

「あの人の言葉を借りると、親の離婚は親の都合で、私たちの責任じゃないらしいわよ」

だから自分も拓海も、言葉で表現できない罪悪感に縛られて生きる必要はないのだ。

「うん……」

剛志の言葉を借りることで、拓海の心に、涼子の思いが沁みていくのがわかった。

しばらく黙ってグラスを揺らしていた拓海が、ポツリと零す。

「俺、残念な家族だよな。あの人みたいには、なれそうにない」

そんなことないし、もしそうでも大事な家族だよ。そう、言葉で伝えるのは自分の柄じゃない。

その代わりに、拓海の肩を優しく擦る。

弟の薄い肩に触れていると、その対極にいるような剛志のことを思い出した。

「たぶんあの人自身、自分は家族にとって誇れる存在なのかって、常に自問自答し続けているんだと思うよ」

芦田谷家の人間として正しく振る舞えているか。芦田谷家の権力を振りかざすだけの価値が自分にあるのか。

そう自問自答しながら、与えられた権力に見合うだけの働きをしていく。

ちゃんと必要な努力をしているのだから、実力を備えた傲慢な王子様でいればいいのに、彼には困っている人を見捨てられない優しさがあった。

だから、一方的に彼を突き放した涼子にさえ、救いの手を差し伸べてくるのだろう。

「あの人、すごいね」

唸るように剛志を褒める拓海に、涼子は剛志の唇の感触を思い出すように、頬に指を這わせる。

謝る隙も作ってはくれず、涼子に与えるだけ与えて、目の前から消えていった。

「すごくない。……ただの、ズルい人だよ」

本来なら住む世界の違う人。関わることなどないと思っていたのに、突然涼子の日常に割り込んできた。美味しいお酒を餌に散々涼子を振り回し、これでもかと男の魅力を見せつけた挙句にあっさりと目の前から去っていった。

傲慢でズルくて、どうしようもなく人の心を惹きつける人。

一緒にいて、愛さずにいられるわけがない。

彼の本心を理解しようともせず、一方的に決めつけて拒んだのは、自分を守りたかったからだ。

自分では駄目だと思ったから、これ以上好きになる前に彼から逃げ出した。

それなのにこうやって終わりを告げられると、痛いほどに心が軋む。

今日の酒は、やけに苦く水っぽい味がする。

その原因が、堪えた涙のせいであることは気付かないフリをして、涼子は黙ってグラスを傾けるのだった。

「……」

翌日、始業時刻を待たずにメールチェックをしていた涼子は、作業の手を止め、疲労が蓄積する目頭を揉む。

昨日は、無事に弟を家に連れ帰ることができた。だからといって、家族内の全ての問題が解決したわけじゃない。使い込んだ金が戻ってきたところで、拓海が感情に任せて父に吐いた暴言が消えてなくなることはないので、どうしたってわだかまりは残る。

だが今回は、拓海も本気で反省しているし、誠意を見せながら過ごすことで、少しずつ父との仲も改善していくだろう。

それを裏付けるように、今朝、仕事に行く父は、見送る涼子に「怒ったままじゃ、美味い酒が飲めんから」と微笑んでいた。

つまり美味しい酒を飲むため……と自分で自分に折り合いをつけて、拓海を許す心づもりでいるということだ。

——美味(うま)い酒が飲めない……

父の言葉を心で繰り返した涼子は、そっと苦い笑みを零した。

昨夜飲んだ酒は、恐ろしく不味(まず)かった。

それはもちろんお店のせいではなく、涼子の心の問題だ。

今までずっと、涼子にとってお酒はほどよい幸せの象徴で、一日の終わりのご褒美(ほうび)として晩酌(ばんしゃく)を楽しめればそれでいいと思っていた。

でも剛志との日々を失って初めて、自分はもう些細(ささい)な幸せでは満足できないのだと気付いてしまった。

——あの傲慢な王子様を手に入れる方法などないというのに……

「……」

どんどん大きくなる後悔を凝縮させたようなため息を吐いた涼子は、鼻にかかる甘い声に気付いてそちらへ視線を向けた。見ると始業ギリギリに出社してきた佐倉が、誰に言うともなく、昨日の無断欠勤の理由を口にしている。

基本的には体調が悪かったと言いたいのだろうが、辻褄(つじつま)の合わない自己弁護を繰り広げる佐倉は涼子の視線に気付いた途端、せわしなく動かしていた唇を引き結び睨(にら)んできた。

「まずは、部長に謝罪と事情説明をするべきだと思うよ」

涼子を一瞥し、不機嫌に自席に着く佐倉につい声をかけてしまう。

そんな涼子に、佐倉が嫌悪を隠さない視線を向けてくる。

「どうして私が、先輩の命令を聞かなきゃいけないんですか？」

「めい……？」

命令などしたつもりはない。ただ常識としてやるべきことを言っただけだ。

あまりに棘のある佐倉の態度に、咄嗟に言葉が出てこない。

「私のためになにもしてくれないのに、命令だけするのやめてください」

唖然とする涼子にそう言い放ち、佐倉はフイッと背を向けた。

一方的な言われ方はいつものことだが、今の涼子にとって佐倉のその言動は、これまで自分の感情を支えていたなにかを折るのに十分な衝撃を与えた。

「わかったわ。もうなにも言わないから」

涼子は静かな声でそう返し、自分のデスクに向き直った。

陰鬱な気持ちで仕事をしていた涼子だが、その日の昼に嬉しい誘いがあった。

本社の会議に出席していた寿々花が、長引く会議の息抜きに、一緒にランチでもどうかと声をかけてくれたのだ。

それなら比奈も……と言いたいところだが、寿々花が出席している会議には、比奈も参加している。寿々花が息抜きをしたいと思っているのなら、今日はやめておいた方がいいだろう。

そう判断した涼子は、本社周辺はよくわからないと話す寿々花を個人経営のベーカリーショップに案内した。ショップの中にはイートインコーナーもあるけれど、天気がいいので近くの公園まで足を伸ばすのもいいかもしれない。

そう提案すると、寿々花は「遠足みたい」とはしゃぎ、公園でのランチを希望した。

木陰のベンチに並んで座り、両手で包み込むようにパンを持つ彼女の左手薬指には、上品なデザインの指輪がはめられている。

「なにかありました?」

彼女の手をぼんやり眺めていると、寿々花が気遣わしげに聞いてきた。

なにか……は、たくさんあった。

――もしかして、芦田谷さんに頼まれて、私の様子を探りに来た?

一瞬そう思ったが、寿々花がそんな遠回しなことに手を貸すとは思えない。

それに剛志がもう関わらないと断言したのだから、そうなのだろう。

剛志の面影を感じる寿々花から慈愛に満ちた視線を向けられると、それだけで心が疼いてしまう。

「ちょっとね。後輩に気持ちが伝わらなくて、なにを言っても通じないなら、もういいかなって思えてきて。部長も既に諦めて見放してる感じだし……」

　昨日のことに呆れ果てた部長は、本人の意思で無断欠勤の説明に来ないのならそれでよしと、欠勤に必要な届出書に記入するよう指示した以外は佐倉を放置している。

　上司である部長がそれでいいと思っているのなら、涼子もこれ以上佐倉になにか言う必要はないのかもしれない。そんなことを話す涼子に、寿々花が再度「なにかあったんですか？」と、納得のいかない様子で首をかしげた。

「いやだから……」

と、もう一度説明しようとした涼子を制するように寿々花が言う。

「いつもの涼子さんなら、自分が正しいと思う意見を、そんなに簡単に引っ込めたりしないでしょ？　そんな涼子さんが、躊躇（ためら）わずに正しいことを言ってくれたから、私は幸せになれたんです」

　以前、強すぎる家族の愛情のために恋愛を諦めていた寿々花を、励（はげ）ましたことを言っているのだろうか。確かにあの時は、彼女に幸せになってほしくて自分の思いを口にした。

　でも今は……

「寿々花さんが幸せになれたのは、寿々花さんが頑張ったからで、私の言葉は関係ないよ。私の言葉なんて、そんな立派なものじゃない……」

　剛志とのことを思い出し暗い表情を浮かべる涼子に、寿々花は静かに首を横に振る。

「尚樹さんに、『友達は自分の鏡だ』『自慢できる友達がいるなら、その人のために、もっと自分に自信を持った方がいい』と言われたことがあるわ。私を評価してくれるのなら、涼子さんも、もっとちゃんと自分を評価して」

優しい声で諭すように寿々花が言う。

自分を見つめる真摯な眼差しは、どこか剛志を思い出させた。

だからこそ、その瞳には自分の姿がどう映っているのかと考えてしまう。

寿々花の親友として、比奈の親友として……そして、ほんの一瞬でも、彼が選んでくれた女性として、今の自分でいいわけがない。

「そうね。こんな私じゃ失礼だ」

そしてきっと、投げやりな気持ちのまま自分の言葉を呑み込み、後悔に浸っている状況では、美味しいお酒など飲めないのだろう。

納得して微笑むと、寿々花も嬉しそうに微笑んだ。

涼子はかけがえのない親友に大きく頷き、自分になにができるだろうかと、考えを巡らすのだった。

5　天使の分け前

個人宅とは思えない立派すぎる屋敷を前に、涼子は秋風に乱れた髪を整えつつ、インターホンを押した。

夏の終わり、本社を訪れた寿々花と話したことで、このままでは駄目だと思った涼子だが、次の手立てを見つけられないまま日々だけが過ぎ、気が付けば季節は夏から秋へと変わり、十月も終わろうとしていた。

あれ以降、剛志から連絡が来ることはなかったし、涼子から連絡を取ることもできずにいた。

冷静に考えると、剛志と親密に過ごした時間はほんの数日しかなく、葡萄園を歩いたり一緒に酒を飲んだりしたことが、夢だったような気さえしてくる。

しかし、だったら忘れられるかと聞かれれば、それは違う。

背が高く上品にスーツを着こなす人を見かけたり、彼の車に似た車を見かけたりする度に、心が素直に反応する。

住む世界が違うと承知している彼の姿を、常に探している自分に苦笑いするしかない。

たとえるなら、鍵をなくした扉の前で、なす術もなく佇んでいるような気持ちだ。そんな時、彼と同じ家に暮らす寿々花に、相談したいことがあると家に招かれたのだった。

でもその誘いが、閉ざされた扉を開けるきっかけになることはない。

寿々花の話では、彼女以外の家族は全員外出しているそうなので、彼と再会する可能性はないだろう。大体彼を拒絶したのは自分の方なのだから、その期待は虫がよすぎる。

――よく考えたら、私の方がよっぽど傲慢な性格をしているかも……

そう反省しつつ使用人の案内を受け、玄関ホールを抜けた広間を歩いていると、誰かに名を呼ばれたような気がした。足を止めて周囲を見渡したけれど、周囲に人影はない。

――なんだかなぁ……

涼子は困ったものだと、苦笑いを零す。

自分を呼ぶ声は、耳ではなく心で聞いたのかもしれない。

何故なら、剛志の声に聞こえたからだ。

これほど強く心に残るのなら、あの日、「これ以上俺に触れると、捕まえて離さないぞ」と、からかいまじりに告げた剛志の手を、離さなければよかった。

そんな、何度目かもわからない後悔に、涼子は再び苦く笑う。

広間の先にある部屋の前まで案内された涼子は、自分の気持ちを切り替えるように軽く首を振り、扉を開けた。部屋の中では、比奈と寿々花が結婚式関連のパンフレットをクロスがかけられた長テーブルいっぱいに広げている。

その光景を目にしただけで、涼子の心が一気に和む。

「幸福の万華鏡みたい」

それが涼子の第一印象だった。

剛志の読みどおり、寿々花の婚約者は、芦田谷会長の妨害をものともせず着々と結婚の準備を進めているそうだ。

自分には、結婚どころか恋愛も無理だと諦めたように語っていた寿々花が、結婚式場やドレスのパンフレットを前に表情を輝かせている。その姿は、ここしばらく悩んでばかりいた涼子の心を、癒やしてくれた。

「お待ちしてました」

年甲斐もなくはしゃいでいたのが恥ずかしいのか、寿々花が照れ笑いを浮かべて立ち上がった。涼子は、手土産の入った箱を渡しながらからかう。

「待てずに始めてました、が正解じゃない?」

「すみません」

「冗談よ。寿々花さんの結婚の準備なんだから」

涼子の冗談に真面目に謝ってくる律儀さに、同じ芦田谷でも兄とは大違いだと小さく笑ってしまった。だけど、物事をすぐに剛志へ繋げてしまう自分が恨めしくなる。

思わずふるふると首を横に振る涼子を、寿々花が不思議そうに眺めていた。

「私が言ったとおり、やっぱりあの日のあの人が、寿々花さんの運命の王子様だったんじゃない。婚約発表した途端、結婚式の準備を始めるんだもん」

その視線が気まずくて、涼子はニヤリと笑って話題を変えた。

「あの日って、私の結婚式のことですよね？」

はしゃいだ声を上げる比奈に、涼子が「もちろん」と、返す。

「あの日の寿々花さん、自分から鷹尾さんの胸に飛び込んでいったのよ。それだけでも十分運命的なのに、その後に運命的な再会をして、二人で愛を育んでいったのよね」

「違……っ」

寿々花は顔を赤くして否定しようとするが、すぐにグッと言葉を呑み込んだ。

尚樹を心から愛する寿々花としては、たとえ冗談でも、二人の仲を否定することはしたくないのだろう。そんな寿々花の純粋さが愛おしくて、二人の出会いを大袈裟に語っていると、とうとう寿々花はお茶の準備を口実に部屋から逃げ出してしまった。

その背中を見送る涼子は、思わず「私には無理だ……」と、零す。

「なにが無理なの？」

そう声をかけられ、部屋にはまだ比奈がいたことを思い出した。

「えっと……」

一瞬、どう誤魔化そうかと頭を働かせたが、長い付き合いの比奈に無理して言い繕うのが面倒になり素直に思いを口にする。

「私には、寿々花さんや比奈みたいに、運命の恋を成就させて幸せになる可愛さも強さもないよ」

「……成就……ってことは、運命の恋には出会ったんだね？」

涼子の呟きの意味をしばし考え比奈が確認してくる。

そこで初めて、涼子自身が剛志との出会いをどう捉えていたのか気付かされた。衝撃に黙り込む涼子に、比奈がそっと声をかける。

「寿々花さんには、彼女のお兄さんが本社を訪問した件は話してないから」

それだけ告げると、涼子からなにか言葉を引き出そうとすることもなくパンフレットを捲る。

「……ありがと」

剛志との間にあったことを説明すべきか悩んだが、比奈がこちらをチラリと見て言う。

「なんでも話すのが友情じゃないから」

それは以前、涼子が比奈にかけた言葉だ。

「そうだね」

「でも、ハッピーな答えが出たら、いっぱい質問させてね」

フフッと目を細めて笑う比奈の頭の中では、勝手な夢物語が膨らんでいそうだが、困難を乗り越え結ばれた二人とは違い、自分たちの先にはなにもない。

「残念ながら、その展開はないかな。私、大事なタイミングで、散々言葉を選び間違えちゃったから……」

「大事な場面で間違えた場合、どうしたらいいか知ってる？」

「え？」

その時、部屋を出て行ったばかりの寿々花が戻ってきて、二人の会話はそこで途絶えた。

「早かったわね」

使用人にでも任せたのかと思ったら、寿々花に「兄が持っていってくれました」と言われた。

どちらの……と、聞くまでもなく剛志がいるのだと察する。

そしてその予感を裏付けるように、使用人ではなく剛志がお茶を運んできた。

使用人に任せることなくお茶を運んできた彼に、緊張で体が強張（こわば）る。そんな涼子の反応に気付くことなく、三人の前に順にティーカップを置いていく。

カップを置くために剛志が腕を伸ばすと、自然と彼が纏（まと）うムスクが香る。

その香りだけで、思いは夏に引き戻されてしまう。

抗（あらが）いようのない愛おしさが胸に込み上げてきて、彼の手に自分の手を重ねたい衝動に駆られた。

グッと奥歯を噛みしめる涼子を見ることなく、剛志は軽い口調で尚樹への皮肉を口にしている。

その態度を見れば、剛志にとってあれは過去のことなのだと痛感せざるを得ない。

「行動力があってイケメンで頭もいい。本当に理想的な王子様ね」

未練がましい自分が情けなくて、わざと茶化した口調で会話に参加する。

すると剛志が、ムッとした表情を浮かべて言い返してきた。

「あんなのがいいのか？　男を見る目がないな」

口調こそ素っ気ないが、彼の口の端が微かに笑っているのに気付く。まるで、久しぶりの涼子とのやり取りを楽しんでいるかのようだ。

それがわかるからこそ、彼の真意が掴めず涼子は混乱してしまう。

なにも言えずにいると、比奈がパンッと手を打ち鳴らした。

「次は、涼子の番だね」

そう言いながら比奈の視線は、涼子ではなく剛志を向いている。

「はい？」

――ちょっ、突然何を言い出すの……⁉

動揺を隠せない涼子に構わず、比奈が言葉を続ける。

「幸せは幸せを呼ぶから、きっと次は涼子が王子様と出会う番ね。今度は、寿々花さんの結婚式で、涼子に運命の出会いがあるかもよ」

比奈は、自分、寿々花、涼子と順番に指をさしてから、剛志を見上げて挑戦的な笑みを浮かべた。

——比奈っ！　この子、結婚して悪に染まった!?

昔の比奈は、こんなふうに人の心を試すような言い方をする子ではなかったはずだ。

國原家の嫁として、それなりの知恵を付けたのだろうか。

そんなことを考えつつ剛志の反応を気にしていると、今度は寿々花が嬉しそうに口を挟んだ。

「確かに、そうなったら素敵ね」

その言葉を聞いた瞬間、剛志は露骨に顔を顰め、そっぽを向いて部屋を出ていく。

扉を閉める瞬間、剛志が涼子に視線を向けた。なにか言いたげなその眼差しに、胸が騒いだ。

自惚れた考えと思いつつも、あの別れに未練を感じているのは、もしかしたら自分一人ではないのかもしれないと感じた。

そのまま二時間は、三人でパンフレットを広げ話し込んでいただろうか。

話し疲れたのと、お手洗いを借りるため部屋を出た涼子は、部屋に戻ろうとした際、ひんやりとした風を感じて足を止めた。

ふと風の流れる方へ足を進めると、こちらに背を向けテラスの椅子でくつろぐ剛志の姿を見つける。気配に気付いた彼が振り返り、涼子に視線を向けた。

「話し合いは順調？」

そう問いかけながら、剛志は返事を待つことなく視線を庭に戻す。涼子は、花に蝶が引き寄せられるように、フラリとテラスの剛志に近付く。

涼子が近付く気配に、彼が静かに息を吐いた。

「不満ですか？」

その背中に問いかけると、首を反らして涼子の方を向き、皮肉たっぷりに微笑まれる。

「俺の感情など関係ないだろ。どうせアイツは、寿々花と結婚するさ。母を上手く味方に付けたようだから、父や兄も邪魔はできないだろうしな」

「鷹尾さんは、寿々花さんのことを大事にしてくれますよ」

「まあな。ついでに俺も、見合いから解放されるとありがたい」

剛志が面倒くさそうに、大きく伸びをした。

「その後、お見合い……は？」

自分に聞く権利はないと思いつつ、涼子が躊躇いがちに口にする。すると、剛志が背中を見せたまま答えた。

「予定は山ほどある」

「……っ」

自分で聞いておいて、その言葉に胸が痛くなる。

言葉の出ない涼子に、剛志が再び首を反らしていつもの悪戯っ子のような表情を見せた。

「ちなみに、今日も見合いの最中だ」

「……え？」

理解できないと首をぎこちなく動かす涼子を見て、剛志がニヤリと笑う。

「渋々行くフリをして、兄に押し付けて帰ってきた。今頃、仲人役でついてきた兄が、俺の代わりに父とご令嬢の相手をしているはずだ」

「いいんですか……」

呆れる涼子に、剛志が「構わんさ」と返して姿勢を直す。

「先方は芦田谷家と姻戚関係になれれば、相手は長男でも次男でも気にしない家だ。次男の俺との見合いを組んだところ、結果的に次期家長の長男が来たのだから喜んでいるだろうさ。それに、兄にはいい薬だ」

テーブルの上のデカンタからグラスに飲み物を注ぎ、剛志はどこか遠くを見やって言う。

「兄には兄の考えがあるのはわかるが、俺は欲しいものは自分で選べる。それにこれは、よその家族にも言えることだが、俺たちが家族にしてやれることなんて、最終的には信じて見守ってやることくらいさ」

それは寿々花の結婚のことを意味しているのだろう。

「私のことは、信じてくれませんでしたね」

涼しい顔でグラスを傾ける剛志が恨めしくて、つい憎まれ口を言ってしまう。

その言葉に剛志は背中を向けたまま肩をすくめた。

「あれは状況が違うだろ。それに、俺が君を守りたかった。本当は君の前に姿を見せず、全てを解決することもできた。それをしなかったのは、そういうことだ」

剛志は、こちらを振り向くことなく言った。

それが寂しくて居たたまれないのに、この場を離れることもできない。

「弟のことも？」

「ついでだ。どうせ権力は持て余している」

会話を途切れさせたくなくて問いかければ、剛志も背を向けたまま皮肉まじりに返す。

「貴方のおかげで、真面目に大学に通って、一足遅れですけど就職活動も始めましたよ」

「そうか。君の弟だから、なんとかなるだろう」

その些細なやり取りに、空気が和んでいくのがわかる。

それでもあと一歩が、踏み込めないでいた。

涼子に背を向け続ける剛志は、よく手入れが行き届いた庭を眺めている。イングリッシュガーデンの形式で造られている庭は、穏やかな日差しの中、優しい色合いのバラが花を咲かせていた。

屋敷の中もそうだが、海外の風景写真のような美しい眺めを、芦田谷家の人は日常の一部としている。しかも庭を眺める剛志自身、浮き世離れした美しい外見をしているので、涼子とは別世界の存在なのだと痛感させられた。

あの日、感情の行き違いがないまま彼を受け入れていたとしても、結局は互いのズレに気付いて破綻したのではないか。

そうなれば、今度は涼子が、彼の傷を抉ってしまうことになる。

それが怖くて、彼が自分を求めてくれていると本能に近い部分で感じていても応えられない。

「……そんなに興味があるなら、庭を少し案内してやろうか？　母の趣味で整えられた庭だから、女性好みの造りをしている」

黙ったまま、一向に立ち去る気配のない涼子に、庭に興味があると思ったらしい。

剛志は、涼子の返事を待たずに立ち上がり、そのまま庭へと足を進めていく。

そろそろ二人のところに戻らなくては……。涼子が迷っている間に、剛志はどんどん先に歩いていってしまう。

「君に話しておきたいこともある」

相変わらず涼子の意思などお構いなしといった剛志を、涼子は仕方なく小走りで追いかけた。

案内された庭は、バラだけでなく種類も色も異なる草花が楽しめるように配置されていて、蛇行（だこう）するレンガ敷きの歩道を歩いていると物語の一場面に迷い込んだような錯覚を覚える。

背の高い木の配置に工夫しているのか、少し奥に踏み込むと、ここが都心の一角であることを忘れてしまいそうだ。

次々と現れる美しい草花に目を奪われつつ歩いていると、前を歩く剛志が沈黙を持て余したようにポツリと声を発した。

「仕事は順調か？」

「ほどほどに」

そう答えて思い浮かぶのは、佐倉の姿だ。

無断欠勤した翌日、自分への反発心が強い彼女を無理して指導する必要はないのでは、と思った。けれど、寿々花と話したことで気持ちを立て直し、再び彼女と向き合うことに決めた。

だから今も、言うべきことは言うようにしているのだが、ことごとく反抗的な態度を取ってくるため仕事がやりにくくて仕方がない。

しかも、佐倉が涼子に反抗する理由というのが、理不尽としか言いようのないものだった。

たまたま見た涼子のＳＮＳの写真に、剛志の腕が少しだけ写っていたらしい。ワイングラスに映り込む高価な腕時計から、剛志と涼子が一緒に出かけていることを察し、勝手に男を横取りされた気分になっているというのだ。

それを佐倉の同僚から聞かされた時は、あまりのことに言葉が出てこなかった。

百歩譲って、剛志と佐倉に面識があれば話は別かもしれないが、話したこともない相手のことで、そこまでの感情をぶつけられる理由が涼子には理解できない。

ただそんな彼女との付き合いも、あと少しになりそうだった。

ここ最近の佐倉の勤務態度を見かねた部長が、人事に異動希望をかけたので、次の人事異動のタイミングで佐倉は部署を離れることになるだろう。

そんなことをぽつぽつ話しながら、生い茂る木の葉に視界を遮(さえぎ)られた角を曲がると、目の前にガラス張りの大きな建物が姿を現した。

建物の中にも植物が見えることから、温室のようだ。

どこかレトロな雰囲気のあるドーム形の建物は、非常にデザインが凝っている。はめ込まれているガラスも、一般的な透明度の高いそれとは違い、気泡を含んだ厚手のものが使用されていた。

一枚一枚、微妙に色合いが異なるところを見ると、職人による手作りかもしれない。ステンドグラスとまではいかないが、色味の異なるガラスが、絶妙な遊び心を持って配置されている。

それを考えると、この建物を簡単に温室と表現するには言葉が足りない気がした。

その凝った造りに思わず見惚れていると、「ついてこい」といった様子で顎を動かし、剛志が温室へ足を向ける。

「最近、ＳＮＳに写真を上げなくなったのは、その後輩を意識してのことか？」

石造りの段差を上り温室の扉を開けた剛志が、涼子に視線を向けながら尋ねる。

「……相変わらず、ストーカー気質は健在ですね」

どうぞと視線で招き入れてくれる剛志につい憎まれ口をきいてしまう。

そんな涼子に、剛志が楽しげに肩をすくめた。

涼子の性格を承知している彼は、言葉ではなく空気感で本音を読み取っているのだろう。

「気にはしていたさ」

剛志にお礼を言って中に入ると、高い位置にある通気窓から風は流れてくるようだが、太陽光に暖められた室内は暑いくらいだ。

羽織っていた薄手のカーディガンを脱いで腕にかけると、剛志を見上げて言う。

「弟と話して、捨てられた子供でいることをやめようって決めたんです」

認めるのは恥ずかしいが、涼子も拓海も、心のどこかで母に捨てられたと思っていたのだ。

価値がないと見限られ捨てられたのではないと立証したくて、母からの反応を求めて情報を発信していた。涼子にとってあのＳＮＳは、宛名のない母への手紙のようなものだったのだ。

でも今は、捨てられた子であろうがなかろうが、自分は自分なのでどうでもいいと思えるようになった。それはきっと、剛志という人に出会ったからだろう。

「……そうか」

言葉こそないが、剛志の首の動きがそれでいいのだと語っていた。

十畳以上の広さがあるだろうか。温室の中には南国テイストの植物の他に、中央の一際立派な棚に高い位置から垂れ下がるように伸びる茎の太い植物が置かれていた。植物の先端には、まだ小さいが蕾（つぼみ）のようなものが見える。

初めて見る植物を涼子がじっと観察していると、剛志が月下美人という名前を教えてくれた。夜に大輪の花を咲かせ、濃厚な香りを放って人を惹きつけるが朝には枯れてしまうのだとか。

その儚い美しさに魅了される愛好家は少なくないのだという。

剛志の母も月下美人の愛好家で、彼の言葉を借りるならば、この温室は芦田谷会長が妻に与えた玩具箱のようなものなのだとか。

「月下美人の蕾が開く時、小さな音が聞こえるんだ」

「まさか」

小さく驚く涼子に、剛志は言う。

「本当だよ。開花の瞬間、ポンッと弾けるような音がする。花が開いた途端、周囲に甘く艶やかな香りが広がるんだ」

「自己主張が強くて、芦田谷さんみたいな花ですね」

それが月下美人の特徴を聞かされた涼子の感想だったが、剛志としては納得できないらしい。

手を伸ばし高い位置から垂れ下がる蕾を観察しようとすると、剛志が茎を押さえそれを手助けしてくれる。そうしながら、低く落ち着いた声で言った。

「俺から見れば、君の方がよっぽど月下美人のような存在だ」

「どこが？」

そう問いかけながら顔を上げると、思いのほか近くに剛志の顔があった。

そのことに緊張すると同時に、どうしても山梨で過ごした時間が蘇る。

「俺はどこにも行かないいし、いつでも全てを受けて立つ覚悟でいる。でも君は俺を魅了しておいて、すぐに消えてしまった」

そう話す剛志も、涼子との距離の近さを感じているはずなのに、離れようとはしない。それどころか、こちらの反応を待つように、軽く首をかしげて涼子を見下ろしてくる。

鈍く輝く灰色の瞳は、比類ない美しさを放っている。

確かに彼は、出会った時からその美しさを含めてなにも変わらない。傲慢で、人のペースなんかお構いなしに振る舞って、涼子が拒んでも自分が必要と思えば手を差し伸べてくる。

ただ受け取る側の涼子が、あれこれ邪推して、彼から離れていっただけだ。

変化を必要としないほどの完璧な強さは、孤独を生むのだろうか。

——時間を巻き戻せたらいいのに……

あの日、二人で葡萄畑を散策した日からやり直せたなら、この人を孤独にしたりしない。

そういえばさっき、比奈が失敗を取り戻す方法についてなにかアドバイスをくれようとしていたが、それはなんだったのだろう。

聞いておけばよかった……そんなことを考えながら、涼子の手は、無意識に剛志のそれに重なる。すると彼の纏う空気が、微かに変化を見せた。

ゆっくりとした動きで、触れ合っていない方の手で涼子の顎を捕らえ、一夜限りの花が艶やかに咲き誇るように、人を惹きつけてやまない微笑みを添えた彼の顔が近付いてくる。

まるで月下美人の美しさに魅了される愛好家のように、その微笑みに目を奪われているうちに、剛志の唇が涼子のそれに触れた。

「逃げないなら、もう逃がさない。君がいない世界は、芦田谷の名を捨てた人生以上に退屈で味気ない」

短い口付けをした剛志が、低く力強い声で囁く。

芦田谷家の名前を捨てた人生など、退屈だと言っていた剛志とは思えない台詞だ。

涼子への思いを隠さない剛志に、体だけでなく心まで鷲掴みにされた気がする。

あの日の後悔を取り消すには、たぶんこれが最後のチャンス――

「受けて立ちます」

逃げません。そう言いたかったのに、素直じゃない性格が邪魔をして、そう返してしまう。

その言葉に、剛志が君らしいと笑いつつ「覚悟しろ」と、再び唇を重ねてきた。

「はい」

唇が重なる寸前、軽やかな声で涼子が返す。

すると唇を離した剛志が、満足げに目を細めた。

「ではとりあえず、逃走するとしよう」

「逃走……ですか？」

剛志から出た突拍子もない言葉に、キョトンとする。そんな涼子に、彼がそろそろお見合いを押し付けられた兄の猛が帰ってくる頃だと説明した。

「一度俺の立場に立たせて、見合いの煩わしさを理解させてから、話し合うつもりだったが、今はどうでもいい」

そう言って涼子の顎のラインを撫でた剛志は、言外に涼子と一緒にいる方が大事だと伝えてくる。

「とりあえず、一度寿々花たちのところに戻ります」

照れくささと共に、自分がこの屋敷にいる本来の目的を思い出す。

今日は三人で夕食を食べる約束をしているので、現実的に考えて、剛志と話の続きをするのはまた後日になるだろう。

そんなことを考えつつ部屋に戻ると、比奈が帰り支度を始めていた。急用ができたので帰ると話す比奈は、涼子が戻る前に、三人での食事を延期することを決めていた。

比奈が剛志を見上げて言う。

「じゃあ……」

どうしようかと悩む涼子の意思を確認することなく、比奈が剛志を見上げて言う。

「お暇なら、駅まで送ってください」

「――比奈っ⁉」

彼女らしくもない強引な申し出に、涼子は目を丸くする。そこまで急ぐほどの一大事が起きたのかと、心配して視線を向けると、比奈がなにか言いたげに目配せをしてきた。

意味がわからず思わず剛志へと視線を巡らすと、彼はなにかを察したのかそっと微笑む。

「急ぐなら家の者に……」

送って欲しいという比奈の言葉を、涼子と同じく急用ができたと解釈した寿々花が、使用人を探しに行こうとする。それを、剛志が引き留めた。

「いや。俺が送ろう」

兄らしからぬ申し出に、寿々花が不思議そうな顔をする。

そんな寿々花に剛志が「もうじき、滅茶苦茶不機嫌な兄貴が帰ってくる」と耳打ちすると、すぐに納得した様子で頷く。

それではと軽く手を上げて車の鍵を取りに行く剛志は、涼子と比奈に、玄関に回っておくようにと指示した。

その指示に従い、見送りの寿々花を含めて三人で移動を始めると、比奈がテラスと涼子を見比べて優しく微笑む。

——ああ……

比奈は、テラスにいた二人を見たのだろう。それでなにかを察したに違いない。

それを裏付けるように、寿々花に見送られて屋敷を出た途端、比奈はここからは自分で帰るからと、車を停めさせた。

「このお礼は……」

と、車を降りる比奈に剛志が口を開きかけると、比奈がニコリと微笑む。

「涼子に返してあげてください。私が結婚する時、彼女にはいっぱい支えてもらいました。同じ理由で、寿々花さんの結婚にも協力してあげてください」

一本取られたと言いたげに、剛志が苦笑しながら頷いた。

「承知した」

「比奈……なんか変わった」

もちろん悪い意味ではないが、入社当時から知る彼女には、こんなしたたかさはなかった。

「そりゃ、人生を変えるくらいの恋愛をしたんだもの」

そう言ってクシャリと笑った比奈は、涼子のよく知る彼女だった。

「確かにそうね。……そういえば、さっき言いかけた話はなんだったの？」

「……？」

不思議そうな顔をする比奈だが、すぐに思い至ったのだろう。小さく頷いて、彼女らしい優しい微笑みを浮かべて言う。

「大事な場面で間違えても、大丈夫だって信じていればいいの。『この人との関係は運命なんだから、この程度で終わるはずがない』って信じて、仲直りのタイミングを待てばいいだけだよ」

「それは、國原君との関係を意味しているのかな？」

何気ない様子で口を挟んでくる剛志の顔には、「君たちでも喧嘩することがあるのか？」と問いたげな表情が浮かんでいる。

「喧嘩くらい誰でもします。大事なのは、その後です」

比奈はそう肩をすくめて、車を降りていった。彼女のその背中を見送りながら剛志が言う。

「君たちは、天使の分け前のような関係だな」

「……え？」

助手席に移動した涼子が、キョトンとする。

「自分が幸せになる手助けをしてくれたから、相手の幸せのために協力する。そうやって幸せを分け合って、みんなで幸せになっていく」

羨ましそうに話す剛志に、涼子ははにかんだ。

「そうなればいいなって、三人で話したことがあります。リレーを繋ぐように、それぞれ幸せになろうって」

比奈と昂也が結ばれた縁の中で、比奈と寿々花が出会い、比奈を中心に三人は仲良くなった。

そして寿々花は、比奈の結婚式で尚樹と運命的な出会いを果たして結婚する。そうやって幸せが広がって、自分も運命の相手に出会えたらどれだけいいだろうか。

そう願う反面、心のどこかで、それは実現不可能な夢物語だと割り切る冷めた思いもあった。

だけど悪戯のような偶然が重なり、剛志に出会ってしまったのだ。彼を知れば知るほど、この恋を叶うことのない夢物語として終わらせることができなくなる。

不安があっても、らしくないと思っても、運命と思える人に出会ったのなら、自分が変わっていけばいいのだ。

夢物語のような恋を現実にした比奈に、この思いを成就させる秘訣を教えてもらったのだから。

涼子は手を伸ばし、剛志の手に重ねる。

「私は芦田谷さんにも、幸せになってほしいです」

重ねられた手を持ち上げその甲に口付けをした剛志が、上目遣いに涼子を見て告げる。

「この手を離さないと言ってくれれば、それでいい」

その言葉に涼子が頷くと、剛志も満足げに頷き車を発進させた。

◇◇◇

剛志が涼子を連れていったのは、都内にあるリゾートタイプのホテルだった。

部屋を取った剛志は、自然な様子で涼子の肩を抱いてエレベーターに乗り階を上がっていく。

そして広い部屋に入るなり、涼子の背中を壁に押し付け唇を塞いできた。

「……ん……ぁぁっ……」

突然のことに驚いた涼子の腕から鞄が滑り落ち、音を立てて床に落ちた。

その拍子に鞄から転がり出たなにかが足に当たるのを感じたが、剛志に顎を捕らえられていて、そちらに視線を向けることができない。

左手で涼子の肩を押さえ、右手で顎を持ち上げる剛志は、重ねた唇の隙間から舌を忍び込ませてきた。ヌルリとした感触に、無意識に肩が跳ねてしまう。

涼子の様子を窺うように唇を離した剛志が、間近から顔を覗き込んできた。

「涼子」

そう呼んでいいかと確認するように囁く剛志に、涼子から口付けを返せば、安堵の息と共に剛志が囁きを零す。

「愛していると伝えたら、君を困らせると思っていた」

「困りません。相手が貴方なら……」

一度手放してしまったからこそ、もう選び間違ってはいけない。

剛志との関係が窮屈な檻になったとしても、そこに剛志がいるなら構わない。その思いを込めて、剛志のシャツを握りしめた。

「俺といることで辛い思いをさせるかもしれないが、もう離さない」

狼を思わせるグレーの眼差しから、有無を言わさぬ圧力を感じる。

――綺麗だ。

自分には縁がないと苦手意識を持っていたが、間近で見れば触れずにはいられない強い魅力を放っている。そんな人に求められて、拒めるわけがない。

「離れません」

自分の信念を変えるだけの価値が、彼にはある。

美しい狼の瞳に魅了されたまま涼子が頷くと、剛志の目に獰猛な獣の炎が揺らめくのが見えた。

「二言は許さない」

剛志は涼子の腕を引き寄せ強く抱きしめると、そのまま荒々しく唇を重ねてきた。

「……うっ」

突然再開された口付けは、思いの丈を伝えるように激しい。

その激しさに驚きつつ、薄く唇を開いたまま彼の唇を受け止める。すぐにぬるりとした唾液を纏った舌が歯列を撫で、そのまま押し入ってくる。

そして熱く情熱的に、涼子のそれを絡め取っていった。

涼子の息や唾液を逃さぬように纏わり付く舌の動きに翻弄され、息をするのもままならない。

息苦しさから頭がくらくらし、体から力が抜けていく。

今にも膝から崩れ落ちそうになる体を支えようと、涼子は剛志の背中に手を回してしがみつく。図らずも彼に縋るような姿勢になってしまった。

それに気をよくしたのか、剛志は涼子の腰に腕を回して、さらに激しく涼子の舌を求めてくる。そうしながら、顎を捉えていた指で涼子の髪を掻き上げた。

絹のように艶やかな黒髪を耳にかけると、剛志は露わになった涼子の耳朶を指でくすぐる。

「……っ」

耳を触られる感触がくすぐったくて涼子が首をすくめると、剛志の笑う息遣いを感じた。

耳を甘くくすぐっていた指が、ゆっくりと首筋を通り、涼子の左胸の膨らみに触れる。

こちらの意思を確認するように、胸に触れる手に力が込められた。

唇を重ねる際に見つめ合った彼の眼差しは、目を逸らせないほど魅惑的な輝きを帯びている。

美しく獰猛な獣のようなそれが、荒々しいまでの情熱で自分を射貫く。

その情熱の強さに、涼子は胸の高鳴りを抑えることができなかった。

完璧なまでに美しく別世界に生きているはずの彼が、苦しいほどの情熱を露わにして自分を求めている。互いの気持ちを確認し合った今も、どこか現実味のない思いを抱いていた涼子は、その情熱ごと彼の唇を受け入れた。それと同時に、胸の膨らみに触れる手がやわやわと動き始めた。

思わずといった感じで涼子の肩が跳ねると、彼は舌先で唇の端を舐めて宥めてくる。

その感触にも反応してしまう涼子が楽しいと言いたげに、剛志は舌と指を動かしていった。

服の上で動く指は、強弱をつけながら胸を揉みしだく。彼の指の動きに合わせて形を変えていく乳房は、いきおいブラジャーから零れ出してしまう。

激しく涼子の存在を求める剛志の指は、はみ出た乳房を素早く捉え、乳首を親指の腹でくすぐるように撫でてきた。

「あっ……っ」

不意討ちの刺激に声が漏れる。

剛志は、胸を刺激しながら涼子のシャツの上二つのボタンを外した。

そうしてシャツの隙間から手を滑り込ませた彼は、今度は乳房に触れることなく薄いその肩を押さえる。もう一方の腕で腰を押さえられている涼子は完全に動きを封じられてしまう。

彼女の動きを奪った剛志は、腰を屈めて胸の膨らみに顔を寄せてきた。

性急に進められる行為に、どう反応すればいいかわからなくなる。

戸惑う涼子が見つめる前で、剛志の唇が敏感な肌に触れた。

「君の肌の味がする」

白い肌に唇を寄せ、舌を這わせた剛志にそう囁かれ、羞恥で耳まで熱くなる。

尖り始めた胸の先端を舌で刺激されると、それだけで膝から力が抜けてその場に崩れ落ちそうになる。だが、逞しい腕に腰を支えられているので、実際に崩れ落ちることはなかった。

「んふ…………ん……っ！」

堪えようとしても、甘い声が漏れてしまう。いくらここが高級ホテルでドアをしっかり閉じていても、外に声が漏れてしまうのではないかと不安になる。

涼子は右手で自分の口を押さえつつ、左手で剛志の肩を押した。

「君がどうしたいか教えてくれないと、このまま続けるよ」

一度は彼を拒んだことを、怒っているのかもしれない。剛志はどこか意地悪な眼差しを向け、涼子の希望を求めてくる。

つまりは、涼子にも自分の意思で剛志を求めてほしいということなのだろう。

「……あぁっ…………っシャワー……浴びたいです」

このままここで最後までするのを危惧して涼子が言うと、剛志の瞳に意地の悪い光が灯る。

「では、一緒にシャワーを浴びるとしよう」

そう言うなり、剛志は涼子を抱き上げバスルームへ向かった。

「一緒にっ！　キャッ」

「俺は今すぐ涼子に触れたいし、涼子はシャワーを浴びたい。互いの希望を尊重したとしては最適だろう」

「違……っ」

思わず納得しそうになったが、冷静に考えれば、剛志が自分の都合のいいように状況を解釈しているとしか思えない。

そのことを指摘したいのだが、口付けで言葉を封じられてしまう。

「違わない。少なくとも、俺にとってはこれが正解だ。今は一瞬たりとも君と離れる気はない」

唇を離した剛志は、今度は涼子の頬に口付けをして抱きしめてくる。

「本当に、君を失うかと思った」

声の響きで、彼が本気で涼子を失うことを恐れていたのだとわかる。

彼ほどの人が、自分をそこまで求めているという事実が、涼子の心を焦がす。

「ごめんなさい」

素直に謝る涼子に、剛志がふっと表情を緩めた。

「もういい」

今、ここにこうしていてくれるなら問題はない。剛志はその存在を確認するように、涼子の体を軽く揺らす。愛している人にここまで強く求められ、女として嬉しくないわけがない。孤独を抱える彼の心を、今すぐにでも満たしてあげたいと思う。

涼子は抵抗したくなる気持ちを抑え込み、彼の胸に自分の体を預ける。

おとなしくなった涼子に微笑んで、剛志はバスルームへと向かった。

連れていかれたバスルームは、広く高級な造りをしていて、二人一緒に入ったとしても窮屈さは感じない。

大きな鏡のある洗面スペースまで来て、やっと涼子を下ろした剛志は、彼女のシャツのボタンに触れた。先ほどの愛撫で既に乱れている涼子の服を、キスを与えながら手早く脱がしていく。そして自分の服も脱いだ剛志は、涼子の手を取り宣言した。

「俺が隅々まで洗ってやろう」

「……」

今さら拒む気はないが、それでもその申し出には恥じらってしまう。

チラリと視線を向ければ、透明なガラスで隔てられた広いバスルームは、清潔感のある白い大理石のタイルが貼られ、バスタブからは窓の向こうに黄昏時の都内が一望できるようになっていた。

「外が……」

高層階の部屋にいることはわかっているし、これほどのホテルが配慮を怠るわけがない。それがわかっていても、あまりに開放感のある景色に戸惑う。

そんな涼子を大丈夫だと安心させつつ、剛志が悪戯な笑みを添えて付け足す。

「それとも、周囲に見せつけるように抱かれたいのか?」

「体、洗うだけですよね？」

「それは涼子次第だ」

慌てて確認する涼子に、剛志は意味深な笑みを浮かべると、バスルームに入った。

パネルを操作してバスタブにお湯を溜め始めると、涼子をシャワーの下に立たせてコックを捻る。

「キャッ」

シャワーヘッドから出てきた冷たい水に、涼子が悲鳴を上げる。

肌が急な温度差に一気に粟立つ。すぐにシャワーから庇った剛志は、背後から涼子を抱きしめ、徐々に温かくなるお湯を肌に馴染ませてくる。

「あぁ……ァ……」

高い位置から降り注ぐお湯と共に涼子の肌を撫でていた剛志の手が、徐々に妖しい動きをし始める。

背後から乳房を掬い上げるように持ち上げ、時折、指と指の間に乳首を挟んで引っ張るみたいにして弄ぶ。そうしながら唇は、涼子の首筋や耳朶を刺激してくるのだ。

「ちょっ、指……っ」

洗う気もなく涼子の乳房を弄ぶ指の動きに、涼子の背中がブルリと震えた。

「指がなに？」

そう尋ねつつ、剛志の右手は彼女の下肢へと移動していく。

剛志の長い指が涼子の肉芽を弾いて、脚の隙間に忍び込んできた。

「アッ！」

強い刺激に腰を引いたことで、臀部に剛志の昂りを感じてしまう。

肌に触れる剛志のそれは、酷く熱く、この場ですぐにでも涼子を貫くことができるだけの勢いを持っていた。このまま貫かれるかもしれない緊張感に涼子が身を固くすると、剛志の指が彼女の秘裂を撫でた。

その瞬間、シャワーのお湯とは違うヌルリとした湿り気を感じた。

「濡れてる」

言われなくてもわかっていることを、わざわざ言葉で告げられ、涼子の羞恥心が煽られる。

それなのに秘裂からは、剛志の言葉に反応したように愛蜜が溢れてくる。

涼子は熱い息を吐きながら、途切れ途切れに訴えた。

「体、洗わないなら……、離して……」

僅かに首を捻り恨みがましい視線を向けると、剛志は仕方ないといった感じで妖しく動く指を離した。そして宣言どおり、ホテルの名前が入った石鹸を手に取り泡立てていく。

指こそ体から離れたものの、腕に囚われたままなので逃げることもできない。

そんな涼子の見ている前で、十分に石鹸を泡立てた剛志は、泡まみれの手を涼子の肌へ滑らせた。

「あぁっ」

石鹸でぬめる手が肌を撫でる感触に、涼子が喉を鳴らす。

素直な涼子の反応に剛志が耳元でクツリと笑ったのがわかった。

その息遣いに恥ずかしさが増すのだが、今にも崩れ落ちそうな腰を背後から回された剛志の腕に支えてもらっているので、離れることもできない。

「ジッとして」

囁く剛志は、そのまま涼子の肌に手のひらを滑らせていく。

泡を纏った指で内ももを撫でられ、人さし指と薬指で秘裂を割り広げられる。敏感な媚肉が冷気に触れてヒクリと収縮した。

涼子の些細な反応を見逃さず、剛志は中指で媚肉を撫でてくる。

男らしい彼の指が、泡の滑りを利用して艶めかしく涼子の弱い場所を刺激していく。

「きゃあぁっ」

先ほどの愛撫で既に熱を持っている肌は、剛志の手の動きに敏感な反応を見せてしまう。

「涼子のここ、さっきより濡れているよ」

その指摘に、羞恥心とは裏腹に蜜が滴ってくる。

艶めかしい手の動きから逃れるべく、涼子は彼の手に自分の指を絡めてそこから離そうとするのだが、力が入らず形ばかりの抵抗にしかならない。

陰部を可愛がる剛志は、もう一方の手で彼女の乳房を刺激し始めた。

泡だらけの指で乳房を揉みしだかれ、先端が硬く尖っていく。

それを指の間に挟まれしごかれる。さっきもされた愛撫だけれど、石鹸のぬめりを借りてされるそれは、先ほどとは桁違いの快感を涼子に与えた。

「……うっ…………ふぁ……っ」

剛志の指の動きに、涼子がビクビクと身悶える。

淫らな指の動きに反応して溢れ出す蜜が、内ももを伝う感触が堪らない。

愛撫に腰をくねらせる涼子が脚を擦り合わせると、図らずも、剛志の指をより深い場所へと招き入れることになってしまった。

「やぁあぁあっ」

グッと深く沈み込んだ指が、蜜に濡れる媚肉を擦る。

その刺激で絶頂を迎えた涼子は、糸が切れた操り人形のように脱力してしまう。その体を背後から剛志が支えたため、その場に崩れ落ちることはなかった。

「…………アッ」

ホッとしたのも束の間、剛志の指が、達したばかりの媚肉をぐるりと擦ってきた。そうでなくても敏感になっている体に強すぎる刺激を与えられ、涼子の膝が震える。

「やぁっ、もう駄目」

感じすぎる自分を恥じるように、甘い声を漏らす涼子が剛志の手首を掴む。

「どうして？」

なにも恥じることはないと教えるように、剛志は容赦なく指を動かす。その刺激に涼子が背中を反らして震えると、剛志の指がズルリと抜けた。その感触に、腰がまた震えてしまう。

「あぁ……」

「おいで」

切なく息を吐く涼子の体を支えつつ、剛志は徐々にお湯が溜まりつつあるバスタブへと甘く誘う。

その誘いに乗れば、淫靡な刺激が続くのだと承知しているが、剛志に甘い声で誘われると抗うことができなくなる。

「ズルい……」

蕩けた声で詰ったところで、剛志にはそれが形ばかりの抵抗だとわかっているのだろう。

笑みを浮かべたまま、優しい手つきで涼子を湯船へと導いた。

そうして、湯船の中でも散々涼子の体を愛撫した剛志は、脱力した涼子を抱きかかえバスルームを出るのだった。


富裕層をターゲットにしたホテルは、広い室内に品のある家具や調度品がバランスよく配置されている。アロマが焚かれているのか、微かに上品な甘い香りが部屋に漂っていた。

その香りが、バスルームで散々高められた涼子の肌をさらに焦らしてくる。

空気を揺らしてリビングを横断する剛志は、リビングと続き間になっている寝室へ涼子を運び、広いベッドに彼女の体を横たえた。

室内で肌を晒しているのが恥ずかしくて、ベッドに下ろされるなりうつ伏せになって体を隠すと、背中に剛志の唇が触れた。

「……んっ」

剛志の熱を肌で感じるだけで、涼子の奥が熱く震える。込み上げる熱を逃すように背筋をしならせると、その動きに誘われたように剛志の舌が背骨を滑っていく。

「あぁぁ……ぁぁ…………っ」

どこもかしこも敏感になっているせいで、またもや絶頂を迎えそうになる。

艶めかしく蠢く舌の動きに、涼子は背中をくねらせ快楽を逃そうとする。彼はその動きを利用して涼子の体を反転させると、すぐさま覆い被さってきた。

そして、口で涼子の胸を嬲りながら、指を彼女の脚の付け根へ伸ばす。

「はぁうっ」

バスルームで十分慣らされた膣は、なんの抵抗もなく剛志の指を呑み込んでいく。

焦らされ、奥まで濡れそぼった体にその刺激は強烈で、涼子は覆い被さる剛志の胸の下で切なく身悶えた。

いつの間にか二本に増やされた指が、くすぐるように媚肉を撫でる。

「ふぁ……………あぁっ……っ」

剛志の与える刺激に従順に反応してしまう自分が恥ずかしくて、涼子はきつく目を閉じ体をくねらせた。

「俺を見ろ、涼子」

胸に触れる剛志の唇が離れたと思ったら、そう短く命じられる。

その声に視線を向けると、自分を射貫く剛志の視線とぶつかった。

自分から目を逸らすことは許さないと、その眼差しが語っている。

涼子の表情を窺いながら、彼が指を動かす。

ヌルヌルと蜜を纏う指がゆっくり出し入れされる感触に、涼子の艶やかな黒髪がシーツの上で乱れる。その動きをさらにねだるように剛志は彼女の白い乳房に舌を這わせた。硬く立ち上がった胸の尖りを舌で転がしつつ、指で蜜壺を弄ぶ。媚肉を引き延ばすように動く二本の指は、緩急をつけて何度も出し入れを繰り返す。そうしながら、時折蜜に濡れた親指で、敏感に膨れる肉芽を転がした。溢れ出す蜜を絡めるように指をクルリと動かされると、脊髄を痺れるような快楽が突き抜けていく。

「……あぁぁぁっ……やだぁっ」

甘い声を漏らしながら涼子が首を横に振ったところで、剛志が許してくれるはずもない。

「剛志さん……もう……やぁっ」

悲鳴に近い嬌声を上げ、涼子の踵がシーツを滑る。足のつま先をぎゅっと丸めて、体を震わせる涼子が無意識に彼の名を呼ぶ。その直後、剛志の指が中から抜き去られた。

脱力する涼子を残してベッドを離れた剛志は、すぐに避妊具を持って涼子のもとへ戻ってくる。

「つけて」

激しい愛撫に意識を朦朧とさせる涼子に、剛志が避妊具を差し出す。

「……」

普段だったら恥じらい反発していたかもしれないが、朦朧としている今の涼子に、愛する男の願いを拒む理由はない。気怠い体を起こして剛志から避妊具を受け取った。

粘液を纏った避妊具を包装から取り出し、剛志のものに自分の手を添える。熱くいきり立った彼のものが、手の中で小さく跳ねた。

戸惑いつつも、涼子は剛志のものに避妊具を装着していく。

自ら彼を受け入れる準備をすることに気恥ずかしさを感じながらも、涼子の指に素直な反応を示す剛志のものを愛おしく思う。

「つけました」

親指と人さし指で輪を作り、しごくようにして根元まで避妊具を伸ばし終えた涼子が告げる。

「ありがとう」

そう囁いて剛志は彼女の肩を押し、再び覆い被さる。そして、涼子の膝を割り広げると躊躇うことなく自身を押し入れた。

「あぁぁぁ……」

膨れた肉棒の先端が陰唇を押し広げ、蜜壺に沈んでいく感触に涼子が喘ぐ。

入る瞬間は微かな痛みを感じたはずなのに、涼子のそこはすぐに剛志の形に馴染んでいく。

そうなれば、あとは二人が繋がる場所から感じるのは、快楽だけになる。

「クゥ……ッ」

涼子の奥の奥まで自分のものを沈め込んだ剛志は、深い息を吐く。

そしてそのままゆるゆると腰を動かし始めた。

彼のものが動く度に、涼子の体が甘く痺れていく。

もどかしさに、涼子は剛志の背中に手を回して喘いだ。

「涼子の中は、熱くて気持ちがいい」

そう囁く剛志は、遠慮なく腰を打ち付けてくる。

激しく腰を突き動かされるのに合わせて、涼子は爪が白くなるほど剛志の背中に強く指を食い込ませた。そんな涼子を貪り尽くすように、彼はさらに激しく腰を突き動かしてくる。

「はっ……くっ！」

「あぁあっぁ」

短い呼吸を繰り返しながら剛志が腰を動かす度に、涼子の息もどんどん乱れていく。

互いの息遣いが重なっていくと、共鳴するみたいに快楽が高まる。無意識にビクビクと震える腰が、涼子の限界が近いことを告げていた。

「涼子っ、愛してる」

腰を勢いよく動かしながら、剛志が囁く。

「わっ……私も……っ」

彼の背中に回す腕に力を込め、涼子が愛の言葉を告げようとするが、いっそう激しく腰を動かす剛志により嬌声に変わる。

快感に喉を反らした涼子は踵をシーツに滑らせ、もどかしげに腰をくねらせた。

「剛志……さ……っもぉ……っ」

「そろそろ？」

切ない声を漏らす涼子に、剛志が問いかける。

「んっ……」

上手く声の出せない涼子が首の動きで返事をすると、剛志は彼女の絶頂を促すように腰の動きを速めていった。

「あっぁぁっ」

そして、より深くまで押し入ってきた剛志のものが、涼子のある一点を突き上げる。

軽い絶頂を繰り返していた涼子の体は、その強すぎる衝撃に過剰なまでの反応を示してしまう。

「剛志……さんっ……」

背中を反らして喘ぐ涼子の瞼の奥で、チカチカとした閃光が瞬く。

「涼子っ……愛してるっ」

苦しげに自分の名前を呼ぶ剛志が、愛の言葉を口にする。

狂おしいほどに自分を求める剛志の声に、涼子の体が再び高まっていく。

もどかしげに体をくねらす涼子を、逃がさないとばかりに強く抱きしめ、剛志が何度も腰を打ち付ける。

「あぁっ……また……やぁアッ」

勢いよく腰を打ち付けられることで、強く収縮する膣壁を熱く漲る剛志のものが擦り上げる。それが涼子を、あっという間に高みへと追い詰めていった。

「あぁ——っ」

繰り返される絶頂感に、一際高い声で涼子が喘いだ。

同時に、剛志が自分の欲望を涼子の中に吐き出した。

「……っ」

剛志の熱を受け止めながら、度重なる絶頂の余波に涼子の意識がとろんと溶けていく。

「君は俺のものだ」

力の抜けた涼子を強く抱きしめて、剛志が告げる。

まどろみ始めた意識の中、涼子は首を縦に動かし剛志の胸に体を預けた。

心地よい温もりに身を任せていた涼子が重い瞼を開けると、自分に腕枕をして眠る剛志の姿が目に入った。

起きたらそこに好きな人の姿がある。

周囲を確認すれば日は完全に沈んだらしく、窓から差し込む月光が、白いシーツを青白く浮かび上がらせていた。微かな灯りの中で時計を確認すると、一時間も眠っていなかったようだ。

それだけの短い時間で、世界が一変したような気がする。

先ほどまでの激しい情事を思い出すと、照れくさいものはある。だが、難しいことを考えずに本音を言えば、好きな人が手を伸ばせば触れられる距離にいるだけで、これほど幸せになれるとは思わなかった。

「どこに行く?」

涼子が微かに身を起こした気配で目を覚ましたのか、剛志が掠れた声を出す。

「どこにも行きませんよ」

そう言うと、剛志がホッと表情を緩めた。

柔らかな剛志の表情を見れば、これが正しい選択だったとわかる。

「君を手放さないために、俺にできることはなんでもする。家族にも、なにも言わせない」

やはり昔の記憶がちらつくのだろう。

剛志の眼差しはどこまでも真剣で、場合によっては芦田谷家の名前を捨てかねない雰囲気がある。

でもそれは違うと涼子は首を振り、その胸に甘えた。

「私のために、死ぬほど退屈な人生を送る必要はありません。人は、誰かのために生きちゃ駄目なんです。だから、剛志さんは剛志さんらしく、自分の人生を生きてください。私も私らしく、貴方の側にいますから」

比奈と寿々花に分けてもらったのは、幸せだけじゃない。

愛する人を諦めない強さももらったのだ。

あの二人を見てきた涼子は、本気で相手を愛していれば、乗り越えられない障害などないのだと知っている。そして大事なのは、悩んだりすれ違ったりすることがあっても、決して愛する人の手を離さないという覚悟だ。

「大丈夫です」

彼を手放したくないと思うのなら、自分が変わっていけばいいのだ。

「そう断言できる君だから、俺は惹かれるんだよ」

強気で宣言する涼子の頬に手を添え、剛志がそっと口付ける。

涼子は、剛志の手に自分の手を重ねた。この温もりを失わないためなら、自分はどこまでも強くなれるだろう。

「愛してます」

「俺も、愛している」

自分の覚悟を確認するように愛を囁く涼子に、剛志が同じ言葉を返してくる。

互いの指を絡め合った二人は、誓い合うように唇を重ねるのだった。

翌日、オフィスで仕事をする剛志がドアの開く気配に顔を上げると、目視で確認するより早く渋い声が聞こえてきた。

「やってくれたな」

視線を向けると、心底不機嫌そうな顔をする兄の猛がいる。

秘書の取り次ぎを待たずに、執務室に押し入ってきた猛は、大股で部屋を横断し乱暴にソファーへ腰を下ろした。

「昨日のことでしたら、急に体調不良に襲われたんです」

しれっと返した剛志に、猛が荒い息を吐き腕組みをする。

「なら何故外泊を？　病院にでも泊まったか？」

「親父殿と兄さんを思えばこそです。昨日顔を合わせたら、二人とも血圧が上がるでしょ？　それとも、美しい女性との会食に心癒やされましたか？」

もともと昨日は、父のお供で彼の母校の講演会に出席することになっていた。講演会の後、ごく親しい関係者のみの食事会に出席するように言われていたが、それに出席すれば、なし崩し的にお見合いをさせられることはわかっていた。

相手は芦田谷家と家族ぐるみの付き合いがある銀行頭取の娘だ。見合いの席についたら、外堀を埋められて逃げにくくなるのは目に見えている。

それに、家族の留守を狙って、寿々花が友人二人を家に招待したことを耳にしていた。自分のテリトリーに涼子が来るとわかっていて、見合いになど行けるわけがない。

世間体を気にする廣茂のことだ、剛志が来ないのなら、長男が乗り気だったと平然と嘘を吐き、猛を見合いの席に座らせることは予想できた。

「相手の女性とは、知らない仲でもないし、それなりに話が弾んだんじゃないですか？」

剛志の言葉に猛が顔を顰める。けれど、猛はすぐに意地の悪い表情を浮かべた。

「お前のワイナリーから、ワインが届いていた。支配人から『是非またお二人で遊びに来てください』というカードが添えられていた」

「俺宛の荷物を、勝手に開けたんですか？」

「自分の荷物と勘違いした」

涼しい顔をして嘘を吐く猛に、剛志は嫌そうにため息を吐く。相手を責めても意味がない。

自分とて、平然と嘘を吐き、兄に見合いを押し付けたのだからおあいこだ。

「お前がワイナリーに人を連れていくとは珍しいな。意中の相手とやらは、お前にとってそれほど特別な存在なのか？　あそこは、お前の秘密基地だろ？」

昔の恋人と別れてすぐに購入したワイナリーを、猛はそう呼ぶ。

「……」

あそこに涼子を連れていったのは、周囲にそういった勘ぐりをしてもらうことが狙いだった。

だが今は、猛に涼子の存在を特別と悟られるのは厄介だ。

「沈黙は肯定の証とはよく言ったものだな」

黙り込む剛志に、猛がニヤリと笑った。

「大事なものを咄嗟に隠そうとするのは、お前の悪い癖だ。それゆえ大事にしていると、相手に悟られる。家族の前でなら構わんが、ビジネスの場でその癖は隠しておけよ」

訳知り顔でアドバイスする猛に、剛志がグッと奥歯を噛む。

「遊びなら構わんが、本気にはなるなよ。後始末が面倒だ」

兄として正しいアドバイスをしたと言いたげに、猛は軽く膝を叩いて立ち上がった。

猛の考えは手に取るようにわかる。自分が少し圧力をかければ、いつでも涼子との関係を終わらせられると考えているのだろう。

変わらぬ兄の態度に、剛志の中で自然と覚悟が決まっていく。

「遊びではありません」

大事なものを隠せば弱点になるというのであれば、攻撃に出るまでだ。

積極的に家族と対立する気はないが、自分を抑えてまで従うつもりもない。

瞳に攻撃的な色を湛える剛志に、猛が荒い息を吐いた。

「二度目はないと言ったはずだが?」

「それは俺も同じです」

もう二度と、邪魔はさせない……そんな気持ちで剛志は兄を睨む。

「そうか……」

それ以上なにか言うことなく、猛は部屋を出ていった。

6　涼子の決意と剛志の策略

退社時刻が近付く中、パソコンのメールボックスを確認する涼子は、マウスを操作する指を止めた。

「佐倉さん、メールに添付ファイルが付いてないみたいだけど？」

そう声をかけると、既にデスクの片付けを始めていた佐倉が、嫌そうにこちらを見た。

ここしばらくの佐倉は、誰彼構わず不機嫌を振りまいているが、涼子に対しては特にその態度が酷かった。だからといって、お給料分の仕事はしてもらわないと困る。そう思い、会議で使う資料の表作成を頼んでいた。

午前中に提出を求めたところ、「後で、メールで送っておきます」と返されたきりだった。午後になって、ようやくメールが届いたが、午後は涼子も忙しく中身を確認する余裕はなかった。

明日の午後の会議で使うので、午前中に資料をまとめるつもりでいた。帰る前に、一応一通り確認しておこうとメールを開いたら、なんの資料も添付されていなかった。

「資料添付して、メールを送り直してもらっていい？」

視線を向けるだけで返事を返さない佐倉に、もう一度声をかけると、重いため息が返ってきた。

「今頃言われても困ります。もうパソコン、閉じちゃいましたから」

嘆息しつつ、涼子はマウスを動かして別画面を開いて腰を浮かす。

「私のパソコンからログインすればいいよ」

パソコンを譲る姿勢を見せるが、佐倉がこちらに移動してくる気配はない。

「先輩のパソコンに触りたくないからいいです」

子供じみた佐倉の主張に、呆れ顔を見せる社員もいる。それでも周囲に、彼女の言動を咎める者はいない。佐倉のすることだから仕方ないと、完全に放置状態である。

それどころか、面倒を察して他の社員が間に入ってきてくれた。

「柳原、オレがやろうか？　その方が早いし」

同期の男性社員が涼子に声をかける。

今日は早く帰りたいと思っていた涼子としてはありがたい申し出だが、さすがにそれは悪い気がした。だからといって、このまま佐倉に任せても、明日の朝までに仕上がっていない場合、午前中のうちに会議資料を完成させる時間はあるだろうか。

頭の中で明日のタイムスケジュールを組み立てていると、佐倉がムスッと口を開いた。

「先輩がやればいいんです」

棘のある佐倉の声に周囲の空気がひりつくが、佐倉はプイッとそっぽを向いて、席を離れていってしまった。

「ちょっと……」

いくらなんでも無責任すぎると思い、呼び止めようとしたが、同僚に止められた。

「まあ、難しいお年頃なんだろ。来週から支店勤務が決まったし」

彼の言うとおり、佐倉には異動の辞令が出ていた。

それからの彼女は、今まで以上に仕事にやる気が見えない。周囲も、どうせもうじきいなくなる存在だからと、佐倉をいないものとして扱っている。それがまた面白くないのか、仕事中、大袈裟（おおげさ）にため息を吐いたり聞こえよがしに愚痴（ぐち）を呟いたりしていた。

それならと涼子が仕事を頼めば、この有様だ。

——今日一日、なにしてたんだろう……

仕事をしているフリして、ただ座っている方がよっぽど暇ではないだろうか。

それに、やる気がないのであれば、最初に断ってほしかった。

涼子がそんなことを考えていると、同僚が手を差し出してくる。

「資料ちょうだい。やっとくから」

本当に佐倉に代わって作業をしてくれるつもりのようだ。けれど涼子は、首を横に振った。

「ありがとう。でも自分でやって帰るからいいよ」

今日はこの後、剛志と会う約束がある。だから早く帰りたいと思っていたが、佐倉が残ってやるのならともかく、無関係の同僚に任せて帰るのは気が引けた。

剛志に遅れる旨の連絡をして、パソコンを黙々と操作していると、冷めた声が背後から聞こえてきた。

「優等生アピールがエグいですよ」

振り向くと、帰り支度を済ませて鞄を腕にかける佐倉が立っていた。

「まだいたんだ……」

フロアにはまだ他の社員もいるが、帰宅した社員も少なくない。終業とほぼ同時にここを出ていった佐倉は、当然もう帰っているものだと思っていた。

自然に零れた涼子の言葉に、佐倉の眉間に皺が寄る。

「それ、異動する私への嫌味ですか」

「そんなつもりは……」

涼子に反抗するばかりの彼女に、悪気はなかったと言ったところで、納得するはずがない。

不機嫌な表情のまま顔を寄せてくる佐倉が、涼子にしか聞こえない声量で囁く。

「年齢的に焦る気持ちはわかるんですけど、SNSで酒好きアピールして、それを餌に男を捕まえた途端に更新やめたと思ったら、今度は急にメイク変えて……そういうの、必死過ぎて見てて痛いですよ。今日だって、この後デートですって感じありありだし。……正直、捨てられた時が見物ですよね。うちのママも笑ってます」

「……」

確かに普段は動きやすさ重視のパンツスタイルが多い涼子にしては、珍しくスカートを穿いている。それに合わせて、メイクもいつもより華やかにしたが、もちろん仕事があることを踏まえた常識の範囲内でだ。

それに、お酒に関するＳＮＳの書き込みをやめたのは、別の理由からである。

それを思い込みだけで勝手に解釈して、笑い話にする佐倉親子に、自然と眉根が寄ってしまう。

黙り込む涼子の表情をどう受け止めたのか、佐倉の顔が意地悪く歪(ゆが)んだ。

「先輩はすぐに捨てられます。その理由は、先輩がその程度の人間だからです」

喉を震わせククッと笑うと、佐倉は姿勢を戻して今度こそ出ていこうとした。そんな佐倉に、涼子は問いかける。

「その言葉は、佐倉さんの自身の言葉？　それともお母さんの言葉？」

こちらを振り向いた佐倉の顔に、明確な怒りの色が見て取れる。

「どういう意味ですか？」

佐倉は時々明確な悪意を持って人を傷付ける発言をするが、そういった発言には大体、枕詞(まくらことば)のごとく「うちのママが」という言葉が付いていた。

「会ったこともないお母さんの意見なら、私は気にしない。それに、佐倉さん自身の意見だとしても、他人の言葉を借りなきゃ言えないことなら気にする必要はないかと」

だからあの言葉は、傷付くようなことではないのだと、自分で自分に言い聞かせる。

と同時に、一度くらい、佐倉自身の言葉を聞いてみたいという思いもあった。

黙って言葉を待っていると、険しい表情でしばらく言葉を探していた佐倉は、結局なにも言うことなく涼子に背を向けて帰っていった。

「……」

その背中を見送り、涼子はため息を漏らす。佐倉が人を傷付けて憂さを晴らすのはいつものことなのに、つい反応してしまったのは、涼子に気になっていることがあるからだ。

ざらつく心を宥めるように、胸に手を当て深呼吸をしているとスマホが短く震えた。

見ると剛志からのメッセージで、適当に時間を潰しているので、焦らず仕事を片付けてくるといいと書かれていた。

涼子の仕事を尊重してくれることに感謝すると共に、そんな彼に早く会いたくなる。

軽く頭を振った涼子は、気持ちを切り替えてデスクに向かった。


仕事を終えた涼子が、足早に駅へ向かっていると、かたわらに流れるような動きで高級車が併走してきた。分離帯のない歩道に、乗り上げるか乗り上げないかの距離で滑らかに走る車が、涼子の歩調に合わせて進む。

「……？」

怪訝に思って涼子が視線を向けると、狙ったようなタイミングで車の後部座席の窓が開いた。

そこに悠然と構える男性の姿を視認して、涼子の足が止まる。

それに合わせて車も停止した。

「やあ、偶然だね。よかったら目的地まで送ろう」

車の中から語りかけてくる芦田谷猛は、目になんの感情も見せないまま口の形だけで微笑む。

――これが偶然のわけがない。

警戒心を露わにする涼子は、バッグの肩紐を握りしめて答える。

「いえ、結構です。電車で行きますので」

そう言って再び歩き出そうとする涼子に、猛が低い声で告げる。

「その選択は、この私の厚意を無にして、弟を待たせる価値があるものかな?」

「――っ!」

涼子が再び足を止めると、猛がニヤリと笑う。

その隙に、運転席から下りてきた男が一礼して後部座席の扉を開けた。

「人を待たせるということは、相手の時間を無駄にするということだ。私は、自分の家族が安く扱われることが我慢できない性分でね。乗りたまえ」

口調としては柔和だが、声と目つきに絶対的な響きがある。

寿々花の家族が「エネルギー業界の狂犬」と呼ばれているということは、寿々花本人から聞いた。なるほど確かに。一般人の涼子には、簡単に逆らえない気迫がある。

剛志が二人の予定をわざわざ話すとも思えないから、彼は、涼子と話すためにここで彼女を待ち伏せしていたということだろう。

剛志か寿々花を介することなく、待ち伏せしている段階で、友好的な話し合いであるはずがないし、涼子が逃げ出すことなど許してくれるはずもない。

――だからといって、簡単に屈するつもりもないけど。

覚悟を決めるように背筋を伸ばした涼子は、表情を引き締めて彼の車に乗り込んだ。

涼子が車に乗り込むと、扉を閉め運転席に回り込んだ男性は目的地を確認することなく車を発進させる。

「弟妹とは随分仲良くしているようだが、私が君と話すのはこれが初めてだな」

車が走り出すと、猛がそう切り出した。

暗に剛志との関係を知っていると伝えてくる彼に、警戒の視線を向ける。

横目で見た彼は、輪郭も含め、無骨と言っていいほどにがっしりと逞しい骨格をしている。また、手入れはされているが、本来の生え方を尊重してラインを整えたであろう眉毛は太く、彼の我の強さを象徴しているようだ。

その下にある目も、簡単に自分の意見を曲げる人ではないだろうと察せられた。

「これでも私は忙しい身なので、端的に話をさせてもらおう。君には、引き続き妹にとってのよき友人であってほしいと思う」

「つまり、弟さんとは仲良くしてほしくないと？」

涼子の方も単刀直入に返すと、猛が面白そうに目を細めた。

「さすがに妹が仲良くするだけある。物わかりのいい聡明な女性は、無駄に時間をかける必要がなくて助かるよ。そのとおりだ」

猛は数回深く頷いて続ける。

「酒の勢いや気まぐれに数回関係を持つのは構わん。お互い大人だし、割り切った男女の付き合いに茶々を入れる気はない。だがその関係が、妹との友情にまで影響することを心配しているんだよ。何故なら弟は、今、将来を見据えた人生のパートナーを探しているところだ。遠からず、君との関係は終わることになるだろう」

もっともらしい口調で家族を気遣う猛に、涼子は眉をひそめる。

「それは、剛志さんの幸せを考えてのことですか？」

「アイツは、芦田谷家の人間だ。歴史ある家というのは、生まれながらに富を持つ代わりに、先祖から預かったものを次の代に引き継ぐ責任がある」

「それは剛志さんの幸せですか？」

重ねて聞く涼子に、猛が面倒くさそうに返す。

「芦田谷家の幸せが、アイツの幸せに繋がっている」

不遜な態度で息を吐く猛に、涼子が艶やかに微笑んだ。

「芦田谷家の幸せ……そんなの知ったことか、というやつですね」

美しく微笑み悪態をつく涼子に、猛が瞬きをして、不思議な生き物を見るような視線を向けてくる。そんな猛の表情に、涼子はつい本気で笑ってしまった。

さすがに声を上げて笑うのは失礼と、肩を揺らし笑い声を押し殺して続ける。

「お兄さんの懸念は、私と剛志さんの関係が終わることを前提にしていますよね。今のところ、そんな予定もないのに、もしもの話をされても困ります。それにもし本当に、お兄さんの予想どおりの結果になったとしても、寿々花さんと私の友情は、その程度で壊れることはありません。だから、知ったことかです」

エネルギー業界の狂犬と呼ばれる猛は、自分の発言が尊重されることに慣れているはずだ。

ならばあえて軽い口調で彼のペースを崩しつつ、核心に触れる。

「お兄さんは過去に、剛志さんの恋人へ、彼と別れることを求めたそうですね」

「家族を思えばこそだ。次期家長の役目として、家族にとって有益な存在には敬意をもって接するが、害をなす存在は徹底的に排除させてもらう」

そう嘯く猛のぎらつく目を見れば、その言葉に嘘がないのだとわかる。

それでも涼子は、猛に「知ったことかですね」と肩を揺らして返した。

「芦田谷家の方から見れば、私は取るに足らない存在でしょうね。男手一つで私たちを育ててくれた父はしがないサラリーマンですし、お調子者でおバカな弟は三流大学の卒業も怪しい。私自身、華やかな経歴を持っているわけでもない。ありふれたＯＬにすぎません。芦田谷家に相応しくないと思われるのも当然です」

あっけらかんと語る涼子に、猛が鷹揚に頷く。

「歯に衣着せない物言いと、己を正しく分析できるところは、君の長所といっていいだろう。聡明な君への敬意を表したいと思うのだが？」

「たとえば？」

「君は無類の酒好きのようだが、好きな土地で自分の店を持ちたいとか、海外で酒の勉強をしたいといった夢があるなら、喜んで支援させてもらおう。弟君の就職も、私の方で責任を持たせてもらうが」

つまり金でもなんでもくれてやるから、剛志と距離を取れということだ。

そんなものが彼の代わりになるはずがないのに。

繋いだ剛志の手の温もりを思い出しながら、涼子は首を横に振る。

「慎ましく育ったので、そんな大それた夢は持っていません。私にとってのお酒は、一日の終わりに美味しく飲めれば、それで満足できるものです」

欲しいものを買える程度には、働いて稼いでいる。

それに今の涼子は、彼がいなければ、本当の意味で美味しいお酒は飲めないのだ。

「欲がなさ過ぎる。今なら欲しいものが手に入るのだから、遠慮せず欲を見せてみたらどうだ？」

剛志と別れる代償として、それ相応のものを支払いたいということだろうか。

それとも剛志に、涼子は金に目がくらんで離れていったと言いたいのだろうか。

さすが芦田谷家の人間と、心の中で拍手を送る。

「欲しいものは全て、自分で手に入れます。生きるに困らないだけの収入と、やりがいのある仕事、心許せる友人。一日の終わりに飲む美味しいお酒……」

愛する人、と付け足すのは、さすがに恥ずかしいので控えておく。

「ちんけな人生だ。それでは大きな権力に睨まれたらひとたまりもないぞ」

口元では笑い、視線で凄む猛は、暗に涼子を脅してくる。

猛は、人を見下すことにも脅すことにも遠慮がない。

おそらく、それが当然と思える環境で育ったのだろう。だがそれは、涼子が自分の生まれや育ちに引け目を感じる理由にはならない。

そして今話したいのはそこではないのだと、涼子はニンマリ微笑む。

「そうですね。でもそれは、結構厄介ですよ」

物欲がないわけではないが、涼子が欲しいものは、基本的に自分で買えるものばかりだ。仕事は勤勉でミスのないことを高く評価されているし、業務内容から外部の嫌がらせで支障が出るようなこともないだろう。

たとえ無理矢理圧力をかけて涼子を失職させようとしても、クニハラが応じるとは思わない。

では家族に……といわれたところで、地味に堅実に働く父のポジションも涼子と似たようなものだし、五十を過ぎたこのタイミングで失職したところで、父のことだから早目の定年と受け止め、飄々と暮らしていくに違いない。

弟に関しては、未だ卒業の目途も就職先も決まっていないのは痛いところだが、だからこそ失うものはないともいえる。

そんなことをすらすらと語る涼子に、猛が拍子抜けした表情を見せる。

それを見て小さく笑った涼子は、とどめの一言を口にした。

「そんな哀れむような眼差しを向けていただかなくても大丈夫です。たいした資産はないですが、ありがたいことに親友には恵まれているので。本当に窮地に立たされた時は、きっと親友かそのパートナーが助けてくれると思います」

「私を脅すつもりか？」

苦い顔をする猛の問いに、涼子は首を横に振る。

「まさか、寿々花さんや剛志さんの家族を脅したりなんてしません。ただ、あの二人のお兄さんが、こんな理由で、本気で私を社会的に抹殺することはないと信じているんです」

その返答に嘘はない。

剛志と寿々花の人となりを知っているからこそ、その家族も信じられるのだ。

「……なるほど、なかなかしたたかだ」

猛が苦く笑う。どこか困ったような人間くさい表情に、涼子の気持ちが解れる。

だからこそ、素直に自分の気持ちを話すことができた。

「正直に言うと、お兄さんの気持ちも、少しはわかるんです。自分の弟が、自分たち家族と毛色の違う女性と付き合えば、心配に思うのは当然です」

そう理解を示す涼子は、自分の弟が、いわゆるガングロギャルを彼女として家に連れてきた時は、ひたすら驚愕したと話した。

マイクロミニのスカートを穿き、難解な流行り言葉を使う彼女は、涼子にとっては長崎の黒船襲来くらいの驚異だった。衝撃のあまり、弟が彼女と結婚すると言い出したらどうしようかと、本気で悩んだことを包み隠さず話す。

その時の衝撃を真顔で語る涼子に、猛の表情が微かに緩む。

「で、その彼女とはどうやって別れさせた？」

話の結末を急かす猛に、涼子は軽く肩をすくめた。

「私がなにかするまでもなく、弟の浮気がバレて破局しました」

その結末に、猛もそんなものだと膝を叩いて苦笑する。

彼の表情が若干穏やかになったのを確認して、涼子は話をもとに戻した。

「お兄さんが弟さんを心配するのはわかります。それは、私に足りないものが多すぎるからで、悪意があってのものではないのでしょう。だけど、剛志さんはお兄さんを尊敬しているから、貴方に否定されると辛いんです」

これは涼子の想像でしかないが、剛志は芦田谷家の人間として、父や兄のように非情になり切れない自分に歯がゆさを感じている。だからこそ、兄の横槍で終わってしまった過去の別れを消化できずにいたのだ。

「家として納得のいく嫁を連れてこない限り、私はアイツの選択を否定し続けることになる」

「別に私は、芦田谷家の嫁になりたいわけじゃありません。彼を孤独にしないのであれば、その辺にこだわりはないんです」

拒絶されることは慣れていると、剛志に孤独を受け入れさせたくない。

もし芦田谷家の援助がなければ叶わない望みがあるとすれば、それは剛志の側にいさせてほしいということ以外にない。

でもそれは、猛の望みとは相反する。

彼が涼子の願いを叶えてくれるはずもないし、また過去と同じ目に遭えば、剛志は家族の中にいても孤独を感じることになる。

それだけは、絶対に避けなくてはならない。

「私たちのことは、私たちで結論を出します。お兄さんがなにかするまでもなく、駄目になる時は、二人で勝手に駄目になります。そうやって別れれば、私たちは他人に戻るだけだけど、家族はそうもいきません。だから貴方は、彼のよき兄でいてあげてください」

祈るように頭を下げる涼子に、猛の言葉が降りかかる。

「妹の友人としての君を、歓迎しているのは事実だ。ただ君のような家柄の娘さんを、芦田谷家の嫁として迎え入れることはできん」

一代で築いた財産ではないからこそ、先代から受け継いだ流れを守る義務が自分にはあるのだと猛は語る。

涼子の人間性を否定しているわけではないとわかれば、今はそれだけで十分だ。自分が願うように、自分の行いを受け取ってもらえないのは、佐倉で散々学んでいる。

涼子だって、剛志の意図を理解しようとせず、一度は彼を突き放し、傷付けた。

それでも気持ちを通じ合わせることができたのは、この愛情は本物だと信じることができたからだ。だから他の誰かの横槍で駄目になったりしない。もし駄目になるとしても、それは他の誰かのせいではなく二人の問題だ。

最後に涼子は、穏やかに言い添える。

「長男は、損な役回りですね。家族を思って口を出すのに、うるさがられるだけで感謝はしてもらえないんですから」

それは拓海という弟を持つ涼子が、彼の尻ぬぐいをする度に感じていることだ。

その言葉に、猛はお手上げだと言いたげに軽く手を上げる。

相容(あいい)れる関係ではないが、その瞬間だけ、奇妙な連帯感が生まれた気がした。

社長室のデスクに脚をのせ、リクライニングのきいた椅子に背中を任せる剛志が不機嫌そうに息を吐くと、応接用のソファーに腰掛けパソコンを操作していた尚樹が物言いたげな視線を向けてきた。

「うるさい」

睨(にら)んでくる剛志に、尚樹が呆れた顔をする。

「なにも言っていませんが」

「お前は気配からしてうるさいんだ」

理不尽な言葉に、尚樹はいよいよ限界と頭を振って言い返す。

「そんなことを言うなら、帰ったらいいでしょう」

デスクまで譲ったのにその言われ方は納得いかないと睨む尚樹に、剛志はそう言われれば確かにと目を軽く見開き手をひらひらと動かす。

相手をバカにしているとしか思えない剛志の様子に、尚樹がため息を漏らした。

「半分は恋人との待ち合わせの時間潰し、もう半分は嫌がらせだ。気にするな」

ニヤリと片側の口角のみを器用に持ち上げて笑う剛志に、尚樹が心底迷惑そうに息を吐いたが、次の瞬間ピクリと反応する。

「恋人、本当にいたんですか？」

「お前に恋愛ができて、俺にできないわけがないだろ」

この男をどうしてくれようかと目を細める尚樹に構わず、剛志は姿勢を直して口を開いた。

「ところで本題だが、芦田谷家主催のパーティーの手はずを整えてほしい」

「はあ？」

「あと数日で我が家の月下美人が咲く。そのお披露目をしたい」

「なんのために？」

そう呟いた尚樹はパソコンを操作する。どうやら月下美人を検索しているらしい。

「その花は一年に一夜しか咲かない。だから我が家では毎年、開花する夜に、花を愛でるパーティーを開く」

「なるほど、パーティー好きの芦田谷会長が好きそうな口実だ。招待される側は、毎年、いつ開花するかわからぬ花に振り回されているというわけですね。お気の毒なことです」

皮肉たっぷりに返す尚樹は、わざとらしい拍手まで付けてくる。

もうじきそれが自分の義理の父になるという現実を、忘れているのだろうか。

「言っておくが、寿々花と結婚すれば、お前もその気の毒な招待客の一人になるんだからな」

半眼で言った剛志の言葉に、尚樹の頬が引き攣った。

「毎年恒例なら、それこそ芦田谷家お抱えのコーディネーターに任せればいいでしょ」

「海外で暮らす母が、開花の瞬間の映像を中継してほしいと言い出した。もともと母の気を引くために毎年咲かせている花だから、父の気合の入れようも並々ならぬものがある」

「それならなおさら、それ相応の業者に頼んだ方がいいのでは」

「俺に恩返しをするんだろ？　素直に従ったらどうだ？　それに、君にとっては父に恩を売る、いいチャンスだと思うが？」

剛志の言葉に、尚樹が黙する。

その言葉の裏にどんな思惑があるのか窺っているようだ。

「随分俺に都合のいい恩返しですね？　俺への嫌がらせをライフワークにしている貴方らしくもない」

ズケズケと言い返してくる尚樹に、剛志はデスクに肘をつき、組み合わせた手に顎をのせて言う。

「クニハラの奥方に借りができた。寿々花のために、貴様に花を持たせてやる」

薄く微笑み、あくまでも善意の行いであると主張する剛志に、その仕草を真似るようにソファーの肘掛けに肘を預け、組んだ手に顎をのせた尚樹が微笑む。

「信用できません。絶対に裏があります」

尚樹がにこやかに返せば、剛志もまたにこやかな微笑みを返す。

互いの腹を探り合うような微笑みの応酬がしばらく続いた。だが、男二人でなにをやっているのだと、先に冷静さを取り戻した剛志が、やれやれと首を横に振る。

「わかった。では選択肢をやる。俺の言いなりになって兄を敵に回すのと、俺に手を貸さず寿々花に嫌われるのと、どちらがいい？」

「なんですかその、まったく選択の余地がない二択は？」

呆れた顔をする尚樹に、剛志はニヤリと笑う。

寿々花に嫌われるなどという選択肢が、この男にあるわけがないのだ。

「では、俺の指示に従ってもらおう」

「やっぱり、なにか企(たくら)んでますね?」

姿勢を直す尚樹の表情は、悪戯(いたずら)を企(たくら)む少年のそれとなっている。

「ちょっと欲しいものを手に入れたいだけだ。そして喜べ、こう見えて俺は結構いい奴だから、ついでに皆の願いも叶えてやるよ」

そう宣言した剛志が手の内を明かすにつれ、尚樹の口角も上がっていくのだった。

7 月下美人の下で

――今宵、我が家の月下美人が咲くので迎えに行きます。


「……」

なにかの歌の歌詞のような剛志からのメッセージに、涼子の背筋が伸びた。

猛と対峙した後、落ち合った剛志に「屋敷の月下美人の花が咲いたら、君を恋人として正式に家族へ紹介したい」と予告された。

そして剛志に「逃げるなら今のうちだ」と、まったく逃がす気のない不敵な笑みを向けられた。そう言われれば、お約束のごとく「受けて立ちます」と返してしまったのだが……

いざその日を迎えると緊張してしまう。

逃げたい……とは違う感情が、足下からせり上がってきて全身を包んでいく。

芦田谷家のパーティーには参加したことがあるから、どれだけ盛大で著名な人たちが出席するかは承知している。今までは他人事で、自分はその他大勢のモブでしかなかった。だから、心ゆくまで美酒を楽しんでいられたが、今日は違う。

自分がパーティーの主役に躍り出るなんて、本来ならあり得ない話だが、それでも剛志のために今日を乗り越えなくてはならない。

——きっとこれは、武者震いというやつだ。

自分の内側から込み上げてくる感覚の名に気付いた涼子が、静かに覚悟を決めていると、険のある声が聞こえた。

見ればすぐ近くのデスクで、佐倉が部長に叱責されている。

一瞬、またなにかミスをしたか、任された仕事を放置していたのだろうと思ったが、部長がわざわざ彼女に仕事を頼むとも思えない。

それに佐倉の本社勤務は今日が最後だ。なおさら彼女に仕事を頼むことはないはずだが。

「……？」

つい気になって聞き耳を立てていると、佐倉がパソコンの共有フォルダにあった部長のファイルを消去してしまったらしい。

部署内の誰もがアクセスできる共有ファイルの情報は、それほど重要性はない。業務に使う書類や挨拶（あいさつ）文のひな形が入っているくらいなので、間違って消したところでそれほど大きな問題はないだろう。

それでもああして部長が佐倉を叱責（しっせき）している理由は、彼女に反省の色が見えないからだ。へらへらと笑って言い訳を並べるばかりで、謝罪の言葉もない。

笑ってやり過ごそうとする彼女の態度に、異動の腹いせにわざとファイルを消したのではないかとその場にいる誰もが訝（いぶか）っている。

――嫌なものを見てしまった……。

昂（たかぶ）っていた感情の熱が、微かに下がる。そのことを感じながら、涼子はマウスを操作すると立ち上がった。

「お話し中すみません。部長、ファイルに入っていたひな形を印刷したものがあるので、佐倉さんに打ち直してもらってはどうでしょうか？」

本当は涼子のアカウントの中に、一通りの書類のひな形は入っている。

でもそれでよしにしてしまっては、部長の怒りは収まらないだろうし、佐倉のためにもならない気がする。お節介とは思うがそう提案してみた。

すると、いつまでも佐倉を叱っていても仕方がないと思い直したのか、部長がそれをここでの最後の仕事にするよう佐倉に言い渡した。

「じゃあこれ」

気を落ち着けるためか席を立つ部長の背中を見送り、涼子は佐倉に書類を差し出す。

「時間内に終わらなかったら、残りは先輩に任せていいですか？」

それを嫌そうに受け取る佐倉は、不満げな視線を向けてくる。

「悪いけど、今日は約束があるから助けてあげられないわ」

まだ午前中なのだから、今から始めれば、時間は十分に足りる。最初から保険があると、佐倉はそれをあてにして、努力をしないのが目に見えていた。

正直に答えると、佐倉がグッと唇を引き締める。

しばらく黙り込んでいた佐倉は、不満げに息を吐いて涼子を見た。

「なにそれ、リア充自慢ですか？」

なんでそうなるのだと呆れていると、印刷されたひな形をパラパラ捲る佐倉が、視線をチラリと移して言う。

「大体、これを一生懸命入力したところで、私は使わないんですけど。やるだけ無駄ですよね？」

自分のことしか頭にない佐倉の発言に、部長が怒った後だからと呑み込んだ言葉が抑えられなくなる。でも苛立ちのまま正論をぶつけたところで、佐倉の胸には響かないのは経験済みだ。

自己中心的な佐倉の世界には、恐ろしいほどに彼女しか存在していないのだから。

「間に合わなかったら、そのままで帰っていいですか？」

涼子の嫌がる反応を誘うように、佐倉がチラチラと書類と涼子を見比べてくる。

「佐倉さんがそうしたいのなら、そうすればいいよ」

思いがけない言葉に、佐倉が驚いたように目を瞬(またた)かせる。

そんな佐倉の目をまっすぐに見つめて、涼子はゆっくりと語りかけた。

「貴女が言うとおり、異動する貴女にとっては、意味のない仕事かもしれない。この部署のスタッフの記憶に残る最後の姿がそれでもいいんだったら、好きにしたらいいわ」

誰かへの意地悪や、自分が楽をしたいからと手を抜けば、それは自分の評価として返ってくる。

今回の異動がいい例だし、異動にあたっての送別会がないのもそういうことだ。

そのことには、さすがの佐倉も気付いているだろう。

「それって、嫌味ですか？」

唇を引き結ぶ佐倉に、涼子は首を横に振る。

「私としては、餞(はなむけ)の言葉のつもり」

ここ最近のことを思い出しつつ、涼子は続ける。

「一度や二度、思いどおりにならないことがあっても、それで人生が終わるわけじゃない。上手くいかなかったら、努力して次に繋げていけばいいのよ」

「……」

「次のところでは、もう少し頑張ってみて。誰かのためは、結局のところ自分のためになるから」

自分にとって都合のいい話にしか反応しない佐倉に、涼子の思いがどこまで届くかはわからない。

でも佐倉が、自分のためにしか頑張れないというのであれば、それでもいいから頑張ってほしい。

その少しが誰かの助けになって、周囲の反応が変わる。そうなれば、いつか彼女自身の気持ちも変わることがあるかもしれない。

「まあ私のお小言も、これで最後だから」

佐倉の心になにも届かなかったとしても、自分にできることはもうない。

剛志にも語ったように、人は正しい正しくないではなく、自分が希望する道を選択してしまうのだから。

結局のところ、人が変わるには己の努力しかないのだと、涼子は軽く肩をすくめて仕事に戻った。

そのまま一日の業務を終え、帰り支度を済ませた涼子がエレベーターホールでエレベーターが来るのを待っていると、大きな荷物を抱えた佐倉が近付いてきた。

「……」

「言っておきますけど、仕事はちゃんと最後までやりました」

涼子がなにか言う前に佐倉が言う。

その、批難するような声色に、彼女らしさを感じて笑ってしまう。

——どうせなら、普段からその速度で仕事をしてくれたらよかったのに……

そうは思うが、今さら言っても仕方がないことだし、ちゃんと最後まで仕事をしたのであれば、佐倉なりになにかを感じてくれたのかもしれない。

そんなことを考えつつ、やってきたエレベーターに乗り込むと、同じく乗り込んで来た佐倉が当然のように隣に立つ。

抱える荷物に他の人の体が触れると、嫌そうに荷物を揺らして露骨に不満の意思表示をする。そうやって自分のスペースを確保する佐倉が、涼子を睨(にら)むように見上げてきた。

「私の名前、なかなかじゃないですか？」

「まあ……」

佐倉ティアラ。初めて聞いた時、珍しい名前だと思ったのは事実だ。

頷いていいものかわからず、曖昧（あいまい）に首を動かす涼子に佐倉が言った。

「知ってますか？　ティアラって、お姫様の冠（かんむり）のことなんです。だから私は、お姫様じゃないんですよ」

そう言って息を吐いた佐倉は、涼子の反応を待つことなく続ける。

「我が家において、お姫様は永遠にママなんです。お伽噺（とぎばなし）のような妄想の中に生きるママにとって、私は幸せな結婚をした自分の人生を彩（いろど）るための小道具で、将来のコースも決められているんです」

「……ちなみにどんな？」

「可愛くて甘えっ子。本社勤務で出会ったエリートと結婚して家庭に入って、ご飯は全部手作り。暇な時間はママと一緒にお出かけして、可愛い孫を産んだ後はママと仲良く子育てをするんです」

淡々と語る佐倉の横顔に、いつもの甘ったるさはない。

「貴女の希望は無視された人生プランね」

思わず口元を歪（ゆが）める涼子に、佐倉が冷めた声で返す。

「ええ。私の意思なんてまったく無視です。そんなママだから、異動になったことをなかなか言い出せずにいたんですけど、いよいよ内緒にしているわけにもいかなくなって、昨日報告したら……すごく叱られました」

彼女がそう言ってため息を吐くタイミングで、エレベーターが一階に着いた。

扉が開き、一緒に乗り込んでいた人たちの流れが落ち着くのを待って、エレベーターを降りながら佐倉が続ける。

「ずっとママの言うとおりにしてれば幸せになれると思っていたけど、散々叱られた後に『終わった』『ママの予定が台無し』『一生懸命育てたのに』って、泣かれました」

「何故？」

理解不能と首をかしげる涼子に、正面ゲートへと向かう佐倉が返す。

「支店にエリートはいないからですよ。最高のエリートと結婚しないと、裕福な専業主婦になれないでしょ？　裕福な専業主婦じゃないと、ママとお出かけしたり、いい家に住んでのんびり子育てしたりできないからです」

「……」

なかなか偏見に満ちた考えだ。支店にだって、素晴らしい人は多くいると思うのだが。

もしかして結婚したら仕事を辞めると決めつけていたから、佐倉の仕事への取り組み方はああだったのだろうか、と今さらながらに気付く。

「ママにとって私は、もう終わった人なんですって。でも先輩から見たら、私の人生はまだ終わっていないんですね」

前を向いて歩く佐倉は、胸を張ってゲートを抜けていく。

人は、自分が信じたいと思う言葉に耳を傾ける。

今まで母親の言葉だけを信じてきた佐倉が、涼子の言葉に耳を傾ける気になったのは、彼女自身がこれで終わりと思いたくない証拠だ。

「そうだね。ある意味、これから始まるんじゃない？」

同じくゲートを抜ける涼子を振り返り、佐倉が言う。

「そうですね。私、ママの言うことが正しいって信じていた自分が、急にバカらしくなりました。大体ママが夢見るお伽噺（とぎばなし）のような恋愛なんて、現実にあるわけがないんです」

佐倉は、ようやく目が覚めたと言いたげに肩をすくめた。

よく見れば昨日泣いたのか、いつもより腫（は）れぼったい目はメイクが控え目で、普段より落ち着いた雰囲気を醸（かも）し出している。

でも涼子はその言葉には、曖昧（あいまい）に微笑むことしかできない。

そのまま二人で本社ビルを出ると、出てすぐの道に人だかりができていた。

何事かと様子を窺（うかが）う佐倉とは違い、涼子には察しがついている。

「佐倉さん、現実にもお伽噺（とぎばなし）のような恋愛はあるわよ。ただ、今時の王子様は、自分の足で幸せを掴みに行くような子を好むみたい」

佐倉にそう言って、涼子は彼女の肩を軽く叩いて手を振る。そして、路上に停まるリムジンへ躊躇(ためら)うことなく歩み寄った。

リムジンから降りてきた運転手が、涼子に深々とお辞儀をする。

「柳原涼子様。芦田谷様より、お迎えを仰(おお)せつかってまいりました」

多忙な人だし、さすがに本人が迎えに来ることはできなかったのだろう。

代わりによこした運転手の仰々(ぎょうぎょう)しさは正直恥ずかしいが、これも彼のために乗り越えるべき一歩だと思えば、誇らしくもある。

「ありがとうございます」

一言お礼を告げリムジンに乗り込んだ涼子は、扉が閉められる直前、ポカンとこちらを眺める佐倉にウインクした。

秋は夜の訪れが早い。
昼間はまだ暖かさを感じることもあるのだが、夜のとばりが落ちたこの時間、庭の草木を撫でる風ははっきりと冷気を含んでいる。
それでも今日の芦田谷家の庭は、風の冷たさより、人々の熱気の方が勝(まさ)っていた。
着飾った男女がグラス片手に庭を行き交い、楽しそうに言葉を交わしている。そんな彼らを、足下に点在する照明や、等間隔に並ぶ色取り取りの麻糸を丸めたような小さな照明が優しく照らしていた。

シャンパングラスを片手に招待客へ挨拶して回る剛志は、ふと視線を上に向ける。

さっきまで茜色の夕日の名残が見えたはずの空は、いつの間にか深い紺色一色となり、月とまばらな星が輝き始めていた。

「いいパーティーですね」

背後から聞こえてきた声に視線を向けると、タキシード姿の尚樹がいた。

パーティーの準備を完璧に取り仕切った彼の言葉は、自画自賛以外のなにものでもない。

「……」

お褒めの言葉を待っているのか、タキシードの襟元を指で引っ張り胸を張る尚樹に、嫌味の一つでも言ってやりたくなる。だが隣に、國原夫妻の姿があるので我慢した。

「芦田谷家のパーティーとしては、随分こぢんまりしたものだがな」

「突然、庭の花が咲くから見に来いと命じられて、これだけの人がやって来るのだから、さすが芦田谷家といった感じですけどね」

剛志の嫌味に、尚樹も嫌味で返す。その様子に、尚樹の友人でもある國原昂也が、眉間の皺を揉んだ後、尚樹の袖を引いて窘めていた。

そんな男三人の緊張感を和ませるように國原夫人が口を開いた。

「月下美人の開花を見るのは初めてだから楽しみです。寿々花さんから、芦田谷家にとって特別な花だと聞いています」

「そうだ。あれは若かりし日の父が、母に温室と共に贈った花で、我が家の象徴のようなものだ」

朗らかに語る比奈の声に賛同したのは、剛志ではなく、その兄である猛だ。

がっしりとした骨格の彼は、艶やかな光沢のタキシード姿で威風堂々と歩み寄ってくる。そうしながら、視線で尚樹を威嚇した。

「今日はご苦労」

頭を下げるどころかグッと背中を反らして一際視線を高くした猛は、鷹揚に尚樹をねぎらう。

「いえ。伝統ある芦田谷家、特に貴方のお役に立てて幸いです」

珍しく謙虚な台詞を口にした尚樹は、顎をついと持ち上げて続けた。

「由緒ある存在というものは、伝統と歴史にがんじがらめで変化を嫌う。結果、新しいコンテンツに馴染めず、時代の流れに取り残されることが往々にしてあります。寿々花の兄がそれでは、忍びないですから」

しっかり皮肉を口にした尚樹に、猛の頬がピクリと痙攣する。

この緊迫した空気をどう緩和させようかと、國原夫人がせわしなく視線を動かしているうちに、使用人が月下美人の開花が始まったと告げに来た。

結果、流れで五人揃って温室へ足を向けることになる。昂也がさりげなく尚樹の腕を引き、芦田谷兄弟と距離を取った。

どうやら昂也は、尚樹になにか小言を言っているらしい。二人の背中を追いかける國原夫人、そこから少し離れて芦田谷兄弟という順で歩く。

「寿々花は？」

「もう一人の友人が来るのを、広間で待つそうです。もう着くはずです」

涼子の参加を示唆する剛志に、猛の目が微かに細まる。

「……今日は、お前に紹介したい女性がいる」

そう話題を変えた猛は、誰もが知る大企業の令嬢の名前を口にした。懲りずにこのパーティーを見合いの場に活用しようとしているらしい。

「俺も、兄さんに紹介したい女性がいます。親父殿にも紹介するつもりです」

剛志の言葉に、猛が重いため息を吐く。

「親父殿は、息子の結婚をご所望だ。いい年をした息子が、不利益な交友関係を深める姿を見せても喜ばん。紹介するなら、芦田谷家の利益に繋がる女性にしろ」

猛が涼子と会ったことは、彼女から聞いている。

涼子との関係を認める気はないと語る兄に、剛志はそっと首を横に振った。

「彼女は俺にとって掛け替えのない女性です」

「女一人のために、芦田谷家の名を捨てるか？」

バカな考えはやめろと命じる猛に、剛志は大袈裟に目を見開く。

「俺がそんなことをする人間に見えますか？」

「いいや。お前は、骨の髄まで芦田谷家の人間だ。傲慢で野心家。時代の流れを肌で感じて、世界の荒波を乗り切る才覚があるし、それを世に誇示せずにはいられない。世界を相手どる愉快なゲームから降りて、平凡な人生を送ることに満足できるわけがない」

「否定はしません。俺は芦田谷家の一員であることに、誇りを持っています。それに兄さんと組めば、たとえ世界が相手でも簡単に負けることはないでしょう」

「負け戦など、この私が許すはずがない」

剛志の言葉に、猛が満足げに頷いて続ける。

「火遊びがしたいのなら、もうしばらくは目をつぶっていてやる。だが、芦田谷家の次期家長として、私の認めない女性と結婚することは許さん」

涼子との関係を、そのうち終わる火遊びと決めつけられるのは面白くない。

だからこそ、もう腹を決めている。

月を見上げ、剛志は薄く笑う。

「心配しなくても、芦田谷家の人間として、家長の判断に逆らったりはしません。ただ万に一つの可能性として、兄さんが彼女を芦田谷家に迎え入れてもいいと思ったら、その証として、月下美人の花を彼女に贈る……なんてことはないですかね？」

「ないな」

冗談めかした口調で語る剛志の提案を、猛がすかさず否定する。もとより涼子との関係を認める気がないうえに、あの花は母の宝物なのだから、勝手に切るなんてあり得ない話だ。

猛の意見に、剛志はもっともだと頷いておく。しかし兄から背けたその顔は、笑いを堪えきれない。

そのまま道を進むと、柔らかな照明に照らされる温室が見えてきた。

それを取り囲むように、グラスを手に着飾った人たちが談笑している。

普段は閉められている場所も全て開放しているため、外からも温室の中がよく見えた。

一足先に温室に着いた國原夫妻は、温室の中へと入っていく。尚樹がそれに続かず人の輪から少し離れた場所に移動したのは、寿々花の到着を待つためだろう。

猛はそんな尚樹を一瞥して温室へ入ったので、剛志も尚樹に目配せしてそれに続いた。

高い位置で首をもたげる月下美人は、既に数輪が白く艶やかな花びらを大きく広げているが、まだ蕾もある。

兄と並んで温室へ入ると、月下美人の上品な香りが辺りに漂っていた。

一夜の夢に人を誘い込むような甘い香りだ。

「綺麗……」

近くにいた國原夫人が感嘆の声を漏らした。その感想に、その場の誰もが同意する。

毎年目にする眺めではあるが、一夜しか咲かないこの花の存在感には心奪われる。

花がよく見える位置に設置された椅子に腰掛けるのは、父の芦田谷廣茂。

こういう華やかな場所では、取り巻きに囲まれ騒々しく語らうのが好きな父だが、今日は一人で椅子に腰掛け電話をしていた。

いつになく穏やかな父の表情を見れば、電話の相手は母だとわかる。

廣茂と同じ角度で花が見えるよう設置されたカメラの映像を海外で眺める母と、開花の様子を電話で語り合っているらしい。

國原夫妻は、電話中の廣茂に短い挨拶をしに行った。

「カメラはあんな玩具みたいなもの一つか？」

廣茂のかたわらに置かれた黒い小さな箱のようなものがカメラだと気付き、猛が不満げな顔をする。

「画質としては十分とのことです。母さんが違う角度からも花が見たいと言うのに備えて、あえて持ち運びできるものにしてあるそうです。それにもう一つ、あそこにも高画質なカメラを固定で設置しています。同時に、こちらの音声も映像と一緒に母さんへ届いているみたいですよ」

それでも廣茂があえて電話で話しているのは、母の声を独占したいからだろう。

説明を聞いた猛が、納得した様子で頷いた。

「涼子」

廣茂への挨拶を済ませた國原夫人が、温室の入り口に向かって小さく手を振る。

その声に導かれるように視線を向けると、寿々花と尚樹と連れだって歩く涼子の姿が見えた。

艶やかな長い髪はそのままに、シンプルなドレスを着こなすのは相変わらずだが、以前に比べてどこか甘い空気を纏っているように感じるのは、惚れた男の贔屓目というヤツだろうか。

「会いたかった」

愛おしそうな表情で歩み寄った剛志は、涼子を軽くハグしてそのまま彼女の肩を抱く。

親密さを隠さない剛志の態度に、周囲からさざ波のようなどよめきが広がる。

結婚相手を探しているはずの芦田谷家の次男がこれほど親しげな態度を取るのだ。瞬く間に憶測が飛び交うことだろう。

周囲の反応を楽しみながら剛志がチラリと猛に視線を向けると、存在感のある眉を不機嫌そうに寄せている。だが剛志は、涼しい顔で涼子の肩を抱く手に力を込めた。触れた瞬間、彼女の肩が緊張して震えているのがわかったからだ。

「覚悟はいいか?」

「もちろん」

頷く涼子の目に、闘志を感じる。自分の告白を、受けて立つと返した彼女らしい。震えているくせにと笑ってしまう。

それでも自分についてきてほしいと、祈るような思いで彼女の肩を抱いて歩き出す。

廣茂の方へと向かう剛志と入れ替わるようにして、尚樹が猛に歩み寄り話しかける。

それを横目で確認して、父の前……というより、同じ目線でこちらを見ているであろう母と向かい合う。

「彼女は寿々花の……」

剛志が声をかける前に、そう言ったのは廣茂だ。

寿々花の友人の肩を剛志が抱いていることを怪訝(けげん)に思いつつも、父が母に涼子を紹介しようとする。その言葉を途中で引き継ぐ形で、剛志が母に話しかけた。

「寿々花の友人であり、俺の愛する女性、柳原涼子さんです」

その言葉に廣茂が目を丸くした。

「な、なにを言ってる……」

戸惑う父の反応さえも楽しみながら、テーブルに置かれたカメラの向きを変えて母に宣言する。

「そして、我が家の月下美人と両親の見守る前で、彼女にプロポーズをしようと思います」

剛志はそのまま床に片膝をつき、胸ポケットから光沢のある小さな箱を取り出した。

箱の蓋を開けて、指輪を見せながら涼子を見上げると、驚きで固まっている。

家族に紹介したいとは伝えていたが、プロポーズされるとは思っていなかったのだから当然だろう。そんな彼女に、挑発的な視線を向けて告げる。

「涼子、結婚してほしい。ただ我が家の名前を重く感じるのであれば、遠慮なく断ってくれ。俺には、なかなか面倒な父と兄もいる。それでも、この気持ちを抑えられないほどに、君を愛しているんだ」

剛志の台詞に、周囲がどよめくと同時に、廣茂が息を呑む。ほとんど聞き取れないが、電話越しに母がなにか言っているようだ。

涼子と視線を重ねていて確認することはできないが、背後では、尚樹が嬉々として猛に「公衆の面前で、弟さんに恥をかかせますか？」「それはそれで面白いですけど」などと耳打ちしていることだろう。自分への恩返しとして、尚樹に頼んだのはそれだった。

ここで涼子に断られれば、芦田谷家の面々が足枷となり、女にフラれたと笑われるだろう。そして彼女が承諾した後に破談となれば、今度は芦田谷家の人間が、婚約者に逃げられて結婚できなかったと噂されるはずだ。

剛志としては、涼子のためならば、恥をかくこともいとわない。だが自分以上にプライドが高く、負け戦を嫌う猛ならば、弟が公衆の面前でフラれることも、自分のせいで相手に逃げられたとそしられることも、受け入れることはできないだろう。

しかも、毛嫌いしている尚樹の前でとなればなおさらだ。

「……」

返答を悩む涼子の視線が、微かに泳ぐ。猛や廣茂の反応が気になるのだろう。

そんな涼子に向かって、大股に歩く靴音が響いてきた。

乱暴に踵を打ち鳴らすのは、不機嫌な時の猛の足音だ。

それを証明するように、視界に入ってきた猛は、これ以上ないくらい顰めっ面をしている。

二人に視線を向けることなく月下美人に歩み寄った彼は、乱暴に月下美人の花を手折ると、それを指輪を捧げる剛志の胸ポケットに挿す。

直接涼子に渡す気はないが、反対はしないという意思表示だろう。

思いがけない長男の行動に、廣茂の手からスマホが滑り落ちて床でコマのように回転する。

「逃げるなら今のうちだぞ？」

もう一度、挑発するように語りかけると、涼子の顔に強気な表情が浮かんだ。

「私を侮らないでください」

プロポーズに対して、その返答はどうかと思うが、それ以上の嬉しさに笑ってしまう。

「ありがとう」

立ち上がった剛志は、指輪を涼子の左手薬指にはめる。そして、胸ポケットの月下美人を涼子の髪に挿した。

「嬉しい」

指輪をはめた左手で耳元の花に触れる涼子に微笑み、剛志は床に落ちた父のスマホを拾い上げ、語りかける。

「俺が結婚しないと寿々花も結婚できないので、二人のためにもさっさと結婚することにします。……意味がわからない？　詳しく教えますから、今すぐにでも帰ってきてください。なかなか愉快な数ヶ月だったので、彼女を紹介がてら報告しますよ」

軽くチクッて、スマホを廣茂に返す。

あたふたしながらスマホを耳に当てる廣茂の表情を見れば、なんだかんだいっても返事は彼が望むものだったのだろう。

母が帰ってくれば父は満足だし、自分と涼子が結ばれることで、寿々花の結婚の妨げもなくなる。

渋々涼子を受け入れる形になった猛が、尚樹に八つ当たりするのは目に見えているが、まあ問題ないだろう。これで全ての人が幸せになれると、剛志は思いどおりの結果に満足する。

「愛している」

家族の前で臆面もなくそう宣言すると、それを祝福するようにポンッと微かな音がして、新しい月下美人の花が開いた。

一通りの祝福を聞き終えた後、剛志に猛が歩み寄る。

「やってくれたな」

そう唸る猛の声は、怒っているというより呆れている感じだ。

「骨の髄まで芦田谷家の人間ですから、欲しいものを諦めるなんてあり得ません。親父殿も認めたし、兄さんも公の場で彼女を受け入れたのだから、もう反対はさせませんよ」

自分は寿々花と違い、家族を目的を果たすための駒として使うことに躊躇ったりはしない。

そう牽制する剛志に、猛が苦い顔で言う。

「愚かだな」

花を見上げてはしゃぐ女性陣を遠目に眺めながら、猛がグラスに口を付ける。

酒を一口飲んだ猛は、低い声で付け足した。

「私は、反対してやったからな」

「……？」

それはどういう意味かと視線を向けると、猛が苦々しく言う。

「家のための結婚でさえ、別れる時にはそれなりの痛みを感じたんだ。情を持って結婚した相手に別れを切り出されたら、痛みはその比ではないだろう」

「……」

――離婚に、傷付いていたんですか？

衝撃のあまり口を突いて出そうになった言葉を、すんでのところで呑み込む。

プライドの高い猛が、そんなことを認めるわけがない。それに今さら聞いても詮無いことだ。

「そんなことにはなりませんよ」

そう断言して、こちらへと視線を向ける涼子に視線で合図した。

剛志と視線を合わせ、月下美人の下で微笑む彼女を見れば、それだけで心が満たされていく。

はにかんだ表情を浮かべた涼子は、耳元の月下美人に手を添えて会釈する。

認めてくれた猛への感謝を示しているのだろう。

「花を贈った私に恥をかかせないためにも、幸せになれ」

そう言って肩を叩いてきた仏頂面の猛に頷き、剛志は涼子を迎えに行くのだった。

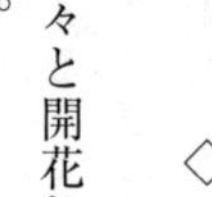

◇　◇　◇

次々と開花していく月下美人の花が全て咲ききると、涼子は剛志に外へと連れ出された。

賑やかなパーティー会場から抜け出した涼子は、ふと足を止め温室を振り返った。

月夜の中、そこだけが温もりを感じる灯りに浮かび上がって見える。

「涼子」

道の途中で急に足を止めた涼子の手を、剛志が軽く引いた。

「二人だけで飲み直そう。君に飲ませたいワインがある」

「……なんだか、幸せ過ぎて夢を見ているみたいです」

満開の月下美人、穏やかなパーティー、美酒、華やかな人々の喝采。そして、親友たちの心からの祝福。そのどれもが、幸福の形をしていて、現実の出来事ではないみたいな気がしてしまう。

夢見心地な表情で左手の指輪を確認する涼子の右手を、剛志が強く握る。

「夢じゃない。それに幸せになるのは、これからだ。……やるべきことはたくさんある」

涼子の家族への挨拶に、式の準備。この先の仕事や住まいをどうするか……

繋いでいない方の手で、剛志が結婚の段取りを指折り数えていく。そんな彼の顔を覗き込んで涼子が楽しそうに言った。

「そういうのを一つ一つこなしていくのって、幸せへの階段を上っていくみたいでいいですね」

一緒に考えながらクリアしていきましょう、と笑う涼子に、剛志がクシャリと笑い返した。

これから先、二人で一緒に幸せを積み重ねて生きていくのだと、改めて実感する。

「行こう」

そう言って手を引く剛志と、涼子は並んで歩き出すのだった。

エピローグ　祝杯

家族の怒りが収まるまで、しばらくホテル暮らしをする気でいたと話す剛志は、以前、泥酔した涼子が目覚めたのと同じ部屋に彼女を連れてきた。

前回は部屋の雰囲気を楽しむ余裕もなく、起きて数分で部屋から逃げ出した。だが、あの日、この部屋で目覚めてから、涼子の世界が一変したことを考えたら、なんとも感慨深い。

「なにしてるんだ？」

シャワーを浴びてきた剛志が、一足先にシャワーを浴び、バスローブ姿で窓の外を眺める涼子に声をかける。

「夜景を楽しんでいました」

涼子が身を預けているソファーは、大きな窓に面して置かれていて都内の夜景を楽しむことができる。剛志は、ソファーの背もたれ越しに彼女を背後から抱きしめた。

「月下美人の香りがする」

そう囁(ささや)いた剛志は、涼子の存在を確かめるように深く息を吸い込む。

「剛志さんからも」

お互いシャワーを浴びたのだからそんなはずはないのに、剛志の肌や髪から月下美人の甘く上品な香りを感じる。それは、さっきまでの興奮が深く記憶に刻まれているからだろうか。

剛志の手に自分の手を重ねた涼子が、首を後ろに向けると、その動きに応(こた)えるように剛志が身を乗り出し、唇を重ねてきた。唇が重なるだけで、愛おしさが込み上げてくる。

「祝杯をあげよう」

唇を離した剛志は、姿勢を戻して一旦部屋を出ていく。

すぐに戻ってきた彼の手には、グラスとワインがあった。

「ウチのワイナリーのワインだ。支配人が二人で飲むようにと贈ってくれた」

その言葉に、あの人の良さそうな支配人の顔を思い出す。

涼子と向き合うよう窓の出っ張りに腰掛けた剛志は、そこにグラスを二つ置き、ワインのコルクを抜いた。

「来年には、君が戻した葡萄(ぶどう)もワインになって返ってくるよ」

ボトルを傾けグラスにワインを注ぎながら剛志が楽しげに言う。

ワインの入ったグラスを受け取り、涼子が小さく笑った。

「どうした？」

「私たち、親しくなってまだ日が浅いのに、それなりに思い出があるなって……」

笑顔の理由に納得した剛志は、室内をぐるりと見渡した。

「この部屋も」

悪戯(いたずら)な顔で返す剛志は、乾杯の合図として軽くグラスを掲(かか)げてワインに口を付ける。

「まあ……」

自分でも思っていたのだが、人に言われると恥ずかしい。

涼子ははぐらかすように視線をワイングラスに向ける。ルビーのように赤い液体が、グラスの中で揺れた。それを口に運ぶと、芳醇(ほうじゅん)なワインが喉を撫でていく。

「勝利の美酒」

目を細め、その味を堪能する涼子の表情を見て、剛志が楽しそうに告げる。

そして自分の分のワインを飲み干した剛志は、窓枠から下りると、涼子の前で膝立ちになり彼女と向き合う。

「今日は驚いた?」

「当然」

家族に紹介したいとは言われていたが、まさかプロポーズをされるとは思ってもみなかった。なにより、その場で猛や芦田谷会長に受け入れてもらえるなんて考えてもいなかった。

「嫌になった?」

「まさか」

それだけはあり得ないと強い視線を返す涼子に、剛志は穏やかに笑う。

「よかったよ」

そう呟いた剛志の唇が、そっと涼子の唇に重なる。重なる彼の唇はワインで湿り、微かに甘さを感じた。彼自身、甘く魅惑的で人を惹きつけてやまないワインのような人だ。

そのうえ、傲慢な優しさで涼子の人生を一変させてしまうのだから、ワインと言うより甘美な媚薬なのかもしれない。

そんなことを考えている間に、彼の唇が涼子の頬に移動する。頬の次に耳と瞼に口付けされ、再び唇にキスをされた。

「芦田谷家の人間であることをやめる気はないが、君を手放す気もない」

欲しいもの全てを手に入れてみせると、傲慢な表情で嘯く剛志は、重なる唇を舌で割り開き、涼子の口内へ舌を這わせた。

絡み合う舌は、アルコールのせいでことのほか甘い。

その甘さに誘われて涼子からも舌を絡めていく。

微かにワインの味を感じる舌が涼子の頬の内側を撫でると、背中にゾクゾクした痺れが走る。

「んっ……ふっ………」

情熱的な舌の動きに、涼子が熱い息を漏らした。

その息遣いを合図にしたように、剛志は腰を上げ、涼子を横抱きに抱き上げる。突然の浮遊感に驚き、しがみついてくる涼子の頬に口付けをして、剛志は彼女をベッドまで運んだ。

広々したベッドに涼子を寝かせた剛志は、そのまま自身の体を彼女の上に重ねてくる。

「ふぁぁ…………っぁ」

覆い被さる剛志に求められるまま唇を重ねると、性急な口付けに息をするタイミングがわからなくなる。それでも必死に舌を絡め、苦しげな息を吐きながら彼に応えた。その間に、大きな手が涼子の肩を撫でバスローブを脱がしていく。

硬く男らしい手を肌に感じて、無意識に涼子の体が緊張する。

なにも怖くないし、剛志とは何度か肌を重ねている。それでも緊張してしまうのは、肌を重ねる度に、自分の意思など関係なく、彼の激しさに翻弄され痴態を晒してしまうとわかっているからだ。

そんな涼子の緊張を知るよしもなく、剛志は自分のバスローブを脱ぎ、互いの素肌を密着させながら激しく唇を求めてきた。

休む間もない彼との深い口付けに、頭がくらくらしてくる。

ヌルリとした舌の動きに夢中で応えるうち、体の奥に熱い疼きが湧き上がってきた。

その熱を持て余して唇を離すと、剛志の唇が涼子の首筋を這う。そうしながら大きな手で涼子の左の乳房に触れた。

「あ……」

喉を湿った舌先で撫でられつつ乳房をやわやわと揉まれ、涼子が切なく声を漏らす。

その反応をしばらく楽しんでいた剛志は、不意に柔らかな胸に強く指を食い込ませた。

人さし指と中指で挟んだ乳首を、しごくように指で愛撫する。

微かな痛みを伴う刺激に涼子の肩が揺れた。それに構うことなく、剛志の舌が首筋をなぞり、鎖骨を通って胸の尖りへと移動していく。

熱く濡れた舌に硬く芯を持ち始めた頂を舐られると、それだけで涼子の腰がピクリと跳ねる。けれど、剛志の体が覆い被さっている状況では、逃げることもできない。

それを承知している剛志は、濡れた舌でまだ柔らかさが残る胸の尖りを嬲り始める。

先端だけでなく乳輪まで舌で舐ったかと思えば、前歯で甘噛みをしたり、舌先でグッと尖る乳首を押し込んだりしてきた。

「あぁぁっ」

涼子がまだ唾液の筋が残る喉を震わせていると、不意に剛志が唇を離し、コツンと涼子の額と自分のそれを重ねてくる。

「普段は強がってばかりのくせに、こういう時の涼子は素直だな」

どこかからかいの色を含んだ声で囁く剛志を見上げれば、自分を窺う灰色の瞳と目が合った。

彼の、美しさを凝縮したような灰色の眼差しに射貫かれると、息をするのさえ苦しくなるのに、目が離せなくなる。

黙って視線を合わせる涼子に、剛志がどこか意地悪な表情で告げた。

「いつも反応が初々(ういうい)しくて素直だから、つい虐(いじ)めたくなる」

「そっ」

そんなふうに言われても、別に誘っているつもりはない。

でもそれを告げる暇もなく、剛志は涼子の胸へと顔を寄せていく。

「……あぁ……。はぁ、くぅぅ………」

剛志が、柔らかな乳房を口に含み、胸の頂(いただき)を舌で転がす。そうしながらもう一方の乳房を、手で揉みしだいた。

左右の違う刺激にじっとしていることができず、涼子の踵(かかと)がシーツの上を滑る。

「ああっ……駄目っ」

弱く呟く涼子が手を伸ばして剛志の胸を押すが、そんな形だけの抵抗にはなんの意味もない。

それどころか、涼子の抵抗を楽しむように、剛志はさらに意地悪く彼女の胸を弄(もてあそ)んできた。

涼子の胸に顔を埋(うず)める剛志に柔らかな肌を吸われると、さっきまでとは違うチリリとした痛みが走る。痛いはずの感覚が、涼子の肌を甘く痺(しび)れさせた。

「も……ぁぁあっ……っ」

容赦なく与えられる舌や指での愛撫(あいぶ)に、胸は先端だけでなく膨らみ全体が痛いほどに張り詰める。剛志はそんな涼子の乳房を、強弱をつけながら揉みしだいていった。

気が付けば涼子の白い肌は、剛志の与える刺激で赤く染まっている。

胸から顔を上げた剛志が、涼子の体の変化を確かめ恍惚の息を吐く。

「涼子の全てが、俺を夢中にさせる」

剛志の表情は、まるで涼子の存在に酔いしれているようだ。

好きな人が自分に夢中になってくれることを、涼子は嬉しく思う。

「私もです」

そう返して、涼子から剛志の唇を求める。

唇を重ねたまま肌を撫でられると、剛志の指が触れた箇所から肌に甘い痺れが広がっていく。

彼は普段の傲慢さとは違い、涼子の反応を確かめるように丁寧に肌へ手を這わせる。

気が付けば、剛志から与えられる刺激を、もっと欲しいと素直にねだる自分がいた。

その願いに、剛志の手は、胸だけでなく肩や腰のくびれを撫でていく。

彼によって肌に灯されていく熱がもどかしくて、涼子が無意識に体をよじらせた。

剛志はそれを咎めることなく、彼女の好きにさせる。そうしてうつ伏せになった涼子の体に、剛志は背後から腕を絡めてきた。

「あっ！」

剛志に背中から抱きしめられて、涼子は自分の姿勢の無防備さに気付いた。

首筋や耳裏を舌で愛撫されながら、左手で胸を揉みしだかれる。

同時に、腕で腰のくびれを押さえ込み、手のひらで涼子の内ももを撫でた。

体を密着させて愛撫されるので、臀部に剛志の昂りを感じる。

熱くて硬い剛志の昂りを意識するだけで、心臓が大きく跳ね上がった。

「あっ！」

剛志の指が目指す場所を察して、咄嗟に涼子が身をよじろうとするが、それを許してもらえるわけがない。剛志は内ももの柔らかな肌を撫でるように指を這わせ、涼子の淡い毛を撫でてきた。

「力を抜いて」

優しく囁く剛志は、指で柔らかな茂みを撫で、そこに隠れる秘裂を刺激する。

「ふぁあっ」

片手で乳房を愛撫しながら、もう一方の手が花弁の入り口を刺激し、溢れ出してきた蜜を掬う。

「随分濡れている。もしかして、俺に触られる前から濡れていたんじゃないか？」

耳元に顔を寄せて剛志が囁く。

彼の言葉に羞恥心が煽られるが、体はそれに反するように蜜壺から淫らな蜜をトロリと垂らす。蜜の量が増えたことを指で感じ取った剛志が、そっと笑う。

「図星か」

彼の息遣いを首筋で感じ、涼子の頬がカッと熱くなった。

恥ずかしくて認めることなどできないが、彼が近くにいるだけで、彼が自分を求めてくれていると感じるだけで、体は淫らに彼を求めてしまうのだ。

「口では強がってばかりの涼子が、言葉とは裏腹な態度を示すことが、俺の欲望をどれだけ煽るか気付いているか？」

艶のある声で囁く剛志は、だからこそそんな涼子の反応が愛おしくて仕方がないといった様子で、秘裂に指を這わせていく。やがてその指が蜜壺に入り込み、中でクルリと円を描いた。

「はぁっ！」

蜜に濡れた柔肉を指で擦られ涼子の背中がしなる。

その背を、剛志の唇が這う。

涼子の背骨の節を数えるみたいに舌で撫でられると、背中に切ない熱が灯っていく。

もどかしさに涼子が体を動かすと、膣に沈められた指が妖しく蠢いた。

膣から滴る蜜を絡めるように蠢く指は、深い場所でやわやわと動いたかと思うと、ズルリと抜き出し、濡れた指先で肉芽をくすぐる。

「だめ、ぇ……」

「本当に?」

挑発的な声で言った剛志は、涼子の耳朶を唇でくすぐりながら指で淫らな刺激を与えていく。その動きに、涼子から溢れる蜜の量が増す。

「あぁ……っ」

腰が内側から蕩けていくような刺激に涼子が熱い息を漏らすと、剛志が耳に息を吹きかけるようにして囁く。

「嘘つき」

その言葉と指の動きが、涼子をさらに刺激する。

敏感になっている場所を遠慮なく攻め立てる指の動きに、涼子は甘い悲鳴を上げた。

身悶えながら剛志の手首を掴むが、そんな形だけの抵抗で剛志を止められるわけがない。

剛志は、人さし指と中指で涼子の熟した肉芽を挟み込み軽く捻った。

「あ、ァ、あ……!」

不意討ちの刺激に、涼子が体を震わせて喘ぐ。

その反応が気に入ったのか、剛志は繰り返し肉芽を捻ってきた。

そうされる度に涼子の体が、ビクビクと跳ねる。あまりに甘美な刺激に、涼子はただ身悶えることしかできない。剛志から与えられる愛撫に恍惚として身を任せていると、不意に中指と人さし指を膣の中へ押し込まれた。

「ぁんっ」

二本揃えた指が、強い存在感をもって涼子の媚肉を擦る。

そうしながら、もう一方の手が胸への愛撫を再開した。

膣を刺激する指は、ただひたすら甘くすぐるような優しい動きなのに、胸に触れる指は、時に痛みを感じるほどの強さがある。

そのアンバランスな刺激に混乱しながら、体が快感に溺れていく。

「やぁぁ……駄目っ」

クチュクチュと淫靡な蜜音が響き、それと共鳴するように、涼子が甘い息を吐く。

「やぁ、て、ぇっ……」

涼子が首を振り剛志の腕を掴むが、その行為はむしろ、剛志にさらなる刺激をねだっているように見える。

「やめない」

どこか意地悪さを含んだ声で宣言する剛志は、二本の長い指で涼子の奥を嬲りながら、蜜にぬめる親指でぬるぬると肉芽を弄ぶ。

そうして剛志は、中の指をゆっくりと前後に動かし始めた。溢れる蜜はとどまることなく、媚肉は彼の指を締め上げ濡れた音を響かせる。

「あーっ……あっ、んっ、んっ、んぁ……あぁっ！」

やがて激しく抜き差しされる指に合わせて、嬌声が大きくなっていく。

淫らな喘ぎ声が室内に響くと、それに煽られるように剛志の手の動きも激しさを増した。

こうなってしまえば、もう涼子には、自分の声を気にする余裕はなくなる。

「や……あぁっ当たるのっ」

中で折り曲げられた指が、ヒクヒクと彼の指に吸い付く媚肉を捏ね回す。

堪らず脚を閉じたところで、深く入った指の動きを止めることはできない。

もどかしげに腰を揺らす姿が剛志の欲望を誘うのか、彼はより淫らに涼子の中を掻き回す。

「涼子が素直になれるよう、わざと当ててるんだ。……恥ずかしいなんて考える余裕がなくなるくらい、俺のことだけを考えろ」

剛志の与える刺激に内壁が収縮して、涼子の腰がガクガクと震える。

「きゃぁあっ」

蜜で滑らかに動く指で淫芯を弄られ、涼子は短い悲鳴を上げて体を強張らせた。

「イッた？　涼子の中が、ビクビク震えている」

剛志の腕の中でくったりする涼子は、首の動きだけで返す。

言葉で言われるまでもなく、自分のあそこが収縮しながら剛志の指に絡み付いている。

十分なほど感じたはずなのに、体の奥がさらなる刺激をねだっているようで恥ずかしい。

剛志は涼子の首筋に口付けをすると、指を膣から抜き出した。

「あ、ハァ……」

ヌルリとした指が抜けていく感触に、涼子が熱い息を吐く。自分の中に沈められた剛志の指に、散々虐められたばかりなのに、それがなくなると切なさを感じてしまう。

「このまま挿れていい？」

このまま……とは、避妊をせずに、という意味だろうか。

ぼやけた頭でそう理解した涼子は、コクリと頷く。

二人で生きる覚悟を決めた今、彼の求めを拒む理由はない。

すると剛志は脱力する涼子の体を反転させると、彼女の両ももを左右に押し広げ、それぞれの脚を自身の肩に担ぐようにして持ち上げる。

そうすることで臀部が微かに持ち上がり、濡れた淫口が剛志のものを誘うようにパカリと口を開けた。

「やぁっ！　こんなっ」

恥ずかしい場所が剛志に丸見えになってしまう姿勢に、涼子が体を捻って逃れようとする。

けれど、それより早く剛志の腰が寄せられ、濡れた蜜口に彼の熱く滾る昂りを感じた。

荒々しいほどに大きく膨れた彼の昂りに涼子の腰が震える。

剛志は遠慮なく腰を進め、切っ先でひくつく花弁を押し広げた。

「挿れるよ」

そう宣言するが早いか、勢いよく剛志のものが涼子の中に沈んでいく。

「ああっ！」

一息に最奥まで貫かれ、その衝撃に涼子の手足がびくんと跳ねた。

さっきまでの愛撫で敏感になっている膣肉は、過度な刺激に激しく痙攣する。

気持ちよ過ぎてどうしていいかわからない。

腰を捻って快感から逃げようとするが、剛志に強く腰を掴まれ、体を揺さぶられ始める。激しく腰を突き動かされ敏感な媚肉を刺激されると、脳髄に快楽の痺れが走った。

涼子は足のつま先をキュッと丸め、シーツを掴んで身悶えるしかない。

「あっ……あぅっ……あっ……はっ……あぁ……っ」

白い喉を反らして喘ぐ涼子は、再び快楽の頂点を迎える。

感じきった媚肉がヒクヒクと収縮し、剛志のものに絡み付く。

涼子の無意識の反応に、剛志が苦しげに眉根を寄せた。

肉棒に絡み付く媚肉の感触で、涼子が達したことを感じ取ったのだろう。

剛志が動きを止めたことで、脱力した涼子の脚が自然とマットレスに落ちた。しかし、次の瞬間、剛志は涼子の細い腰を強く掴むと、より激しく打ち付けてくる。

達したばかりの膣内を、グジュグジュと音を立てながら、硬くて太い剛志のものが擦り立てていく。

「やぁっぁぁ……待って……駄目っ」

息を整える間もなく攻め立てられ、酸欠と快楽で意識が朦朧としてきた。

剛志の動きに身を任せているうちに、達したばかりの膣が、ビクビク震えながら剛志のものに絡み付くのがわかる。

「涼子、愛してる」

うわ言のようにそう囁く剛志は、だから手加減することなどできないとばかりに腰を突き動かす。

熟しきった涼子の膣が痙攣すると、締め付けを楽しむように、さらに抽送を加速させていく。

深く激しく涼子を愛す剛志が、不意に苦しげに眉を寄せた。

そしてグッと最奥まで自身を突き入れ、涼子の膣壁に熱い精を吐き出す。

「ああ……」

剛志の欲望が自分の中に吐き出される感触に、涼子は熱い息を吐く。

完全に脱力する涼子を見て、剛志がやっと体を解放してくれた。ズルリと抜き出される感触にさえ、腰が名残(なごり)惜しげに収縮する。

「……っ」

達してなお未練がましく震えてしまう自分の体が、恥ずかしくて仕方ない。そんな涼子の隣に、剛志が倒れ込んできた。赤くなる涼子を愛おしそうに見つめ強く抱きしめてくる。

そうされることで、涼子の中に放出された射液が、内ももを伝って流れ出るのを感じた。

自分の愛液と剛志の精が絡み合う独特の匂いさえ愛おしい。

「愛している。一生離さない」

そう強く抱きしめられ、涼子は「私も、離れません」と彼の背中を抱きしめ返す。

そのまま目を閉じると、彼の温もりや鼓動が、涼子の肌に馴染(なじ)んでいく。

包み込むように抱きしめてくれる力強い腕も、逞(たくま)しい胸板も、涼子が身を預けて甘えていいのだと感じられた。

「剛志さんと一緒にいる時の自分が、一番好きです」

「俺もだよ」

瞼(まぶた)を閉じて呟いた涼子の言葉に、剛志が同意して腕に力を込める。
静かなベッドルームに、月下美人の甘い香りを感じた。

書き下ろし番外編

ハッピーエンドのその先は

「桜の季節になったら、親しい者だけで花見の会を開きたいと父が言っているのだけど、出席していただけるかしら？」

十月中旬、結婚を機に専業主婦になった柳原涼子……もとい芦田谷涼子は、親友であり、今では義理の妹にあたる鷹尾寿々花からそんな誘いを受けた。

今日は、寿々花の妊娠報告を受け、それを祝福すべく久しぶりに皆で集まろうということになり、鷹尾家に芦田谷夫婦、國原夫婦が揃っていた。

女性陣は広いリビングのテーブルを囲んで座り、男性陣は続き間のキッチンスペースでワインの品定めをしている最中の会話だった。

親友である國原比奈が持参したケーキを取り分けながら、寿々花は「どうかしら？」と、困り顔でその場に集まる面々に順に視線を送る。

「お前の父は、俺の父だよな？」

すかさずそうツッコミを入れるのは、寿々花の兄であり、涼子の夫である芦田谷剛志だ。

自分が土産に持ってきたワインをさっそく開けて、手酌でグラスに注いでいた彼は、それを一口飲んでから「初耳だぞ」と付け足す。

結婚を機に実家を離れた剛志だが、父親である芦田谷会長とは職場でも顔を合わせるのに、自分を飛ばして話が進んでいることにもの申したいらしい。

そんな剛志に、寿々花の夫である鷹尾尚樹が自分のグラスを差し出しながら聞く。

「芦田谷会長に、その伝言を託されたとして、貴方はちゃんと俺たちに伝えましたか？」

図々しいとでも言いたげに尚樹を軽く睨んだ剛志は、それでも彼のグラスにワインを注ぐ。

「面倒だから、全力でスルーしてやるな」

「だから話を飛ばされるんですよ」

想像どおりの回答を受けて、尚樹はクスクス笑いながらグラスを口に運ぶ。

「会長としては、息子さんより、娘さんの方が頼みやすかったんじゃないですか？」

視線で尚樹を窘めつつ、そうフォローを入れるのは、比奈の夫であり、結婚まで涼子が勤務していた自動車メーカークニハラの副社長である國原昂也だ。

剛志はかたわらの空のグラスを手に取ると、それにワインを注ぎ昂也に差し出す。

昂也はお礼を言い受け取ったグラスを口に運ぶと、それを見ていた尚樹が「俺との対応の差が激しくないか」と不満を漏らす。

そんな男三人のやり取りを横目に見やり、比奈は肩をすくめる。

でもすぐに、表情を気遣わしげなものに変えて寿々花に確認する。

「でも桜の季節だと、寿々花さん、まだ無理できないんじゃないですか？」

寿々花の出産予定は年明け。桜の季節は、まだまだ母子共に無理をさせるわけにはいかないだろう。

その言葉に寿々花はごもっともと頷く。

「ええ、だから父も、芦田谷家の庭で花見をしないかと言っています。私や子供は室内から桜を眺めることができますから」

それなら寿々花や赤ん坊の負担にもならないというのが、芦田谷会長の意見らしい。

「その頃なら、比奈さんのお子さんも一緒に参加できますよね？　乳幼児向けの食事や仮眠を取らせる場所も準備すると言っています」

続く寿々花の言葉に、涼子はなるほどと頷き、ケーキがのせられた皿を受け取る。

今日は昂也の両親に子供を預けてきているが、比奈は今年の夏に第一子の男の子を出産しているので、その気遣いが嬉しいらしい。

「ありがとうございます。楽しみにさせてもらいます」

弾（はず）む口調で返す比奈に、寿々花だけでなく尚樹も嬉しそうに目を細める。

「ありがとう。会長も喜ぶよ」

尚樹のその言葉に、剛志は怪訝（けげん）な表情で眉根を寄せた。

「お前が父を気遣うとは、珍しいな」

なんだかんだで尚樹とは長い付き合いになりつつある剛志としては、彼の態度になにかしらの裏があるのではないかと勘ぐってしまうらしい。

疑いの視線を向ける義理の兄に、尚樹は爽（さわ）やかな笑顔を添えて返す。

「娘婿として、義理の父を気遣うのは当然のことでしょう」

その言葉に、剛志はますます胡散（うさん）臭いと顔を顰（しか）める。

これまでの芦田谷家と尚樹の攻防を見てきた涼子としても、申し訳ないが剛志と同意見である。

チラリと視線を向けると、寿々花は困ったように笑っている。

らしくない尚樹の態度の理由を知っているのか、比奈もなにか含みのある表情を見せている。

ワインを味わいつつ男二人のやり取りを見ていた昂也が、そのわけを教えてくれた。

「鷹尾なりに、結婚式と寿々花さんの出産時期の期間が短いことを気にしているんですよ」

その言葉に涼子は思わず「ああ……」と納得の息を漏らす。

寿々花と尚樹は、比奈と昂也の結婚式で出会い、愛を育（はぐく）んだ。

そんな二人の出会いをきっかけに涼子は剛志と面識を持ち、酔った涼子が彼に迷惑をかけたことで今の関係に至っている。

結婚の意思を固めたのは寿々花と尚樹が先だが、兄妹の順を考慮して、涼子たちが先に今年の春に式を挙げさせてもらった。

そのため寿々花と尚樹の式は今年の夏になってしまったので、そこだけ切り取って考えると確かに授かり婚といった印象になる。

とはいえ、明確な結婚の意思があり、経済的にも自立している二人なので、そんなこと気にしなくてもいいのではないかと思うのだけど。

「鷹尾さん、そういうこと気にされるんですね」

思わず素直な感想を口にすると、尚樹は苦い顔でワインを飲む。

そんな彼の表情を横目に見て、昂也はクスクス笑う。

「プライドの高い鷹尾としては、寿々花さんの妊娠を知った会長が、渋々二人の結婚を承諾したって噂されているのが面白くないんだよ。そんな理由じゃなく、自身の人柄を認められ、会長に娘婿として選ばれたと言われたいそうだ」

「なるほどな」

昂也の説明に、剛志がお前らしいと笑う。

尚樹としては、それで納得されるのは面白くないらしい。

「そんな利己的な理由じゃない。寿々花の夫として、生まれてくる子供の父として、そんな理由でもなければ結婚を認めてもらえない男と世間に認識されるわけにはいかないだろう」

クイっと顎を高く上げて嘯く。

言い方こそ彼らしいが、つまり寿々花のために、気難しい芦田谷会長と良好な関係を築こうと頑張っているらしい。

「なるほど」

尚樹のグラスにワインを注ぐ剛志が、静かに笑いを噛み殺しているのがわかる。

寿々花の兄として、彼の心意気が嬉しいらしい。

そんなやり取りが微笑ましいと、女性陣たちは目配せをして笑い合った。

「桜の季節が待ちどおしいですね」

ワクワクを隠しきれない声をあげる比奈をチラリと見て、剛志がニッと口角を上げる。

「覚悟は、しておいた方がいいよ」

「……？」

剛志の意味深な微笑みに、比奈は軽く首をかしげる。

そんな彼女の姿に、寿々花は頬に手を添えてそっと息を吐く。

「ある程度は、母がいるから大丈夫だとは思いますよ」

その言葉に比奈はますます困惑の表情を浮かべるけれど、剛志の妻として芦田谷家の面々にも慣れてきた涼子には察するものがある。

――でも面白いから黙っとこ。

軽い悪戯心を働かせ、涼子は立ち上がり、男性陣へと歩み寄る。

比奈や寿々花と違い、授乳も妊娠もしていないので空のグラスを剛志に差し出す。

ニンマリ笑ってグラスを差し出す涼子の企みを理解しているらしく、彼女のグラスにワインを注ぐ剛志も悪戯っ子の笑みを見せる。

結婚してもお互い、悪ガキのような遊び心を失うことはない。

そんな彼と一緒に生きるということは、人生の共犯者を得た気分だ。

自分のような一般家庭で育った平凡な人間が、芦田谷家の嫁になることに躊躇いがなかったわけではないけれど、剛志がこんな人だから、その手を取り一緒に人生を歩む覚悟ができたのだ。

「ありがとう」

お礼を言ってグラスを手元に引き寄せると、剛志が嬉しそうに目を細める。

そんな些細なやり取りに、寿々花が驚いたように目を見開き、尚樹は茶化すように口笛を吹く。

そんな反応をくすぐったく思いながら、涼子は空気と馴染ませるためにワインが注がれたグラスを軽く揺らす。

　グラスの中で躍るルビー色の液体を一度照明に透かしてから、涼子はそれを口に運んだ。

　翌年、四月某日、当初の予定どおり桜の開花時期に合わせて芦田谷家で花見の会が開かれた。

「これ、どういうこと？」

　使用人の案内を受け、パーティーにもよく使用されている一階の広間に顔を出した比奈は涼子を見つけるなり、腕にしがみついて問いかけてくる。

「これって？」

　黒のシックなワンピースを上品に着こなす涼子は、澄ました表情で肩をすくめた。

　涼しい顔でとぼけてはいるけれど、比奈が言わんとすることはわかっている。

　涼子のそんな悪戯(いたずら)心に気付かない比奈は、周囲をくるりと見渡すと声を潜(ひそ)めて言う。

「身内だけの気軽なホームパーティーじゃなかったの？」

「ああ」

焦った様子の比奈の言葉に合わせて、涼子はホールを確認する。

そこには着飾った男女が、数人ごとのグループになって談笑する姿がある。涼子たち以外の平均年齢が高い印象を受けるのは、芦田谷会長と懇意な付き合いをしている人たちが招かれているからだろう。

そして昴也の妻として、華やかな場所に出席することも多い比奈には、この場に集う面々が全員、政財界で重鎮と呼ばれている人ばかりであることに気付いているのだろう。

開け放たれた窓の向こう、手入れの行き届いたテラスでは、オーケストラが生演奏を行い、即席のバーや、出張板前のコーナーなどもある。

十月のあの日、寿々花は「親しい者だけで花見の会を開きたい」と芦田谷会長の意思を伝えた。

その言葉のニュアンスから、比奈は内々のホームパーティーを想像していたのだろうけれど、そんなわけがない。

「お義父さんに任せて、それで済むわけがないでしょ」

なにせ寿々花の父で、涼子の義理の父となった芦田谷会長は、派手でパーティー好きとして知られているのだ。

孫や娘を気遣い盛大なパーティーを我慢する代わりに、少数精鋭、厳選した人だけを招くことにしたらしい。

「ああ、やっぱりこうなるよな」

比奈に一足遅れでホールに入ってきた昴也が、周囲に視線を向けて苦笑いを浮かべる。

芦田谷会長の人柄を知る彼には、この状況が想像できていたらしい。

「母に窘められて、かなり人数を絞ったぞ」

剛志の兄である猛が、そう会話に割り込んできた。

その彼は何故か國原家の息子を抱っこしている。

里帰り出産をした寿々花の子供の相手をすることで、最近の彼は父性愛に目覚めたとは聞いていたけれど、甥だけでは飽き足らず國原家の子供も可愛がっているらしい。

離婚して今は独身の彼だが、子供を抱く手つきは優しく、将来良縁に恵まれれば良い父親になることが想像できた。

ちなみに剛志や寿々花たちの母親は、長年、海外で気ままな暮らしを続けていたが、子供たちの結婚出産が続いたことで、別居を解消してこの家に戻ってきたのだという。

「さすが会長。人数を絞った分、そうそうたる顔ぶれですね」

招待客の顔ぶれを確認して、昴也が呟く。それと同時に、彼の顔は、クニハラの副社長としてのものになっている。

「ウチの父が『親しい』と呼ぶだけの価値がある人たちだからな」

そう話す猛の腕の中では、母親の顔を見て急に甘えたくなったのか子供が比奈に向かって腕を伸ばしている。

「子供や女性陣は、二階でゆっくりしているといいよ。母も寿々花も、子供と一緒に二階で君たちが来るのを待っているから」

子供を比奈に返しながら猛が言う。

芦田谷家の二階は、家族の生活スペースだ。

リビングの大きな窓から庭を一望することができるので、比奈や涼子は、寿々花と一緒にそこでのんびり楽しめばいいということらしい。

その申し出に、比奈はわかりやすく安堵の表情を見せた。

公私共に昂也を支える存在の彼女ではあるが、子供を連れてこういった場所に来るのは気疲れが多いのだろう。

「比奈、先に行ってて」

猛の案内を受けて二階に向かいかけている比奈に、涼子はそう声をかけた。

「剛志さんと一緒に、少しお客様に挨拶(あいさつ)をしたいから」

彼はホスト役として、ずっと来客の相手をしている。

今日はせっかく仲良しの面々が集うのだから、涼子は寿々花たちとのんびり過ごせばいいと言ってもらっているが、その言葉にそのまま甘えるのは申し訳ない。

「アイツなら、庭で気難しい先生の相手をしていたから、様子を見てきてやってくれ」

猛が剛志の居場所を教えてくれる。

最初こそ、育ちの違う涼子を芦田谷家の嫁に迎え入れることに難色を示していた彼だが、今では良好な関係を築いている。

猛にお礼を言って、比奈親子に手を振った涼子は、そのまま庭に出て剛志の姿を探す。

でも周囲に彼の姿はない。

剛志の姿を探してキョロキョロしていると、そんな涼子の鼻先をかすめるように蝶が舞う。

蝶は、そのまま広い芦田谷家の庭の奥へと飛んでいく。

その動きを視線で追っていた涼子は、それで剛志がどこにいるのかわかった気がした。

本能に近い感覚で彼の居場所に察しをつけた涼子は、賑(にぎ)やかなパーティー会場を抜け出し、庭の傾斜を下っていく。

その際チラリと視線を向けると、テラスでは芦田谷会長に寄り添う尚樹の姿が見えた。

最愛の妻が帰ってきた上に、可愛い孫が生まれたことで、最近の芦田谷会長は随分丸くなった。そしてそのきっかけを作ってくれた尚樹にも、随分優しく接するようになっている。

二人の背負ってきた歴史を考えれば、とても不思議な光景だ。

「人生、なにがどう転ぶかわからないよね」

　そしてそれは、自分と剛志の間にも言えることだ。

　比奈と昂也、尚樹と寿々花。それぞれが逆境を乗り越えて愛を実らせた結果、自分と剛志の今がある。

　ずっと昔、三人でリレーを繋ぐようにそれぞれ幸せになりたいと話していたけれど、本当にそうなった。

　その奇跡を尊く思いながら坂を下っていった涼子は、思ったとおりの場所で彼の姿を見つけた。

「剛志さん」

　凝(こ)った造りの温室をぼんやり見上げていた剛志は、その声に反応してこちらに視線を向けた。

「涼子」

　愛情を滲(にじ)ませた声で名前を呼び、軽く手を振る。

　そんな彼に涼子は笑顔で駆け寄った。

「なんとなく、ここにいる気がしました」

　その言葉に、剛志は、自分の前に立った彼女の腰に腕を回して返す。

「俺もなんとなく、ここにいたら涼子が来る気がしていたよ」

「なにしていたんですか？」

自分からも彼の腰に腕を回す涼子は「疲れましたか？」と気遣いの表情を浮かべた。

だけど剛志は軽く首を横に振って、大丈夫だと笑う。

「ちょっと、この先のことを想像して悩んでいただけだよ」

「この先？」

なにか懸念すべきことでもあるのだろうかと、一瞬心配になるけれど、見上げた彼の顔は晴れやかだ。

「そう。俺たちの子供が女の子だった場合、父親として将来が心配だなと。涼子に似た女の子なんて、美人すぎて心配しかないだろう」

彼のその言葉に、涼子は親バカだと呆れてしまう。

涼子の妊娠が判明したのは先週のことで、まだ夫の剛志にしか報告をしていないし、性別がわかるのも当分先のことだ。

それなのにそんな先のことを心配するなんて、どうかしている。

どうやら彼は、親バカになることが確定しているらしい。

「せめて性別が判明してから心配したらどうですか？」

そう言って笑い飛ばそうとしたのだけど、涼子の胸にふと生まれてくるのは女の子だという確信に近い予感が走る。

それと同時に、親友同士のそれぞれの子供たちが、幼い頃は仲良く遊び、年頃になったら互いを異性として意識し合う光景が白昼夢のように浮かぶ。

もちろんそれは、なんの根拠もない想像でしかない。

それでも三人でリレーを繋ぐように運命の相手を見つけてきた自分たちの人生のその先には、そんな物語のような展開が待っているのかもしれないとワクワクしてしまう。

もしくは涼子たちの子供も男の子で、将来、三人で一人の女の子を取り合うという可能性もある。

そうでなくてもこの先、まだまだ家族は増える可能性もあるのだ。

「最愛の人と結婚して、子供にも恵まれて、最高の幸せを手に入れたつもりでいたのにな」

涼子の首筋に顔を寄せて、剛志は深いため息を吐く。

「ここはまだ、ハッピーエンドの終着点と言うわけじゃないみたいですね」

涼子がクスクス笑いながら言うと、剛志が「全くだ」と唸(うな)る。

そして顔を上げて、涼子と視線を合わせて言う。

「でもだからこそ、楽しいんだけどな」

はにかむような笑顔でそう告げて、涼子と剛志は唇を重ねた。

憧れの上司・篤斗(あつと)への秘めた想いを諦め、婚約を機に会社を辞めた奈々実(ななみ)。しかしその矢先、奈々実は相手の裏切りにより婚約を破棄されてしまう。残ったのは慰謝料の二百万円だけ……。ヤケになって散財を決めた奈々実の前に現れたのは忘れたはずの想い人、篤斗だった。そのまま夢のような一夜を過ごすが、傷つくことを恐れた奈々実は翌朝、篤斗の前から姿を消す。ところが篤斗は、思いがけない強引さで奈々実を自らのマンションへ連れていき、溺れるほどの愛情を注いできて——!?

諦めて俺の愛に溺れろ
婚約破棄から始まる囲い込み溺愛

無料で読み放題
今すぐアクセス！
エタニティWebマンガ

B6判
定価704円（10%税込） ISBN978-4-434-33323-1

恋愛小説「エタニティブックス」の人気作を漫画化!
EC
Eternity COMICS
[漫画]
Carawey
[原作]
冬野まゆ
不埒な社長はいばら姫に恋をする
ピク
ん…っ
パ
あっ
私…っ
きて…
尚樹さん…っ
大企業の技術開発部に勤める寿々花(すずか)は、家柄も容姿もトップレベルの令嬢ながら研究一筋の数学オタク。自分には恋愛は無縁…と、なんの期待もしていなかった。ところがある日、そんな寿々花の日常が一変。強烈な魅力を放つＩＴ会社社長の尚樹(なおき)と出会った瞬間、抗いがたい甘美な引力に絡め取られて——!?
B6判　定価：704円（10%税込）　ISBN 978-4-434-31631-9
[漫画] Carawey
[原作] 冬野まゆ
不埒な社長はいばら姫に恋をする
目眩がするほどとろける愛

ワーカーホリックな御曹司・昂也。彼の補佐役として働く比奈も超多忙で仕事のしすぎだと彼氏にフラれてしまう。このままでは婚期を逃がす…！焦った比奈は、昂也を結婚させ家庭第一の男性にしようと動き出す。上司が仕事をセーブすれば部下の自分もプライベートが確保できると考えたのだ。比奈は、さっそく超美人令嬢とのお見合いをセッティングするが、彼がロックオンしたのは、なぜか比奈!?　甘く迫ってくる昂也に比奈は……

B6判　定価：704円（10%税込）　ISBN 978-4-434-30444-6

恋愛小説「エタニティブックス」の人気作を漫画化!
史上最高のラブ・リベンジ
EC Eternity COMICS
漫画 フブキ楓 原作 冬野まゆ
その二人に
はっ…あっ…ああ 私も…
ダメ…っ…んん…
ダメじゃないよ
結婚を約束した彼との幸せな未来を夢見る絵梨(えり)。ところが、ようやく迎えた婚約披露の日、彼の隣で笑っていたのは何故か自分の後輩だった！ 絵梨はどん底まで突き落とされたが、思いがけない転機が訪れる。なんと、偶然知り合った謎のイケメン、雅翔(まさと)から、元カレたちへの“復讐”を提案されたのだ。戸惑う絵梨だったが、気付けば雅翔のペース。彼のおかげで本来の美しさを引き出された絵梨は周囲からも注目を集めるように。しかも雅翔は、会うたび恋人のように甘くて…
史上最高のラブ・リベンジ
フブキ楓
冬野まゆ
極上イケメン現る!?
復讐劇の結末は特濃ラブ
B6判 定価：704円（10%税込） ISBN 978-4-434-28985-9

本書は、2020年12月当社より単行本として刊行されたものに、書き下ろしを加えて文庫化したものです。


この作品に対する皆様のご意見・ご感想をお待ちしております。

おハガキ・お手紙は以下の宛先にお送りください。

【宛先】

〒150-6019 東京都渋谷区恵比寿4-20-3 恵比寿ｶﾞｰﾃﾞﾝﾌﾟﾚｲｽﾀﾜｰ 19F
（株）アルファポリス　書籍感想係

メールフォームでのご意見・ご感想は右のＱＲコードから、
あるいは以下のワードで検索をかけてください。

ご感想はこちらから

エタニティ文庫

傲慢王子は月夜に愛を囁く

冬野まゆ

2024年5月15日初版発行

文庫編集－熊澤菜々子・大木 瞳
編集長 －倉持真理
発行者 －梶本雄介
発行所 －株式会社アルファポリス
〒150-6019 東京都渋谷区恵比寿4-20-3 恵比寿ｶﾞｰﾃﾞﾝﾌﾟﾚｲｽﾀﾜｰ-19F
TEL 03-6277-1601（営業） 03-6277-1602（編集）
URL https://www.alphapolis.co.jp/
発売元－株式会社星雲社（共同出版社・流通責任出版社）
〒112-0005 東京都文京区水道1-3-30
TEL 03-3868-3275
装丁イラスト－白崎小夜
装丁デザイン－ansyyqdesign
印刷－中央精版印刷株式会社

価格はカバーに表示されてあります。

落丁乱丁の場合はアルファポリスまでご連絡ください。

送料は小社負担でお取り替えします。


ISBN978-4-434-33873-1 C0193